d

Jakob Arjouni
Bruder Kemal

*Ein
Kayankaya-
Roman*

Diogenes

Umschlagfoto von
Philip J. Brittan (Ausschnitt)
Copyright © Philip J. Brittan /
Photographer's Choice /
Getty Images

Für Lucy, Emil und Miranda

Alle Rechte vorbehalten
Copyright © 2012
Diogenes Verlag AG Zürich
www.diogenes.ch
150/12/44/1
ISBN 978 3 257 06829 0

I

Marieke war sechzehn und nach den Worten ihrer Mutter »sehr talentiert, belesen, politisch engagiert, neugierig, voller Humor – einfach eine tolle, junge, intelligente Person, verstehen Sie? Keine Rumhängerin, keine Computersüchtige und sonst nur Shoppen und Ist-das-Leben-öd. Im Gegenteil: Klassensprecherin, Mitglied bei Greenpeace, malt wunderschön, interessiert sich für moderne Kunst, spielt Klavier und Tennis – oder hat jedenfalls gespielt ...«

Die Mutter sah kurz zu Boden und strich sich mit ihren rotlackierten Fingernägeln eine blonde Strähne aus der Stirn.

»Wie das eben so ist, nicht wahr? Vor zwei Jahren kamen plötzlich neue Interessen dazu. Marieke war wohl das, was man frühreif nennt. Mit vierzehn hatte sie ihren ersten Freund. Jack oder Jeff oder so was, ein Amerikaner, Diplomatenkind, er ging in die Klasse über ihr. Irgendwann war's dann ein anderer Junge und so weiter. Marieke wurde ein ziemlicher Feger, wenn Sie wissen, was ich meine.«

Ich wusste, was sie meinte. Allerdings nicht wegen der Fotos von Marieke, die ich in der Hand hielt. Die zeigten ein leicht dunkelhäutiges, streng durch eine viereckige schwarze Designerbrille blickendes Mädchen mit blonden Rastazöpfen, das bemüht und ein wenig herablassend in die

Kamera lächelte. Hübsch, möglicherweise charmant, vielleicht süß, wenn sie die Brille abnahm und freundlich gucken mochte, aber sicher nicht das, was man einen Feger nannte. Eher einen Besen. Die Anführerin eines Schulstreiks oder die Sängerin einer Popband, die Texte gegen Tierversuche sang.

Was die Mutter meinte, traf auf sie selbst zu. Sie war das, was man einen Feger nennt. Auf den zweiten Blick. Auf den ersten war sie einfach nur eine dieser sportlichen Solarium-Blondinen, deren Körper aus hellbraunem Hartgummi gegossen zu sein schien: eine kleine spitze Nase, volle, für ein Werk der Natur vielleicht etwas zu volle Lippen und zu fadendünnen Halbkreisen gezupfte Augenbrauen, um die Augen größer wirken zu lassen. Sie waren tatsächlich eher schmal, aber daran änderten auch die gezupften Brauen nichts, und sowieso ging es bei ihren Augen nicht um die Größe. Was aus Valerie de Chavannes einen Feger machte, war der Himmel und Hölle versprechende blaue Stahl in den Augen, mit dem sie einen so unverschämt direkt und verschlagen anblitzte, als hauchte sie einem ins Ohr: Ich denke immer nur ans eine! Natürlich – oder jedenfalls höchstvermutlich – dachte sie an dem Morgen an das eine eher nicht, schließlich wollte sie mich beauftragen, ihre verschwundene Tochter zu suchen. Aber in irgendeiner Phase ihres Lebens musste ihr diese Art zu gucken zur Gewohnheit geworden sein.

Als sie mir eine halbe Stunde zuvor die Tür zu der Villa in der oberen Zeppelinallee geöffnet und sich nicht gleich mit Namen vorgestellt hatte, war ich ziemlich sicher gewesen, dass es sich bei ihr um Besuch handelte: die verlotterte jüngere Schwester oder eine aufdringliche Tennisclubbekanntschaft, die gerade unangemeldet hereingeplatzt war, um den neuesten Umkleidekabinen-Klatsch loszuwerden. Zu ihrem Ich-denke-immer-nur-ans-eine-Blick trug Valerie de Chavannes lange, weit ausgestellte, weiße, sehr durchsichtige Seidenhosen, durch die sich ihre schlanken Beine und ein weißer Slip deutlich abzeichneten, silberne Sandalen mit ungefähr zwanzig Zentimeter hohen Plateausohlen aus Kork und ein enges, für eine Dame der gehobenen Frankfurter Gesellschaft bemerkenswert ballermannkurzes gelbes T-Shirt, das wenig Geheimnis um ihren kleinen, festen Busen machte und so viel Haut bis zum Hosenbund frei ließ, dass das Mittelstück einer tätowierten Schlange zu sehen war. Eine Frau mit dem Namen Valerie de Chavannes, Tochter eines französischen Bankiers, verheiratet mit dem international erfolgreichen holländischen Maler Edgar Hasselbaink, Bewohnerin einer Fünfhundert-Quadratmeter-Villa mit Garten und Tiefgarage mitten im Frankfurter Diplomatenviertel hatte ich mir anders vorgestellt.

Inzwischen saßen wir uns im sonnendurchfluteten, mit weißem Teppichboden ausgelegten, moderner Kunst behängten und wertvollen Möbeln eingerichteten, fast das gesamte Erdgeschoss einnehmenden Wohnzimmer in Sesselwerken aus Leder, Chrom und Tierfellimitat gegenüber und nippten an Porzellanschalen mit grünem Tee, den uns eine ungefähr fünfzigjährige Haushälterin mit polnischem Akzent serviert hatte. Die für mich drängende Frage war: Schlängelte sich die Schlange von ihrer Scham Richtung Bauchnabel oder umgekehrt? Und was sollte das eine oder das andere bedeuten?

Stattdessen fragte ich: »Seit wann genau ist Marieke verschwunden?«

»Seit Montagmittag. Sie war morgens in der Schule, Mathekurs, dann eine Französischarbeit, danach hat sie ihrer besten Freundin gesagt, sie wolle kurz in die Stadt, eine Hose kaufen. Zum Sportkurs sei sie zurück.«

Valerie de Chavannes schlug die Beine übereinander, und ein schmales Knie drückte sich durch die Seide. Die Plateausohle beschrieb kleine Kreise.

»Wollen Sie mir den Namen der Freundin geben?«

»Es wäre mir lieber … Ich habe Ihnen ja gesagt …«

»Ich weiß, kein Aufsehen, keine Polizei, alles diskret, aber irgendeinen Hinweis, mit wem Ihre Tochter um die Häuser zieht, brauche ich schon. Oder ich fange an, in Frankfurt an jede Wohnungstür zu klopfen, arbeite mich langsam hoch nach Bad Homburg, dann durch Kassel, Hannover, Berlin, danach vielleicht Warschau oder Prag – alles Städte für junge Leute, die was erleben wollen. Außer Kassel natürlich.«

Sie betrachtete mich humorlos. Die Plateausohle war kurz in der Luft stehengeblieben, nun wurden die Kreise schneller und größer.

Als spräche sie mit einem begriffsstutzigen Bediensteten, erklärte sie: »Falls alles in Ordnung ist und Marieke sich einfach nur ein paar Tage herumtreiben will, würde sie es mir nie verzeihen, wenn ich ihr einen Detektiv hinterhergeschickt hätte. Sie würde mir vorwerfen, ich wolle sie ausspionieren, mich in ihr Leben mischen. Unsere Beziehung ist zurzeit nicht ganz einfach. Ich denke, zwischen einer Mutter und einer Tochter in dem Alter ist das normal.«

Valerie de Chavannes hatte für eine Französin praktisch keinen Akzent. Nur manchmal betonte sie die Vokale am Ende eines Wortes ein wenig zu sehr: Tochteer, Alteer.

»Na schön, wo soll ich denn dann Ihrer Meinung nach mit der Suche beginnen? Im Hosengeschäft?«

Wieder blieb die Sohle kurz in der Luft stehen, und Valerie de Chavannes betrachtete mich mit kaum versteckter Abneigung. Trotzdem war da auch nach wie vor etwas vom Ich-denke-immer-nur-ans-eine-Blick. Als mache sie das an, so ein unrasierter, leicht übergewichtiger, müde Witze reißender Privatdetektiv mit türkischem Namen und Büroadresse in der berüchtigten Gutleutstraße.

Es war natürlich andersrum: Sie machte mich an, und was ich den Ich-denke-immer-nur-ans-eine-Blick nannte, war vermutlich ein Ich-kann-nicht-glauben-dass-ich-so-ein-Kanackenarschloch-hier-in-meinen-Art-Cologne-Sessel-furzen-lasse-Augenausdruck. Aus irgendeinem Grund schien sie zu glauben, auf mich angewiesen zu sein.

»Nun... Ich habe Ihnen am Telefon ja erzählt, dass Marieke in letzter Zeit Kontakt zu einem älteren Mann hatte – also, älter als Marieke, meine ich, so um die dreißig. Er ist Fotograf, das behauptet er jedenfalls. Marieke hat erzählt, er wolle Modefotos mit ihr machen, die übliche Tour. Sein Studio oder Büro, oder vielleicht auch einfach nur seine Wohnung, ist irgendwo in Sachsenhausen. In letzter Zeit fielen ein paarmal die Namen Brücken- und Schifferstraße. Da gibt's so einen kleinen Platz mit Bäumen. Marieke hat beim Abendessen von einem Café an der Ecke dort erzählt...«

Sie warf mir einen prüfenden Blick zu. Ob ich das Café

kannte? Den Platz? Sachsenhausen? Oder war die Gutleutstraße meine einzige Welt? War ich genau das, was zu finden sie befürchtet hatte, als sie im Internet auf der Suche nach einem Privatdetektiv gewesen war: ein versoffener, grobschlächtiger, in sämtlichen vorherigen Berufen gescheiterter Problemviertelbewohner? Ärger mit der Ex? Betäubungsmittelrechnung nicht bezahlt? Der Mann vom Pizzaservice behandelt Sie schlecht? Kemal Kayankaya, private Ermittlungen und Personenschutz, Ihr Mann im äußeren Zentrum Frankfurts!

Ich nahm einen Schluck von dem grünen Tee, der wie flüssige Fischhaut schmeckte – oder so, wie ich mir vorstellte, dass flüssige Fischhaut schmeckte – und fragte: »Warum hat sie Ihnen davon erzählt?«

»Wovon?«

»Von dem Café.«

Zum ersten Mal wirkte sie irritiert. »Wieso ›warum‹?«

»Na ja, Sie sagen, Ihre Beziehung sei zurzeit nicht ganz einfach. Warum erzählt sie Ihnen von einem Café, in dem sie sich mit einem Mann trifft, den ihre Mutter für schlechten Umgang hält. Kennen Sie ihn persönlich?« Ich lächelte Valerie de Chavannes freundlich an.

»Ich, äh, nein ...« Sie beugte sich vor und stellte ihre Teeschale auf den flachen, wolkenförmigen Glastisch zwischen uns. »Also, ich habe ihn einmal gesehen, zufällig, als er Marieke im Auto nach Hause brachte. Ich kam gerade aus der Haustür. Wir haben uns kurz die Hand geschüttelt.«

»Was für ein Auto fuhr er?«

»Was für ein Auto ...?«

Wieder zögerte sie. Vielleicht war es ein formales Problem, vielleicht war sie es einfach nicht gewohnt, dass ihr jemand, den sie bezahlte, Fragen stellte. Oder aber sie brauchte gar keinen Detektiv, jedenfalls keinen, der etwas herausfand.

»Keine Ahnung, mit Autos kenne ich mich nicht aus. Irgend so was Angeberisches, ein Jeep oder SUV oder wie das heißt, schwarz, getönte Scheiben – vielleicht BMW, ja, ich denke, es war ein BMW.«

»Na, ist doch prima für jemanden, der sich mit Autos nicht auskennt. Kennen Sie sich vielleicht auch mit Nummernschildern nicht aus?«

Sie stutzte. Dabei öffneten sich ihre vollen, mit Pflegecreme bestrichenen Lippen ganz sachte zu einem schmalen, feuchten Spalt, und sie guckte, als hätte ich gefragt, ob ich sie mal zum leckeren Tiefkühlgericht mit Frauencatchen im Fernsehen einladen dürfe. Ich nahm mir vor, sie noch möglichst oft zum Stutzen zu bringen.

Ich hob lächelnd die Hand. »Kleiner Scherz, Frau de Chavannes, kleiner Scherz. Sagen Sie mir doch bitte, wie der Mann aussieht: Größe, Haarfarbe und so weiter.«

Diesmal sorgte ihr Hass auf ihn für eine prompte Antwort: »Mittelgroß, was weiß ich, weder besonders klein noch besonders groß, schlank, durchtrainiert, lange schwarze Locken, so ölig nach hinten gelegt, dunkle Augen, Dreitagebart – gutaussehend, wenn man den Typ mag.«

»Und der Typ ist...?«

»Na, Aufreißer in der Disco oder so was.«

»Sie meinen den schmierigen, glutäugigen Lackaffentyp mit etwas zu hohen Absätzen und Migrationshintergrund?«

Ich blinzelte ihr aufmunternd zu.

»Wenn ... wenn Sie das so beschreiben würden ...« Für einen Moment wusste sie nicht, wohin mit dem Blick, den Händen. Dann sah sie auf und betrachtete mich skeptisch und neugierig zugleich. »Damit keine Missverständnisse entstehen: Ich denke nicht so.«

»Natürlich nicht. Ist nur zur Verständigung: Jetzt weiß ich, welchen Typ Sie meinen. Außerdem: Darum haben Sie mich doch angerufen, oder?«

»Darum habe ich Sie angerufen ...?«

»Darum haben Sie Kayankaya angerufen und nicht Müller oder Meier. Weil Sie dachten, ein Kayankaya sollte wissen, wie man mit Migrationshintergründen umgeht. Wie heißt der Mann?«

Sie überlegte kurz, ob sie widersprechen sollte, dann antwortete sie: »Ich weiß nicht genau, Erdem, Evren – Marieke hat den Namen nur ein, zwei Mal erwähnt.«

»Mit den Namen der Freunde Ihrer Tochter haben Sie's nicht so, was?«

»Bitte?«

»Jack oder Jeff, Erdem oder Evren ...«

»Was wollen Sie damit sagen?« Sie schaute verblüfft, ehe sie sich im Sessel aufsetzte und mich anfuhr: »Und was fällt Ihnen überhaupt ein? Wie reden Sie mit mir?!« Mit einem Ruck erhob sie sich und ging mit schnellen Schritten zu einem Bücherregal am anderen Ende des Wohnzimmers. Das machte ungefähr fünfzehn Meter. Ich sah zu, wie sie sich trotz ihrer Wut schön in den Hüften wiegte. Von hinten hätte sie ohne weiteres als Mitte zwanzig durchgehen können. So rund und prall wie ihr Po heraustrat, verbrachte sie entweder eine Menge Zeit im Fitness-Studio, oder ihre Gene meinten es gut mit Edgar Hasselbaink.

»Ich habe Sie angerufen, damit Sie mir meine Tochter zurückbringen! Ich komme um vor Sorgen, und Sie sitzen hier grinsend rum und fragen mich irgendwelchen Unsinn!«

Sie griff ins Regal und zog eine Schachtel Zigaretten heraus.

»Na ja, so unsinnig sind die Fragen, wie der Mann heißt, bei dem Ihre Tochter sich vermutlich aufhält, was er für ein Auto fährt und wo er wohnt, nun auch wieder nicht.«

»Sie wissen genau, was ich meine!« Sie schnippte ein Feuerzeug an, hielt die Flamme an die Zigarette, inhalierte und blies den Rauch wütend aus. »Ob ich mich mit Nummernschildern auskenne! Mir die Namen der Freunde meiner Tochter wohl nicht merken könne! Ihre ganze Art...!«

Wieder nahm sie einen Zug. »Diese blöde Ironie! Und dabei gucken Sie wahrscheinlich die ganze Zeit nur auf meine Titten!« Sie kam durchs halbe Wohnzimmer auf mich zu, blieb abrupt stehen und stieß mit den Fingern, die die Zigarette hielten, in meine Richtung. »Entweder Sie arbeiten für mich und machen, was ich von Ihnen verlange, oder ich suche mir jemand anders!«

Ich ließ sie wüten und betrachtete ihren Busen, als hätte sie mich auf ein interessantes Detail bei der Wohnzimmereinrichtung hingewiesen. Ich fand das lustig. Sie nahm es sportlich: Ihr Kopfschütteln und trockenes Auflachen war ebenso sehr Ausdruck von »Ich-glaub's-ja-nicht!« wie von »Sie-haben-Nerven!«.

»Ehrlich gesagt habe ich bisher nur hin und wieder einen

Blick auf Ihre Schlange geworfen. Ich nehme jedenfalls an, es ist eine Schlange, der Kopf ist ja leider nicht zu sehen – Pardon: Der Kopf ist nicht zu sehen.«

Sie ging dazu über, mich anzuschauen wie einen netten Irren, freundlich, mitleidig, ein bisschen abgestoßen. Sie zog an der Zigarette, »Was Sie nicht sagen«, und ging in Gedanken wahrscheinlich schon die Liste mit Frankfurter Privatdetektiven durch, wen sie als Nächsten anrufen könnte.

»Na schön.« Ich stellte meine Schale Fischhautbrühe auf den Glastisch und lehnte mich im Sessel zurück. »Sie wollen also, dass ich mache, was Sie von mir verlangen. Das würde ich gerne, Frau de Chavannes, allerdings bin ich mir nicht sicher, ob Sie wissen, was genau Sie von mir verlangen wollen.«

»Bitte?«

»Sehen Sie, ich stell's mir ungefähr so vor: Sie haben den Mann – Erdem oder Evren – irgendwo kennengelernt, im Fitness-Studio oder bei einer Vernissage oder so was. Er hat sich an Sie rangemacht, und Sie wurden ein bisschen neugierig. Vielleicht einfach nur so: Migrationshintergrund, Goldkettchen, ölige Haare – so jemanden treffen Sie nicht jeden Tag, wollten Sie sich mal anhören, was der zu sagen hat. Und als nicht nur der erwartete Angeberblödsinn kam – vermutlich war er witzig, charmant, ein bisschen frech, und auf jeden Fall konnte er Geschichten erzählen, die man am oberen Ende der Zeppelinallee eher selten hört –, jedenfalls da dachten Sie so was wie: Lad ich ihn doch mal zu 'ner Party ein, da werden Frau von Tüddelplüsch und Konsul Hoppelpopp mächtig staunen: Was die de Chavannes da wieder für 'ne Type aufgetrieben hat! Na ja, alles lief glatt, Erdem oder Evren wurde die erhoffte originelle Partynummer, schäkerte mal mit der Tüddelplüsch, ließ sich mal von Hoppelpopp irgendwas erklären, was keinen Menschen interessiert, und erzählte verrückte Dinge von Kumpels, Frauen, Autos, der weiten Welt, ein bisschen was Schlüpfriges, ein bisschen was Orientalisches, bis ...«

Ich hielt kurz inne. Bei Valerie de Chavannes bewegte sich nur noch die zu Boden fallende Zigarettenasche, und ihr Blick lag auf mir, als schaute mich der Fisch an, von dessen Haut ich gerade getrunken hatte.

»... Ihre Tochter nach Hause kam. In dem Alter sind Partys der Eltern normalerweise nichts, weshalb man nicht ausnahmsweise mal früh ins Bett geht, um für die eigenen Partys in den nächsten Tagen Kraft zu tanken. Aber dann sah Ihre Tochter Erdem oder Evren, und das war doch mal ein erfrischender Anblick auf einer der normalerweise so öden Veranstaltungen mit Tüddelplüschs und Hoppelpopps und Papas besoffenen Malerfreunden – und so weiter. Die Details mögen nicht stimmen, aber die Richtung, aus der Ihre Probleme kommen, dürfte das in etwa sein. Natürlich geht so die harmlose Variante. Es gibt auch eine ohne Party, ohne Ehemann ...«

»Halten Sie den Mund!«

Ihre Zigarette war bis zum Filter runtergebrannt und erloschen. Trotzdem hielt sie den Stummel noch so, als würde sie rauchen.

»Ich nehme an, das ist der Grund, warum Sie nicht wollen, dass ich mit Mariekes Freunden spreche. Ich würde erfahren, dass Marieke mit einem Bekannten ihrer Mutter rumzieht. Marieke ist sechzehn, das darf sie, und wenn ihr die Situation Spaß macht ... Sie wäre nicht die erste pubertierende Tochter, die es ihrer Mutter zeigen will.«

Sie sah abwesend zu Boden. Der Zigarettenstummel fiel ihr aus der Hand, sie schien es nicht zu merken. Plötzlich hob sie den Kopf und fragte ungeduldig: »Und jetzt?«

»Und jetzt was?«

»Was schlagen Sie vor?« Ihre Stimme war hart und streng, aber das ging nicht gegen mich, das ging gegen sie selber.

»Sie meinen, was Sie von mir verlangen sollen?«

»Ich will, dass Sie mir meine Tochter zurückbringen!«

»Schon klar, Frau de Chavannes. Aber wie wär's, Sie versuchen es erst mal damit, bei Erdem oder Evren ...«

»Erden! Erden Abakay. Er wohnt über dem erwähnten Café, Schiffer-, Ecke Brückenstraße. Er ist dort ziemlich bekannt, Sie hätten ihn ohne weiteres gefunden.«

»Und dann?«

»Dann hätten Sie meine Tochter rausgeholt!«

»Und hätte ihr verschwiegen, dass Sie mich beauftragt haben?«

»Ja, selbstverständlich.«

»Und am besten Abakay verprügelt und gedroht, wenn er noch einmal in die Nähe von Marieke kommt – und so weiter?«

Sie antwortete nicht.

»Frau de Chavannes, ich bin Privatdetektiv, kein Schlägertrupp. Nochmal: Wie wär's, Sie rufen erst mal bei Abakay an und versuchen, mit Ihrer Tochter zu sprechen?«

Sie schüttelte den Kopf. »Unmöglich.«

»Warum?«

»Weil ich Angst habe, etwas Falsches zu sagen, etwas, was sie noch mehr in die Arme dieses Scheißkerls treibt. Es braucht zurzeit nicht viel, damit meine Tochter findet, ich hätte etwas Falsches gesagt.«

»Und wenn Ihr Mann anruft?«

»Mein Mann?« Sie schaute mich an, als sei das eine erstaunlich dusselige Frage. »Den möchte ich da bestimmt nicht mit reinziehen.« Sie wandte sich ab und ging zurück zum Regal, um sich eine weitere Zigarette zu nehmen. »Außerdem ist er verreist. Er hat eine Gastprofessur an der Kunstakademie in Den Haag. Er ist erst in zwei Wochen wieder da.« Sie zündete sich die Zigarette an, drehte sich zu mir um und sagte bestimmt: »Bis dahin muss die Geschichte aus der Welt sein!«

»Okay, aber dann erzählen Sie mir bitte, wie die Geschichte ungefähr geht. Falls ich Abakay in die Quere komme, möchte ich keine umwerfenden Neuigkeiten erfahren. ›Frau de Chavannes ist die beste Freundin meiner Schwester‹ oder so was.«

»Unsinn. Es war in etwa so, wie Sie's vermutet haben. Er hat mich im Café angesprochen, und ich wurde ein bisschen neugierig. Einer, der Frauen im Café anspricht, allein das, wo gibt's denn so was heute noch? Und wahrscheinlich war mir an dem Morgen auch einfach langweilig. Wir haben geredet, und er war tatsächlich amüsant – also, auf so eine Nachtleben-Zocker-WaskostdieWelt-Art amüsant. Dazu behauptete er, Fotograf zu sein und dass er eine Serie mit dem Titel ›Frankfurt im Schatten der Bankentürme‹ gemacht habe. Porträts von Ganoven, Prostituierten, Hip-Hoppern…«

Sie warf mir einen Blick zu. »Ich weiß, nicht sehr originell, aber ...«

Sie suchte nach Worten.

Ich sagte: »Aber zusammen mit der Nachtleben-Zocker-WaskostdieWelt-Migrationshintergrund-Art ...«

Sie betrachtete mich einen Moment, als kämen ihr erneut starke Zweifel, ob sie einem wie mir Einblick in ihr Leben geben sollte. Dann nahm sie einen Zug von der Zigarette, blies den Rauch, wie um die Zweifel zu verscheuchen, kräftig aus und fuhr fort: »Möglich. Vor allem habe ich an meinen Mann gedacht.«

»Klar.«

»Ich wusste, dass Sie das sagen.«

»Was soll man sonst sagen?«

»Hören Sie: Ich habe Ihnen am Anfang nicht die Wahrheit erzählt in der Hoffnung, die Angelegenheit ließe sich auch so lösen. Ich bin bekannt in der Stadt, mein Mann ist bekannt in der Welt, Sie sind, mir zumindest, ein völlig Unbekannter. Und Sie sind Privatdetektiv. Was weiß ich über Privatdetektive? Wenn ich nicht so dringend Hilfe bräuchte ... Verstehen Sie? Warum sollte ich Ihnen trauen? Es gibt sicher Schmierblätter, die für eine Mutter-Tochter-Hasselbaink-Story um geheimnisvollen Underground-Fotografen ein paar Euro zahlen.«

»Kann sein, aber für ein paar Euro riskiert kein Privatdetektiv seinen Ruf. Unser Ruf ist sozusagen unser Geschäftsmodell – unser einziges.«

Während sie darüber nachdachte, schoben sich ihre gezupften Augenbrauen zusammen, und auf ihrer Stirn entstanden zwei kleine Falten. Es gefiel mir, dass sie kein Botox spritzte. Vielleicht waren ja auch ihre Lippen echt. Ich hatte einmal aufgespritzte Lippen geküsst und gefunden, es sei, als schüttle man eine Handprothese.

Sie ging zurück zum Regal und drückte die Zigarette in einen Aschenbecher. »Ich kann Ihnen also vertrauen?«

»Ich verkaufe Ihre Geschichte keinem Schmierblatt, wenn Sie das meinen. Abgesehen davon denke ich, dass Sie die Wucht der Geschichte etwas überschätzen.«

»Kennen Sie sich in der Kunstwelt aus?«

»Ich weiß, dass Ihr Mann dort eine ziemlich große Nummer ist. Gesichter ohne Augen, nicht wahr?«

»Das ist eine seiner berühmten Serien, ja. ›Die Blinden von Babylon‹.«

»Ich habe Ihren Mann gegoogelt. Internationale Preise und so weiter. Trotzdem: Die Sorte Schmierblätter, die Sie im Sinn haben, versuchen ihre Leser nicht mit Leuten zu unterhalten, die Serien malen, die ›Die Blinden von Babylon‹ heißen. Sagen Sie mir bitte, was Sie damit meinten: Sie hätten vor allem an Ihren Mann gedacht?«

»Werden Sie mir ab jetzt glauben, was ich Ihnen erzähle?«

»Kommt drauf an, was Sie mir erzählen.« Ich grinste fröhlich. »Spucken Sie's einfach aus. Oder möchten Sie es sich lieber noch mal überlegen, ob Sie mich engagieren wollen?«

»Ich möchte …« Sie zögerte, und einen Augenblick sah es so aus, als unterdrückte sie Tränen. Sie sah zu Boden und verschränkte fröstelnd die nackten Arme. Dabei schob sich das gelbe T-Shirt noch weiter den straffen Bauch hoch, und ich glaubte, trotz der fünfzehn Meter Abstand einen

Schlangenkopf zu erkennen. Gerne hätte ich erfahren, in welchem Moment ihres Lebens sie den Entschluss gefasst hatte: So, ich geh jetzt ins Tattoo-Studio und lass mir eine Schlange stechen, die mir zwischen den Beinen hervorkriecht. Und was ihre Eltern, Madame und Monsieur de Chavannes, Adlige aus Lyon, davon gehalten hatten. (Ich ging davon aus, dass man sich ein Schlangentattoo eher in einem Alter stechen ließ, in dem das Urteil der Eltern noch eine Rolle spielte.) Laut Google lebten sie, seit Georges de Chavannes seinen Posten bei Magnon & Koch, einer Privatbank für Vermögensverwaltung, aufgegeben hatte, in einem kleinen Schloss an der Loire und stellten eigenen Wein her. Ob sie manchmal abends bei einer Flasche auf der Terrasse saßen, den Sonnenuntergang betrachteten, ihren Gedanken nachhingen, und irgendwann fragte Bernadette de Chavannes in die Vogelzwitscher-Grillenzirpen-Gläserklirren-Ruhe: »Glaubst du, Valerie hat immer noch dieses *terrible* ...?«

»Bitte, *chérie*! Lass uns den Abend genießen.«

Und was dachte Edgar Hasselbaink über die Schlange? Oder entsprang sie womöglich einem Entwurf von ihm? Und Marieke? Wie lief das auf dem Schulhof? Die Jungs: Hey, Marieke, ich hab auch 'ne Schlange da unten, die würde ich gerne mal der Schlange von deiner Mama vorstellen!

»Mein Mann hat Frankfurt schon immer furchtbar gefunden: langweilig, provinziell, unkultiviert. Würstchen, Aktien, Bankerschnösel, und das Lieblingsgetränk der Einheimischen sei ein Abführmittel, sagt Edgar. Vor zehn Jahren kamen wir aus Paris hierher. Paris war uns zu teuer geworden, und sowieso wollten wir wegen Marieke irgendwohin, wo es weniger Autoabgase und mehr Grün gab. Da boten uns meine Eltern das Haus hier an. Mein Vater hat über zwanzig Jahre die Frankfurter Niederlassung von Magnon & Koch geleitet. Als er in Rente ging, wollten meine Eltern zurück nach Frankreich.«

»Verzeihung, aber wenn Sie das Haus verkaufen – mit dem Geld, das Sie dafür kriegen, können Sie sich doch fast jeden Wohnort der Welt leisten.«

»Wenn ich sagte, meine Eltern boten mir das Haus an, meinte ich nicht, dass sie es mir geschenkt haben. Wir zahlen sogar Miete, wenn auch eine verhältnismäßig niedrige – das Symbol war meinen Eltern wichtig.«

Sie machte eine Pause, ging zu einem mit grauem Cord bezogenen Sofa von der Größe meines Gästezimmers und nahm eine weiße Strickjacke von der Lehne. Während sie sich die Jacke um die Schultern legte, sagte sie: »Meine Eltern und ich haben es nicht immer leicht miteinander.«

»Sind Sie als Kind in dem Haus hier aufgewachsen?«

»Ja. Ich war sieben, als meine Eltern nach Frankfurt zogen, und bis sechzehn habe ich hier gewohnt. Jedenfalls: Wir haben gedacht, es sei nur für den Übergang, bis wir uns entschieden haben, wo wir leben wollen. Aber dann ... Die Bilder meines Mannes begannen, sich schlechter zu verkaufen, gleichzeitig gewöhnten wir uns an die Größe und den Komfort des Hauses, Marieke machte Frankfurt zu ihrer Heimat und so weiter – viele, zum Teil gute Gründe, warum wir immer noch hier sind. Mein Mann allerdings hat seine Meinung über Frankfurt und besonders dieses Viertel hier nie geändert. Sehen Sie, er ist in Amsterdam aufgewachsen, hat in New York gelebt, Barcelona, Paris – in den schäbigen Gegenden, nicht dass Sie denken, er vermisse irgendwelchen Glamour. In Amsterdam, als er noch Medizin studiert hat, im Studentenwohnheim, später oft in ungeheizten Ateliers, und in Paris hatten wir ein Vier-Zimmer-Souterrain-Appartement in Belleville. Was er vermisst, ist das Leben, sind die Überraschungen. Das einzig Überraschende, das einem hier auf der Straße passieren kann, ist, dass eine der Pelzmantel-Zicken mit ihren ondulierten Hunden einem freundlich guten Tag sagt.«

Valerie de Chavannes setzte sich zurück in den Art-Cologne-Sessel mir gegenüber, und ich fragte mich, wie viele Pelzmäntel sie wohl im Schrank hängen hatte. Oder bedeuteten die Mietzahlungen an die Eltern, dass an finanzieller Unterstützung aus dem Loire-Schlösschen gar nichts floss? Aber wer bezahlte die Haushälterin, die Luxusmöbel, das funkelnde Rennrad im Eingangsflur?

»Und da versuchten Sie mit Abakay ein bisschen vom vermissten Leben in die Bude zu bringen? «

»Er war nicht der Erste. Immer wenn ich jemanden treffe, von dem ich glaube, er könnte Edgar interessieren, bringe ich ihn mit nach Hause. Verstehen Sie? Ich würde mir so sehr wünschen, dass Edgar Frankfurt ein bisschen Spaß macht. Und ich dachte: Abakay, das ist auf jeden Fall nicht Würstchen und Aktien. Ich habe ihn also zum Abendessen eingeladen, und es ging gründlich schief. Edgar fand, er sei ein aufgeblasener Schwätzer, und Marieke hat sich bei einer sinnlosen Diskussion über die Freiheit der Kunst auf Abakays Seite geschlagen. Natürlich nur, um uns eins auszuwischen …«

Plötzlich schien ihr etwas Unangenehmes einzufallen. Oder besser: etwas im Moment Unpassendes, etwas, das mit mir zu tun hatte. Einen Augenblick schaute sie mich an, als sei ihr gerade aufgegangen, dass ich genauso aussah wie irgendein Schweinehund aus ihrer Vergangenheit: ein aus dem Mund stinkender Lehrer, der sie beim Nachhilfeunterricht betatscht, oder ein Exfreund, der sich mit ihrem Schmuck davongemacht hatte, etwas in der Richtung.

Sie senkte den Blick und begann, ihre Hände zu massieren. »Jetzt wissen Sie, was ich meinte, als ich sagte, dass ich vor allem an meinen Mann gedacht habe.«

»Hmm. Eine Diskussion über die Freiheit der Kunst? Um was ging's da?«

Sie zögerte, schaute kurz hoch, dann wieder auf ihre Hände. Sie massierte ruhig und gleichmäßig. Überhaupt war sie gut darin, Ruhe und Gleichmäßigkeit vorzuführen, manchmal auch Wut und Verachtung, nur hin und wieder verrutschte die Maske, und dahinter, so kam es mir vor, zitterte Valerie de Chavannes vor Angst.

»Um diese blöden Karikaturen.«

Ich ahnte, was sie meinte. »Keinen Schimmer, wovon Sie reden.«

»Na, von den Mohammed-Karikaturen. Das Theater damals – wie lange ist das jetzt her, drei oder vier Jahre? – haben Sie ja wohl mitgekriegt?«

Diesmal blieb ihr Blick auf mich gerichtet, und ihre Miene schwankte zwischen Sorge und Missmut: Trat sie einem Kerl namens Kemal Kayankaya mit dem Thema auf den Schlips, oder war der Privatdetektiv, der ihr im Laufe des Gesprächs schließlich einen einigermaßen zivilisierten

Eindruck gemacht hatte, am Ende doch nur eine bildungsferne Nulpe?

»Verstehe. Ja, habe ich mitgekriegt. Welche Position vertrat Abakay?«

»Nun ... Es ging ihm wohl weniger um sich – Abakay ist bestimmt kein besonders Gottgläubiger –, sondern ganz allgemein um Respekt gegenüber Religionen. Irgendein Verwandter, ich glaube sein Onkel, ist Geistlicher in einer Frankfurter Moschee.«

»Ist Marieke anfällig für solches Zeug?« Ich sah auf den Glastisch zu den Fotos mit dem streng blickenden Mädchen.

»Sie meinen Religionen?«

Ich nickte. »Vielleicht ist sie gar nicht mit Abakay weg, sondern mit dem lieben Gott?«

»Nein, nein, sie ...« Valerie de Chavannes schüttelte den Kopf, sah verzweifelt zur Zimmerdecke, wo ihr Blick kurz verharrte, als erschienen ihr dort die Bilder des verpatzten Abends. »Es war nur wegen uns oder vielleicht auch nur wegen meinem Mann. Sehen Sie, wir sind aufgeklärte, moderne Menschen, Religion hat bei uns und für Marieke nie eine Rolle gespielt. An dem Abend hat sie einfach gespürt, dass sie ihren Vater zur Weißglut bringen konnte. Edgar ist, wenn's auf das Thema kommt, lautstarker Atheist, er hasst jede Form von Religion. Und da fängt seine Tochter plötzlich an, den Schleier als Kulturerbe, orientalisches Modeaccessoire, Möglichkeit der Frau, sich vor den Blicken der Männer zu schützen, und was nicht noch alles zu verteidigen. Sogar Abakay hat ihr widersprochen, sich vielleicht insgeheim eins gegrinst, ich weiß es nicht. Wie gesagt, es war einfach nur sinnlos. Edgar liebt Marieke über alles, und zurzeit versucht sie, sich von dieser Liebe zu befreien.« Valerie de Chavannes machte eine Pause, und es war offensichtlich, dass sie überlegte, ob sie mir etwas anvertrauen sollte. »Sie haben vorhin bemerkt, dass ich es mit den Namen der Freunde meiner Tochter wohl nicht so hätte. Im Vergleich zu Edgar haben Sie fraglos recht: Er kann Ihnen wahrscheinlich jeden Freund Mariekes seit der Grundschule mit Vor- und Nachnamen aufzählen. Haben Sie Kinder?«

Die Frage kam überraschend, und ich dachte an Deborah, wie sie zwei Tage zuvor beim »Aperitif« (die Bezeichnung hatte Deborah eingeführt, ich wäre beim »Ich trink noch zwei Bier vorm Essen« geblieben) über ihren Kinderwunsch gesprochen hatte.

»Nein.«

»Die Liebe zu ihnen kann ziemlich monströs werden. Ich hoffe, Ihnen ist klar, wie wichtig es ist, dass Edgar auf keinen Fall erfährt, dass Marieke bei Abakay war. Er würde es ihr nie verzeihen.«

»Würde er es nicht eher Ihnen nie verzeihen?«

Valerie de Chavannes sah mich unverwandt an. Langsam schloss sich ihr Mund, und der Ich-denke-immer-nur-an-seine-Blick war wieder da. Tatsächlich wohl einfach nur ein Blick herab und zwar auf Männer, von denen sie annahm, dass sie bei ihr immer nur ans eine dachten.

Nach einer Pause sagte sie: »Sie hätten's gerne ein bisschen üblicher, ein bisschen schäbiger, hm? Oder können Sie sich nur einfach nicht vorstellen, dass eine Frau wie ich – Schlangentattoo und so weiter – nicht mit jedem halbwegs attraktiven Typen gleich ins Bett springt? Von mir aus –

aber dass Sie denken, ich wäre so blöd, den Typen zu mir nach Hause zum Abendessen einzuladen, empfinde ich als echte Beleidigung. Nebenbei und falls es Sie interessiert: Mein Mann und ich führen eine glückliche Ehe.«

»Das freut mich, Frau de Chavannes.« Ich nickte ihr mit gesenktem Kopf zu, so, wie es wohl Dienstboten taten, die sich Sorgen um ihren Job machten. »Besonders für Ihren Mann. Im Übrigen kann ich mir durchaus vorstellen, dass Sie nicht mit jedem halbwegs attraktiven Typen gleich ins Bett springen. Was ich mir allerdings weniger gut vorstellen kann, ist, dass mit einer Frau wie Ihnen – Schlangentattoo und so weiter – nicht etwas in der Luft liegt, wenn ein junger lockiger Underground-Fotograf auf Ihre Einladung hin zum Abendessen erscheint. Zumindest für den Fotografen, und ich würde wetten, Ihrem Mann ging auch der ein oder andere Gedanke durch den Kopf.«

»Sie kennen meinen Mann nicht. Er ist nicht der eifersüchtige Typ.«

»Nach meiner Erfahrung sagen das immer nur andere über einen. Und der Einzige, den ich kenne, der es von sich behauptet hat, ist, nachdem ihn seine Freundin mit einem seiner Kollegen betrogen hat, tablettenabhängig geworden.«

»Nun, vielleicht erlaubt Ihnen Ihr Beruf nicht allzu viele Erfahrungen mit Leuten, deren Einstellung zum Leben nicht den üblichen Gesetzmäßigkeiten folgt.«

»Kann sein, Frau de Chavannes. Aber Väter, die in die Luft gehen, weil ihre pubertierenden Töchter anfangen, mit anderen Männern rumzuziehen, sind mir schon ein paar begegnet. Bei Leuten, deren Einstellung zum Leben den üblichen Gesetzmäßigkeiten folgt, nennt man so was Eifersucht...«

Wir sahen uns einen Moment lang in die Augen, und vielleicht wollte sie mich schlagen.

Schließlich wandte sie den Blick ab und sagte: »Na schön, Herr Kayankaya, offenbar sind Sie nicht auf den Mund gefallen, und das ist ja auch gut so. Aber all das tut nicht wirklich was zur Sache. Werden Sie Marieke da rausholen, ohne ihr zu erzählen, wer Ihre Auftraggeberin ist?«

»Ich werd's versuchen. Wie gesagt: Dass Ihre Tochter mit Abakay rumzieht, ist ihr gutes Recht. Ich kann sie nicht einfach wegtragen.«

»Aber Sie scheinen mir doch ein Mann mit Phantasie zu sein. Denken Sie sich irgendeinen Vorwand aus. Locken Sie Abakay aus der Stadt, oder...«

»... kloppen ihn zusammen, ich weiß. Aber daraus wird nichts, Frau de Chavannes, und danke für den Mann mit Phantasie. Zahlen Sie mir einen Tagessatz Vorschuss, und ich sehe, was ich machen kann.«

Ich zog einen Standardvertrag aus der Jackentasche und reichte ihn über den Glastisch. Vierhundert Euro Tagessatz plus Spesen, zwei Tagessätze Erfolgsprämie. Normalerweise betrug mein Tagessatz zweihundertfünfzig Euro, aber normalerweise wohnen meine Klienten auch nicht in der Zeppelinallee. Dabei ging es mir gar nicht so sehr ums Geld. Ich hatte in letzter Zeit genug Aufträge gehabt, und Deborahs Weinstube brummte und begann, sich zum Frankfurter Muß-ich-hin zu entwickeln. Aber mit den meisten einigermaßen kultivierten Reichen – und die Tochter eines französischen Bankiers und Winzers, die mit einem angesehenen holländischen Künstler verheiratet war, hatte ich automatisch dazugezählt – verhielt es sich nun mal so: Sie gefielen sich und anderen in der Auffassung, dass man für besondere Qualität auch besonders zu bezahlen habe, dass auf den Wert und nicht auf den Preis zu achten sei, dass billiges Zeug plus Zeit und Gebrauch einen teurer als teures Zeug käme und so weiter. Dass so eine Auffassung für jemanden, der genug Geld besaß, wiederum eher billig war, spielte keine Rolle, weil Auffassungen nichts kosteten. Jedenfalls wollte ich bei Valerie de Chavannes, nachdem sie schon meine Büroadresse in der Gutleutstraße hatte schlucken müssen, nicht weitere Zweifel schüren, ob sie sich in die richtigen Hände begab. Umso überraschter war ich, als sie mit gerunzelter Stirn vom Papier aufsah und sagte: »Vierhundert Euro Tagessatz? Auf Ihrer Website stand: Honorar nach Vereinbarung.«

»Falls mir ein Auftrag besonders schwierig erscheint. In Ihrem Fall bleibe ich bei meinen üblichen Konditionen.«

»Vierhundert Euro am Tag – Donnerwetter.«

Die Summe schien sie wirklich zu beschäftigen. Es war mir unangenehm. Andererseits... Ich warf einen Blick durchs Wohnzimmer.

»Ist auch die Haus*einrichtung* von Ihren Eltern?«

»Das meiste ja.«

Ich stutzte. »Auch die Bilder?«

Fast alle waren großformatige, modern anmutende Farbanordnungen, Öl auf Leinwand, in schweren, goldenen, auf alt gemachten Holzrahmen. Mal Würfel in verschiedenen Farben, mal Kleckse oder Streifen, ein zerfließender Regenbogen, ein rotes Quadrat in einem gelben Quadrat in einem grünen Quadrat und so weiter, eine rotblaue gewitterwolkenähnliche Wischerei. Als ich nun zum ersten Mal genauer draufguckte, wurde mir klar, dass es wohl kaum Werke vom Maler der ›Blinden von Babylon‹ sein konnten.

»Das sind keine Bilder, das ist Innenarchitektur, würde Edgar sagen.«

»Hübsch.«

»Genau.«

Wir sahen uns an, und unausgesprochen war klar, dass ihre Eltern sie und ihren Künstlermann offenbar zwangen, die Bilder hängen zu lassen. Vielleicht stammten sie von derselben Firma, die auch das Wartezimmer, den Konferenzsaal und den WC-Vorraum der Magnon-&-Koch-Niederlassung eingerichtet hatte. Womöglich wollten die Eltern ihrem Schwiegersohn durchs Megaphon mitteilen, welche Art von Bildern nicht irgendwann ›begann, sich schlechter zu verkaufen‹. Vielleicht wollten sie aber auch nur ihre tätowierte Tochter, die mit sechzehn von zu Hause ausgezogen war, ein bisschen quälen.

Valerie de Chavannes wohnte also möbliert, und vierhundert Euro waren für sie kein Pappenstiel.

»Da ich annehme, dass der Auftrag in ein oder zwei Tagen ohne allzu großen Aufwand zu erledigen ist, kann ich Ihnen anbieten, die Erfolgsprämie zu halbieren.«

»Danke«, sagte sie, und es kam von Herzen.

Sie unterschrieb den Vertrag, und während sie hinausging, um die vierhundert Euro zu holen, zog ich meine Jacke an und ging zu einer DIN-A4-großen Zeichnung, die zwischen dem zwei mal zwei Meter großen Regenbogen und einer drei Meter langen Reihe roter und grüner Längsstreifen mit einer Nadel an die Wand gepinnt war. Ein hastiges, unsauberes Bleistiftgekritzel, das einen Mann mit Afrofrisur und weit aufgerissenem Mund zeigte, wie er zwischen zwei riesigen Bildern mit Regenbogen und Längsstreifen am Boden kniete und einen Haufen kotzte, der ihm bis zur Brust reichte und ihn zu ersticken drohte.

Als Valerie de Chavannes zurückkam, sah sie mich vor der Zeichnung stehen.

»Das ist lustig«, sagte ich und meinte es auch.

»Ist es nicht«, erwiderte sie. »Hier.« Sie kam auf mich zu und gab mir vier Hundert-Euro-Scheine. »Ich werde den ganzen Tag zu Hause bleiben. Rufen Sie mich bitte sofort an, sobald Sie irgendwas Neues über Marieke erfahren...«

Beim Namen Marieke verließ sie plötzlich die Kraft. Sie atmete schwer ein, ihr Kinn begann zu zittern, und sie presste die Lippen zusammen.

»Bitte, bringen Sie mir meine Tochter zurück! Und vergessen Sie das mit der halben Prämie, das ist ja völlig dumm, es war nur...«, sie kämpfte gegen die Tränen, »... wir haben seit einiger Zeit wirklich wenig Geld, und dass ich daran gedacht habe, ist einfach eine furchtbare Gewohnheit, ich zahle Ihnen natürlich, was Sie wollen, bringen Sie mir nur Marieke zurück.«

Sie war einen weiteren Schritt auf mich zugetreten, rang die Hände vorm Bauch und starrte mich flehend an. Es war quasi unmöglich, sie nicht in den Arm zu nehmen. Ihr Kopf fiel auf meine Schulter, sie gab den Tränen nach, und ihr zitternder Körper drängte sich an mich. Sie hatte die Strickjacke beim Geldholen ausgezogen, und ich umfasste ihre nackten, muskulösen Arme. Die Ärmel des T-Shirts rutschten zurück, und meine Fingerspitzen berührten ihre feuchten Achselhöhlen. Als ich dann noch ihren Busen sehr bewusst durch meine leichte Cordjacke zu spüren begann, wurde es Zeit zu gehen.

Behutsam schob ich sie von mir weg. Ihr Gesicht war tränennass.

»Machen Sie sich keine Sorgen, Frau de Chavannes. Ich bringe Ihnen Marieke zurück, versprochen.«

Sie sah mich verzweifelt an. »Wenn er ihr was tut...«

»Er tut ihr nichts.« Was man eben so sagt. Ich deutete zu dem Glastisch mit den Fotos. »Ihre Tochter ist doch ein selbstbewusstes starkes Fräulein. Und mit sechzehn treibt man sich schon mal rum. Ich bin sicher, die beiden machen nichts anderes, als im Café zu hocken und sich über Underground-Fotografie oder unsere unsoziale Gesellschaft oder so was zu unterhalten. Vielleicht gehen sie zwischendurch mal in den Park und kiffen ein bisschen. Heute Abend ist sie wieder da, und Sie können ihr einen Vortrag darüber halten, was für ausschließlich anständige Sachen Sie mit sechzehn gemacht haben. Ich nehme an, da wird viel von Seilspringen, Poesiealbumpflege und klassischer Klaviermusik die Rede sein...«

Immerhin, sie musste ein bisschen lächeln.

»Bis heute Abend, Frau de Chavannes. Und bleiben Sie lieber nicht zu Hause. Gehen Sie spazieren oder shoppen oder ins Fitness-Studio, bewegen Sie sich, lenken Sie sich ab. Vergessen Sie ihr Handy nicht. Ich rufe Sie an, okay?«

Sie nickte schniefend, dann sagte sie: »Das ist das Bild, das Sie von mir haben, Shoppen und Fitness-Studio, hm?«

Ich betrachtete sie einen Augenblick. »Um mein Bild von Ihnen machen Sie sich mal keine Sorgen. Das ist schon in Ordnung.«

Wir gaben uns die Hand, und im nächsten Moment war ich im Flur. Ich wischte mir mit dem Ärmel Schweiß von der Stirn.

An die Wand gelehnt stand das Fünf-bis-sechstausend-Euro-Herren-Rennrad. Ich kannte mich mit Rädern einigermaßen aus, seit ich vor vier Jahren das Rauchen aufgegeben hatte. Jedes Mal wenn das Verlangen nach Nikotin kaum mehr auszuhalten gewesen war, hatte ich mich tagsüber oder nachts aufs Rad gesetzt und zwischen Bad Soden und Bad Nauheim hügelauf, hügelab gegen den Nur-ein-kleines-halbes-Zigarettchen-Teufel angekämpft.

Vielleicht stammte das Rennrad aus finanziell besseren Zeiten. Oder es war eins der Dinge, die Edgar Hasselbaink den Spaß an Frankfurt bringen sollten und die sich die Familie vom Mund absparte. Oder Valerie de Chavannes machte ihrem Geldvermehrer-Vater alle Ehre und hatte mir zur prinzipiell und auch in jeder noch so unpassenden Situation anzustrebenden Kostenminderung Theater vorgespielt.

Kurz vor der eisenbeschlagenen, mächtigen, sowohl von innen wie außen abweisenden Haustür trat aus der Kellertreppe mit einem Korb Wäsche unterm Arm die Haushälterin in den Flur.

Sie blieb überrascht stehen. »Ach, Sie sind noch hier?«

»Ja. Vielen Dank für den Tee. Das nächste Mal würde ich gerne Ihre Fischsuppe probieren, vielleicht im Umkehrschluss…«

Sie sah mich verständnislos an.

»Eine Frage: Wie lange arbeiten Sie schon für de Chavannes?«

Es war ihr nicht recht, dass ich sie fragte, und wenn mich nicht alles täuschte, war ihr auch sonst nichts recht an mir.

»Über zwanzig Jahre, warum?«

»Nur so, reine Neugierde. Auf Wiedersehen, schönen Tag noch.«

Sie murmelte irgendwas. Ob sie meinen Besuch Georges und Bernadette de Chavannes melden würde? Hier war schon wieder so einer da ...

Als die Haustür hinter mir ins Schloss fiel, blieb ich einen Moment im Vorgarten stehen und atmete die klare Herbstluft ein. Bis auf ein älteres, sich langsam über den Bürgersteig näherndes Paar war die Zeppelinallee wie ausgestorben. Kein Auto fuhr, keine Kinder lärmten, kein Geschirrklappern oder Rasenmäherbrummen. Ganz leise hörte man das Rauschen der Stadt wie von weit her, dabei war man fast mitten drin.

Der Mann und die Frau trugen beide jägergrüne Filzhüte, die Frau hatte einen Pelz um den Hals, der Mann einen Gehstock mit golden glänzendem Knauf in Form eines Tierkopfs. Das Klacken des Gehstocks tönte durch die Diplomatenviertel-Stille.

Wollen wir doch mal sehen, dachte ich und winkte den beiden lächelnd zu: »Guten Morgen!«

Sie betrachteten mich im Weitergehen, als sei ich ein sprechender Baum oder so was und als wären sprechende Bäume oder so was äußerst unfein.

Ich nahm mein Fahrrad, schob es aus dem Vorgarten und

fuhr los Richtung Bockenheimer Landstraße. Als ich an dem älteren Paar vorbeikam, rief ich: »Ihr schlechterzogenen Schweine!« Und wieder schauten sie, ohne eine Miene zu verziehen. Ein sprechender Baum auf einem Fahrrad – ja, wo sind wir denn!

Ich trat in die Pedale, die milde Oktobersonne im Gesicht, und war überzeugt, einen leichten, angenehmen Job vor mir zu haben. Jedenfalls solange ich mich von meiner Klientin fernhielt. Valerie de Chavannes war eine anziehende Frau, keine Frage, und wenn mich nicht alles täuschte, hatte sie gegen ein bisschen Trost, wenn er auf die richtige Art und Weise gespendet wurde, nichts einzuwenden. Aber anziehende Frauen gab es viele, mit einer wohnte ich zusammen. Und sowieso, Valerie de Chavannes' Himmel und Hölle versprechender Blick schien mir die Bandbreite an möglichen Gefühlszuständen mit ihr ziemlich genau abzudecken. Und wer wollte in meinem Alter Hölle? Ich war Anfang fünfzig, ich erledigte meine Arbeit, zahlte meine Rechnungen, ich hatte es geschafft, mit dem Rauchen aufzuhören, trank fast nur noch gepflegt zwei, drei Bier am Abend oder ein paar Flaschen Wein mit Freunden, und ich plante mit Deborah unsere Zukunft. Heute Morgen, gerade eben noch, war ich rundum zufrieden aus der Haustür getreten und hatte mich mit einem Apfel in der Hand aufs Rad geschwungen. Vielleicht war das nicht der Himmel, aber es kam ihm ziemlich nahe.

Und dann tat ich es doch: Ich hielt mir die Fingerspitzen, die eben noch Valerie de Chavannes Achselhöhlen berührt hatten, an die Nase und roch einen leichten Schweißgeruch mit Lavendel, und für einen Moment fühlte es sich an, als würde mir die Oktobersonne auf den Kopf brennen wie ihre Schwester im August.

2

Mein Büro befand sich im zweiten Stock eines herunter- oder vielleicht nie hochgekommenen Sechziger-Jahre-Wohnhauses am Anfang der Gutleutstraße in der Nähe des Hauptbahnhofs. Von der Fassade bröckelte rosabrauner Putz, an vielen Stellen kam die Backsteinmauer hervor, manche Fenster waren mit Bettlaken verhängt, andere mit Möbeln zugestellt, im dritten Stock blinkten das ganze Jahr über Weihnachtslichterketten, und im vierten klebte auf einer Scheibe der Schriftzug *Frankfurt Hooligan*. Im Erdgeschoss gab es einen Secondhandkleiderladen, in dem man gebrauchte Moonboots, Polyesterhemden und rissige Gürtel kaufen konnte und den mein Freund Slibulsky wegen des Geruchs, der dem Laden bei offener Tür entströmte, »Third Armpit« nannte. Die Haustür in der Einfahrt war mal aus geriffeltem Glas gewesen, bis ein Betrunkener sie vor drei Jahren eingetreten und der Hausbesitzer das Glas durch ein Holzbrett ersetzt hatte.

Im graugelb gestrichenen Treppenhaus roch es nach Katze und Reinigungsmittel. Wenn man den halb weggebrochenen Lichtschalter fand und drückte, schaffte eine kerzenförmige, nackte Energiesparbirne gerade genug Halbdunkel, dass man die Treppe nicht verfehlte. Auf das Geländer schmierte ein Scherzkeks immer mal wieder irgendeine klebrige Substanz, Marmelade, Honig, UHU. Ich war sicher, dass es sich beim Täter um den zwölfjährigen Sohn eines alleinerziehenden Vaters im vierten Stock handelte. Aber ich konnte ihm nichts beweisen. Einmal hatte ich ihn drauf angesprochen, und seine Antwort war gewesen: »Eine klebrige Substanz? Sind Sie sicher, dass die auf dem Geländer war? Haben Sie sich vorher die Hände gewaschen?« Der kleine Drecksack.

Vor dreizehn Jahren hatte eine kroatische Mafia, die mich von Nachforschungen abhalten wollte, mein früheres Büro in die Luft gesprengt. Die Zweizimmerwohnung in der Gutleutstraße war ein schneller, billiger und – wie ich damals dachte – vorübergehender Ersatz gewesen. Doch die Befürchtung, bei der Adresse und dem Zustand des Hauses nur noch Klienten mit Vorstrafenregister oder schweren Drogenproblemen zu bekommen, erwies sich als übertrieben. Zwar hätte ich mit der Laufkundschaft, die nur wegen des Schilds *Kemal Kayankaya – Ermittlungen und Personenschutz* den düsteren Weg in den zweiten Stock gefunden hatten, in den ersten Jahren kaum die Miete reingekriegt, aber ich hatte als Detektiv keinen schlechten Ruf in der Stadt, die Mund-zu-Mund-Propaganda funktionierte, und die Geschäfte liefen. Mein Wunsch nach repräsentativeren Büroräumen verblasste. Ich gewöhnte mich an die Gegend, den Kastanienbaum vorm Fenster und das kleine Café Rosig an der Ecke, bis der Siegeszug von Internet und Computertechnik das Büro überflüssig machte. Meine Klienten kontaktierten mich per E-Mail oder Telefon, meine Unterlagen aus Papier passten in einen Schuhkarton, und zu geschäftlichen Verabredungen traf ich mich im Café Rosig. Ich hätte als Geschäftsadresse meine Privatwohnung angeben können. Doch dann trieb Deborah Vier-Zimmer-Küche-Bad im Westend auf und fragte mich, ob ich mit ihr zusammenziehen wolle. Da waren wir seit über sechs Jahren ein zunächst gelegentliches, dann immer entschlosseneres Paar gewesen, und ich nahm den Vorschlag gerne an. Darum brauchte ich ein Büro abseits der Privatwohnung. Falls es noch mal jemand mit Sprengstoff oder sonst wie auf mich abgesehen haben würde, sollte es nicht Deborah treffen.

Seit der Installierung meiner Webseite waren genau zwei Leute ohne Voranmeldung in die Gutleutstraße gekommen: eine Nachbarin, die wollte, dass ich ihren Bruder im Zusammenhang mit Erbstreitigkeiten zu Zugeständnissen brachte: »Er ist 'n kleiner, feiger, weicher Wurm, Sie müssen ihn nur mal 'n bisschen quetschen«, und ein trauriger Mann, der sich bei einem Pornofilm in ein namenloses Mädchen verguckt hatte und mich bat, sie zu finden, und dem ich vorrechnete, wie viele dunkelhaarige Mädchen es auf der Welt gab, wie viel ihn so eine Suche kosten könnte und wie hoch mein Vorschuss wäre, bis er noch trauriger wieder ging.

Darum beachtete ich an dem Morgen, als ich von Valerie de Chavannes kam, die Frau kaum, die im Hinterhof gegen ein sonnenbeschienenes Stück Mauer lehnte und geschäftig in ein iPhone sprach. Sie trug einen blauen, teuer wirkenden Hosenanzug und einen modernen Kurzhaarschnitt, vor ihr stand eine große Lederhandtasche, aus der Papiere ragten. Eine Maklerin, dachte ich. Immer wieder gab es Gerüchte, dass das Haus verkauft und abgerissen werden sollte, um einem weiteren Hotel oder Parkhaus in Bahnhofsnähe Platz zu machen.

Als ich schon den Schlüssel ins Haustürschloss gesteckt hatte und gerade mein Rad schultern wollte, hörte ich hinter mir: »Entschuldigen Sie …! Herr Kayankaya …?«

Ich ließ das Rad sinken und drehte mich um.

»Ja?«

Auf hohen Absätzen, in einer Hand die offenbar schwer gefüllte Tasche, in der anderen das iPhone, stakste sie lächelnd auf mich zu. Sie hatte ein breites freundliches Gesicht, und je näher sie kam, desto deutlicher wurde, wie groß sie war. Fast einen Kopf größer als ich, ohne Schuhe immer noch einen halben, und ich bin nicht klein. Es gefiel mir, dass eine so große Frau auch noch hohe Absätze trug und den kleinen Menschen dieser Welt offenbar keinen Gefallen tun wollte. Sie ließ die Tasche auf den Boden plumpsen, warf das iPhone hinein und streckte mir die Hand entgegen. Auch ihre Hand war groß.

»Katja Lipschitz, Pressechefin des Maier Verlags.«

»Kemal Kayankaya, aber das wissen Sie ja schon.«

»Ich kenne Sie von einem Foto im Internet, darum habe ich Sie erkannt. Der Mann, der Gregory rettete …«

Wieder lächelte sie, vielleicht ein wenig zu professionell, und hinter dem Lächeln war ein prüfender Blick. Ob mich die Erwähnung des Namens Gregory aus der Ruhe brachte? Gregory hieß eigentlich Gregor Dachstein und hatte vor Jahren eine Big-Brother-Fernsehshow-Staffel gewonnen, danach eine CD mit Titeln wie »Hier kommt dein Weihnachtsmann mit Sack und Rute« und »Sie ist 'ne alte Fo-Fo-Fo-Fotokünstlerin« aufgenommen und tingelte seitdem durch die Diskothekenwelt zwischen Klein Dingsbums und Hintersowieso. Für einen Auftritt in Dietzenbach in der Diskothek ›Höhle‹ hatte mich Gregorys Manager als Leibwächter engagiert mit dem Ergebnis, dass ich Gregory nachts um vier nach ungefähr dreißig Wodka Redbull in die Notaufnahme nach Offenbach bringen musste. Dort wartete ein Reporter der *Bildzeitung* mit einem Fotoapparat, und ich fragte mich lange, ob der Manager schon vor dem Konzert eine Verabredung mit dem Reporter getroffen und darum den Wodka-Redbull-Konsum seines Schützlings ordentlich gefördert hatte, oder ob ihm die Idee, der *Bildzeitung* eine kleine Exklusivstory anzubieten, erst während Gregorys Zusammenbruch auf der Bühne gekommen war. Jedenfalls erschien einen Tag später ein Foto von mir mit Gregory und vollgekotzter Jacke, unter dem stand: *Giftanschlag? Gregory in den Armen seines Bodyguards auf dem Weg ins Krankenhaus.* Ein Auftritt, auf den ich gerne verzichtet hätte.

Ich erwiderte Katja Lipschitz' professionelles Lächeln. »Möchten Sie ein Autogramm?«

»Später vielleicht – unter einen Vertrag. Wollen Sie den Grund meines Besuchs hier …«, sie warf einen kurzen abschätzigen Blick in die Runde: Hinterhof, Einfahrt mit Holzbretttür, Autoverkehr auf der Gutleutstraße, »… draußen erfahren?«

»Kommt drauf an. Verkauft der Maier Verlag Zeitungsabonnements? Ihr Hosenanzug sieht zwar nicht so aus, als könne man ihn sich mit Drückerkolonnen-Lohn leisten, aber vielleicht steht er Ihnen einfach nur gut …«

Sie stutzte, offenbar wusste sie mit dem Begriff »Drückerkolonne« nicht gleich etwas anzufangen. Vielleicht war sie eine Nachbarin von Deborah und mir: Ins feine Westend kamen keine Drückerkolonnen. In der Gutleutstraße dagegen in diesem Jahr schon drei abgerissene, bleiche Kerle: »Wollen Sie super Angebot? *Gala*, *Bunte*, *Wochenecho*? Haben Sie schön zu lesen. Hey, oder geben Sie mir wenigstens 'n Zehner, ich hab seit Tagen nichts gegessen.« Eher geht ein Kamel durch ein Nadelöhr, als dass ein armes Schwein versucht, die paar notwendigen Euro zum Überleben bei einem Reichen zu schnorren.

Sie schüttelte den Kopf und sagte belustigt: »Nein, nein, keine Angst. Wir sind ein angesehener Literaturverlag. Haben Sie noch nie von uns gehört? Mercedes García ist eine unserer Autorinnen, oder Hans Peter Stullberg, Renzo Kochmeister, Daniela Mita ...«

Sie schaute gerade so erwartungsvoll, dass die mögliche Nichtkenntnis ihrer Autoren mich nicht als völligen Idioten hinstellte.

Den über sechzigjährigen Stullberg kannte ich von Zeitungsinterviews, in denen er von jungen Menschen die Hinwendung zu alten Werten forderte. Ein Schriftsteller, so dachte ich beim Lesen, drückt sich gerne in Metaphern aus: Der alte Wert war er, und der sich zu ihm hinwendende junge Mensch trug enge Jeans und besaß einen prallen Busen. Von Daniela Mita hatte ich mal in Deborahs *Brigitte* Fotos gesehen, und womöglich war Stullberg die Idee mit den jungen Menschen und den alten Werten beim Anblick seiner Verlagskollegin gekommen. Gelesen hatte ich von beiden nichts.

»Tut mir leid. Bei uns liest meine Frau«, sagte ich und musste bei dem darauffolgenden, leicht gequälten Gesichtsausdruck von Katja Lipschitz lachen.

Ich zwinkerte ihr zu und nickte in Richtung Haustür. »Kommen Sie mit hoch. Ich mach uns 'n Kaffee, in der Zeit können Sie 'n bisschen in meiner kommentierten Proust-Ausgabe blättern.«

Eine Viertelstunde später saß Katja Lipschitz entspannt in meinem mit weinrotem Samt bezogenen Besuchersessel, ließ ihre langen Beine in den Raum ragen, nippte an der Kaffeetasse und sah sich um. Viel gab es nicht zu sehen: ein leerer Schreibtisch, auf dem ein Laptop stand, ein Regal mit Strafrecht-Nachschlagewerken, vollen und leeren Weinflaschen und einem Tipp-Kick-Zinédine-Zidane aus Plastik, den mir Slibulsky mal geschenkt hatte. An den Wänden hingen mehrere Wasserfarbenbilder von Deborahs inzwischen vierzehnjähriger Nichte Hanna und eine große Bahnhofsuhr, hinter der sich meine Waffenkammer verbarg. Zwei Pistolen, Handschellen, K.O.-Tropfen, Pfefferspray.

»Haben Sie Kinder?«, fragte Katja Lipschitz und deutete auf die Wasserfarbenbilder.

»Eine Nichte.« Ich setzte mich zu ihr in den zweiten mit weinrotem Samt bezogenen Besuchersessel. Die Sessel waren ein Überbleibsel aus Deborahs Vergangenheit. Sie hatte ein paar Jahre im ›Mister Happy‹ gearbeitet, einem kleinen, schicken, von einer ehemaligen Hure fair geführten Puff am Mainufer. Als Deborah vor zehn Jahren dort aufhörte, bekam sie die Sessel als Abschiedsgeschenk.

»Also, was kann ich für Sie tun?«

Katja Lipschitz sah mich ernst und ein bisschen besorgt an. »Mein Anliegen ist höchst vertraulich. Sollten wir uns nicht einig werden ...«

»Bleibt alles Besprochene unter uns«, beendete ich den Satz und ahnte, was sie beschäftigte. »Vergessen Sie Gregory. Aus der Ecke bin ich nicht. Gregorys Karriere ist am Ende, und sein Manager wollte mit einem Leibwächter noch mal für Aufsehen sorgen. Mit dem Foto haben sie mich reingelegt.«

»Aha.« *Reingelegt* ging es ihr schön sichtbar durch den Kopf: Der Typ, den ich für eine heikle Aufgabe engagieren will, wurde von einem allerhöchstens drittklassigen Manager und einem ungefähr zweiundzwanzigstklassigen Bierhallenpornopop-Sänger *reingelegt* ...

»Ich hatte keine Ahnung, wer Gregory ist«, versuchte ich ihre Zweifel zu zerstreuen. »Der Vertrag kam per Fax, und es schien mir leichtverdientes Geld.«

»Na schön.« Sie stellte die Tasse ab, schaute noch mal auf eins von Hannas Bildern und gab sich einen Ruck: »Es handelt sich um einen unserer Autoren. Er ist Marokkaner und hat ein Buch geschrieben, das in der arabischen Welt für allerhand Aufregung sorgt. Er wird zur Buchmesse nach Frankfurt kommen und braucht Schutz.« Sie machte eine kurze Pause. »Er ist ernstlich gefährdet. Es gibt mehrere Morddrohungen von verschiedenen islamistischen Organisationen, und sogar Intellektuelle greifen das Buch und unseren Autor scharf an.« Sie presste die Lippen unwillig zusammen. »Unser Verleger nimmt mit der Veröffentlichung ein ziemliches Risiko auf sich.«

»Um was geht's in dem Buch?«

»Ein Roman. Er spielt in einer Polizeistation in einem fiktiven arabischen Land, allerdings ist als Vorbild ziemlich deutlich eines der Maghrebländer zu erkennen. Nun...«

Katja Lipschitz schaute mir in die Augen, als hoffte sie, dort etwas lesen zu können. Ein bisschen erinnerte ihr Blick an den von Valerie de Chavannes, bevor sie mir sagte, dass der Streit mit Abakay und Marieke an jenem Abend um die Mohammed-Karikaturen ging.

Ich nickte ihr aufmunternd zu. »Ja?«

»Also, die Hauptfigur, ein Kommissar, entdeckt während einer Ermittlung im Strichermilieu homosexuelle Neigungen an sich. Er verliebt sich in einen Jungen, sie beginnen eine Affäre, er bringt seine Ehe, seinen Job in Gefahr, am Ende sogar sein Leben. Dabei verhandelt das Buch natürlich eigentlich das Verhältnis der muslimischen Gesellschaft zur Homosexualität. Es gibt Passagen, in denen denkt der Kommissar – ein bis dahin gläubiger Moslem – über den Koran, Gott und gleichgeschlechtliche Liebe nach und wendet sich in seiner Verzweiflung und Wut gegen seine Religion. Gleichzeitig beschreibt das Buch einen Abgrund an Drogen, Sex, Armut und Kriminalität, also eine im Grunde völlig unheilige Gesellschaft. Die Religion ist nur noch dazu da, das allgemeine Elend zu kaschieren und die Leute ruhigzuhalten – verstehen Sie?«

»Verstehe. Und der Autor hat selber…«, ich konnte mir eine leichte Imitation von Katja Lipschitz' übervorsichtigem Tonfall nicht verkneifen, »…homosexuelle Neigungen?«

»Nein, nein, die Geschichte ist reine Fiktion.«

»Woher wissen Sie das?«

Mit dem leicht erschöpften Blick, den fast alle Frauen bekommen, wenn sie über plumpe, unwillkommene Annäherungsversuche von Männern sprechen, sagte sie: »Er war letztes Jahr im Verlag, und ich habe ihn zu mehreren Interviews begleitet.«

»Wie groß ist er?«

»Als Autor?«

»Nein, als Körper.«

Sie runzelte die Stirn. »Warum wollen Sie das wissen?«

»Nun, die Marokkaner, denen ich bisher begegnet bin, waren alles keine Riesen, und ich bilde mir ein, wenn ein eher kleiner Mann versucht, sich an eine so stattliche Erscheinung, wie Sie es sind, heranzumachen, gibt mir das Aufschluss über seinen Charakter.«

»So?« Einen Augenblick lang hielt sie mich ganz offensichtlich für bescheuert. »Er ist tatsächlich eher klein. Welchen Aufschluss gibt Ihnen das?« Ihr Ton war streng, sogar ein bisschen wütend. Vielleicht ärgerte sie die »stattliche Erscheinung«. Dabei hatte ich es als Kompliment gemeint.

»Falls er ernsthaft an Ihnen interessiert war und Äußerlichkeiten wie Körpergröße kaum mehr eine Rolle gespielt haben – gar keinen. Aber falls er die Sorte Mann ist, die einfach auf alles draufzuspringen versucht, was weiblich ist, egal wie die Chancen stehen, wäre das im Falle eines Vierundzwanzig-Stunden-Personenschutzes kein ganz unerhebliches Element.«

Sie stutzte, überlegte kurz, dann nickte sie. »Da haben Sie natürlich recht. Tja ...«

Wieder überlegte sie. Das Thema war ihr unangenehm, doch nicht so sehr, wie es ihr in ihrer Position wohl hätte sein sollen. Ein gewisses Vergnügen daran, ihre Sicht möglichst deutlich zu machen, weil es die Situation so verlangte, konnte sie nicht verbergen.

»Er lässt tatsächlich nichts anbrennen. Oder besser: Er würde gerne nichts anbrennen lassen. Seine Annäherungsversuche sind nicht sehr erfolgreich. Ich war zwei Tage mit ihm unterwegs, und mit keiner der Frauen, denen er seine Avancen machte, lief etwas. Verstehen Sie mich nicht falsch: Er ist sehr nett, sehr gebildet und sieht sogar ganz gut aus, aber ...«

Sie hielt inne.

Ich sagte: »Er geht einem auf den Wecker.«

»Vielleicht kann man das so beschreiben, ja. Dabei tut er mir leid. Sehen Sie, ich glaube, er begreift einfach nicht, dass es zwischen den Geschlechtern hier anders zugeht, dass die Kommunikation gleichberechtigter funktioniert, dass wir ...«

Sie hielt inne. Das Wörtchen »wir« hallte lautlos nach, als wäre Katja Lipschitz ein Pups entfahren und sie hoffte nun, ich würde das Geräusch dem knarrenden Sessel zuordnen. Wir, die zivilisierten Europäer Lipschitz und Kayankaya, und er, der marokkanische Ben Baggermann? Oder doch eher ihr, die Orientalen, und ich, die große Blonde ...?

Ich versuchte, ihr aus dem Fettnäpfchen zu helfen. »Sie müssen mir Ihren Autor nicht erklären. Ich möchte nur wissen, was er macht und kann oder nicht kann, die Gründe sind mir ziemlich egal.«

»Ich wollte nur nicht, dass Sie denken, dass er ...«

»Lästig ist?«

»Nun ... nein ... ja, das wollte ich ganz bestimmt nicht.«

»Machen Sie sich keine Sorgen. Außerdem: Mich wird er ja in Ruhe lassen. Welche Sprachen spricht er?«

»Ähm ...« Sie wollte noch etwas zu ihrem Autor sagen, ließ es dann aber bleiben. »Arabisch natürlich, Französisch und Deutsch. Er hat in Berlin studiert und verbringt dort immer noch regelmäßig einige Monate im Jahr. Übrigens ... Er hat Sie ausgesucht.«

»Er hat mich ausgesucht?«

»Nun, wir haben ihm eine Liste sämtlicher Frankfurter Personenschutz-Agenturen vorgelegt, und er meinte, es würde seinem Bild in der Öffentlichkeit helfen, wenn sein Leibwächter Moslem wäre. Das sind Sie doch?«

»Na ja.« Ich machte eine vage Geste. »Meine Eltern waren es. Meine leiblichen Eltern. Sie sind früh gestorben, und ich bin als Adoptivkind bei einem deutschen Ehepaar aufgewachsen. Ich nehme an, sie waren getauft, aber Religion hat bei uns keine Rolle gespielt.«

Katja Lipschitz zögerte.

»Aber ... Verzeihen Sie, dass ich frage, es wäre für eine eventuelle Zusammenarbeit vermutlich nicht ganz unwichtig: Wie sehen Sie sich denn? Ich meine, sind Sie irgendwie religiös?«

Ich schüttelte den Kopf. »Keine Religion, keine Sternzeichen, keine warmen Steine oder Glückszahlen. Wenn ich Halt brauche, nehme ich mir ein Bier.«

»Ah.« Sie schaute verwirrt, leicht abgestoßen.

»Tut mir leid, mit Glauben kann ich nicht dienen. Aber das ist für das Bild Ihres Autors in der Öffentlichkeit völlig unerheblich. Ich heiße Kayankaya und sehe so aus, wie ich aussehe. Ich weiß nicht, wie muslimisch ich nach religiösem Recht bin, aber fragen Sie irgendeinen meiner Nachbarn, er wird es Ihnen sagen können.«

»Hätten Sie etwas dagegen, wenn ich das so an unseren Autor weitergebe?«

»Überhaupt nicht. Er hat mich also ausgesucht. War es seine Idee, einen Leibwächter zu engagieren? Stammt vielleicht auch die Information, dass sein Buch in der arabischen Welt für Aufregung sorgt, vor allem von ihm?«

Katja Lipschitz' Blick verharrte einen Moment auf meinen Augen. Dabei sah sie nicht meine Augen, sondern irgendwas dahinter – ihren Chef, einen wütenden Ben Baggermann oder die Zeitungsmeldung: Marokkanischer Autor erfindet Opferrolle, um Buchverkauf anzukurbeln.

»Das ist Unsinn«, sagte sie schließlich, aber es klang nicht völlig überzeugt.

»Na, dann ist ja gut. Seit Gregory bin ich ein bisschen misstrauisch, verstehen Sie. Wie heißt Ihr Autor denn nun eigentlich? Inzwischen finde ich seinen Namen sowieso: Maier Verlag, Marokko, schwuler Kommissar – so viele Treffer wird's da bei Google kaum geben. Und dann kann ich mich von der Aufregung in der arabischen Welt selber überzeugen.«

»Malik Rashid. Ich zeige Ihnen gerne die Drohbriefe.«

»Auf Arabisch?«

»Wir werden sie natürlich übersetzen lassen. Falls wir zur Veröffentlichung gezwungen sind oder uns an die Polizei wenden müssen.«

»Falls Sie mich engagieren, würde ich die Briefe tatsächlich gerne sehen.«

Ich sah auf die Uhr, es war kurz nach zwölf. Ich hatte mir vorgenommen, Marieke zum Mittagessen nach Hause zurückzubringen. Einerseits gehörte die schnellstmögliche

Erledigung eines Auftrags natürlich zum Service, andererseits gefiel mir die Vorstellung, Valerie de Chavannes mit rascher, unkomplizierter Hilfe zu beeindrucken.

»Wann geht die Buchmesse los?«

»Nächsten Mittwoch. Malik kommt am Freitag und bleibt bis Montag.«

»Übernachtet er im Hotel?«

»Im ›Harmonia‹ in Niederrad.«

»Keine sehr heitere Gegend.«

»Wir sind froh, überhaupt Hotelzimmer zu haben. Sie wissen das vielleicht nicht, aber während der Buchmesse ist Frankfurt völlig ausgebucht.«

»Ich frage mich nur, wie Rashids Abende aussehen werden. Nach Niederrad fährt man nicht gerne früh nach Hause.«

»Er hat an allen drei Abenden zu tun – Essen mit dem Verleger, eine Lesung, eine Podiumsdiskussion – und wird danach erschöpft ins Bett wollen.«

»Trinkt er Alkohol?«

»Er behauptet, nein, aus religiösen Gründen, aber ehrlich gesagt ... Also, ich habe ihn mindestens einmal erlebt, da erschien mir sein Verhalten durchaus unter Einfluss.«

»Vielleicht kifft er.«

»Ich ... Das müssen Sie ihn selber fragen. Sehen Sie, ich habe versucht, persönliche Themen zwischen uns möglichst zu vermeiden, weil ...«

»Schon klar.« Ich nickte ihr zu. »Na schön, Frau Lipschitz, ich habe jetzt erst mal genug Informationen. Ich nehme an, Sie wollen sich das mit mir noch mal durch den Kopf gehen lassen. Sie können mich jederzeit anrufen.« Ich zog eine meiner Visitenkarten aus der Hemdtasche und reichte sie ihr. »Mein üblicher Tarif als Leibwächter sind hundert Euro die Stunde plus Steuern, bei einer Rund-um-die-Uhr-Einsatzbereitschaft aber mindestens tausend Euro plus Steuern am Tag. Wenn Rashid sich also volllaufen lässt oder Grippe bekommt und den ganzen Tag im Bett bleibt, kostet Sie das immer noch knapp tausendzweihundert Euro. Dafür bin ich bei der Berechnung der Arbeitsstunden flexibel: Wenn Rashid zum Beispiel zwischendurch mal ins Kino oder so was will und ich in der Zeit Kaffee trinken gehen kann, dann setz ich mich nicht vors Kino und behaupte, ich hätte die Straße zwei Stunden lang nach Al-Qaida abgesucht.«

»Gut, das muss ich mit dem Verleger besprechen.«

»Machen Sie das. Und falls es zum Auftrag kommt, geben Sie mir bitte möglichst bald Bescheid, damit ich das Hotel vor Rashids Ankunft überprüfen kann.«

Sie nickte. »Ich würde Ihnen dann auch seine Tagespläne schicken. Wo und wann er welche Veranstaltungen hat.«

»Wunderbar. Und die Drohbriefe.«

»Und die Drohbriefe.«

»Ich warte auf Ihren Anruf.«

Wir erhoben uns aus den Sesseln und schüttelten uns die Hand. Dann brachte ich sie zur Tür und ins Treppenhaus und drückte den Lichtschalter. Die Energiesparbirne verteilte ihr kühles Grau.

»Wie heißt Rashids Roman eigentlich?«

»›Die Reise ans Ende der Tage‹.«

»Aha. Verkauft sich so was?«

»Die Vorbestellungen waren enorm. Bei dem Thema …

Obwohl das Buch gerade erst erschienen ist, wird jetzt schon überall darüber geredet. Darum haben wir ja so eine Angst, dass bei der Buchmesse irgendwas passiert.«

Wir nickten uns noch mal freundlich lächelnd zu, dann stakste Katja Lipschitz die Treppe hinunter. Ich wollte sie vor der niedrigen Decke beim letzten Treppenabsatz warnen, ließ es dann aber bleiben. Sie musste genug Erfahrung mit Deckenhöhen haben, und nach ihrer Reaktion auf die »stattliche Erscheinung« zu schließen, erhielt sie lieber keine Hinweise auf ihre Körpergröße.

Zurück im Büro tippte ich Malik Rashid, »Die Reise ans Ende der Tage«, ins Google-Kästchen. Ich landete unter anderem bei der Website des Maier Verlags. Der Roman war ein Jahr zuvor in Paris erschienen, und die französischen Kritiken, die der Verlag zitierte, waren natürlich euphorisch. Aber auch sonst fand ich im Internet fast nur Positives über das Buch. Bis auf den Blog-Kommentar eines Hammid, der sich über den Roman ordentlich auskotzte. Jedenfalls reichte mein Reisefranzösisch aus, um *roman de merde* und *sale pédé* zu verstehen. Aber ich stieß auf keine für mich erkennbaren Reaktionen aus Marokko oder sonst einem arabischen Land. Dass der Roman dort, nach Katja Lipschitz' Worten, für allerhand Aufregung sorgte, war also reine Pressearbeit gewesen. Mir war es recht. Noch ein leichter Job.

Ich nahm die Bahnhofsuhr vom Nagel, schloss den Tresor auf und steckte Pistole und Handschellen ein. Das Zeug sollte Abakay notfalls ein bisschen Eindruck machen. Dann schulterte ich mein Rad und machte mich auf den Weg nach Sachsenhausen.

3

Die Sonne schien auf die Terrasse des Café Klaudia, Leute saßen beim späten Frühstück oder Mittagessen, Worte, Lachen und Geschirrklappern mischten sich zu einer einladenden Geräuschwolke. Ich schloss mein Fahrrad an ein Verkehrsschild und ging zur Haustür neben der Terrasse. Es roch nach rohen Zwiebeln, und die vollen Apfelweingläser leuchteten golden und verlockend. »Das Lieblingsgetränk der Einheimischen sei ein Abführmittel, sagt Edgar.« Es hatte mich in dem Moment, als Valerie de Chavannes es erzählte, tatsächlich ein bisschen geärgert. So hooliganmäßig: Was fällt dem verdammten Holländer ein!

Die Haustür war unverschlossen. Ich fand Abakays Namen auf der Klingelleiste, trat in den Hausflur und stieg möglichst leise die Treppe hinauf in den dritten Stock. Aber es war ein altes Haus, und die Holzstufen knarrten. Als ich den zweiten Stock erreichte, kam es mir so vor, als hätte ich von oben ein weiteres Knarren gehört.

Ich wusste nicht genau, was ich vorhatte. An der Tür horchen, klingeln: »Guten Tag, Kayankaya, städtische Gaswerke, bei Ihnen müsste es noch eine alte Leitung geben, die versehentlich mit Gas versorgt wurde, darf ich mal kurz durch die Zimmer gehen?« Oder: »Mensch, Abakay, altes Haus! Erinnerst dich? Die Nacht neulich in dem Club? Du hast mir deine Adresse gegeben, jetzt besuch ich dich. Der Ali!« Oder doch einfach: »Gib mir das Mädchen, oder ich hau dir aufs Maul!« Und falls niemand aufmachte? Auf der Treppe warten oder im Café Klaudia? Oder durchs Viertel spazieren und nach den beiden Ausschau halten?

Ich musste es nicht genau wissen. Ich musste es gar nicht wissen. Im dritten Stock stand die Tür zu Abakays Wohnung halb offen. Auf dem Boden dahinter lag ein dicker weißer halbnackter Mann auf dem Rücken. Er trug Jeans und weiße Sportsocken, und seine Wampe quoll über den Hosenbund wie ein großer Teigfladen. Der Kopf war zur Seite gefallen, das Gesicht mir zugewandt, Speichel lief aus dem Mund, und die Augen glotzten blind.

Ich zog meine Pistole aus der Jackentasche und schlich so weit heran, dass ich die Ursache erkennen konnte: ein kleiner Stich in Höhe des Herzens, aus dem Blut sickerte. Im nächsten Augenblick hörte ich eine Tür schlagen, und jemand rief aus der Wohnung: »Alles klar, ich hab das Zeug, wir sind dann gleich so weit.« Und nach einer kurzen Pause: »Herr Rönnthaler?«

Wieder eine Pause, dann näherten sich Schritte. Ich stellte mich hinter den Türrahmen, entsicherte die Pistole und linste in den Wohnungsflur. Abakay – schulterlange, schwarze, glänzende Locken, bleistiftschmales Bärtchen, ein weißes, über der Brust aufgeknöpftes Hemd, schwarze Anzugweste und dicke goldene Ringe an den Fingern – beugte sich erschrocken über die Leiche.

»Rönnthaler ...?!«

Mir blieb keine Zeit zum Überlegen. Als Abakay den Kopf hob und sich umsah, betrat ich mit auf ihn gerichteter Pistole die Wohnung.

»Verdammt, was ...?«

»Wo ist das Mädchen?«

»Bitte?«

»Sag mir, wo es ist, oder du bist auch hin.«

Er riß beschwichtigend die Hände hoch. »Hey, Mann, ich hab keine Ahnung, was hier los ist!«

»Das Mädchen!« Ich fingerte am Abzug.

»Ja, ja, ist ja gut! Sie ist hinten im Zimmer! Alles in Ordnung! Bitte ...«

Ich schlug ihm mit der Pistole hart gegen den Kopf, er knickte ein und sank neben die Leiche. Einen Augenblick horchte ich zum Treppenhaus. Ich hatte erneut geglaubt zu hören, wie eine Stufe knarrte, doch alles blieb still. Ich packte Abakay am Arm, schleifte ihn zur Heizung und schloss ihn mit den Handschellen ans Rohr. Danach drückte ich leise die Tür zu und ging schnell die Wohnung ab.

Ein langer Flur, eine Toilette, das Wohnzimmer, in dem der Fernseher ohne Ton lief, auf dem Sofatisch eine angebrochene Flasche Aperol, eine leere Flasche Prosecco und drei halbvolle Gläser. Gegenüber vom Wohnzimmer die sehr aufgeräumte, blitzblanke Küche mit einer zweiten Wohnungstür zwischen Geschirrschrank und Spülmaschine. Sie war unverschlossen und führte zur Hintertreppe. Auf dem Küchentisch eine Plastiktüte mit fünf kleinen Silberpapierkugeln. Ich öffnete eine der Kugeln und tippte mit der Zunge in das weiße Pulver. Ich schloss die Kugel wieder und versteckte die Tüte mit Heroin in einer Schublade unter einem Stapel Bratpfannen.

Im nächsten Raum war ein Büro eingerichtet: ein Schreibtisch mit Computer und Drucker, ein Regal mit Bildbänden und mehreren Fotokameras, als Wandschmuck ein großes gerahmtes Schwarzweißfoto von einem Kaffee trinkenden, jungen, gutaussehenden Pärchen in Paris, im

Hintergrund der Eiffelturm. Abakay, alter Underground-Fotograf!

Es folgten ein mit Marmor gekacheltes, ebenfalls blitzblankes Bad, ein Stück Flur mit weiteren gerahmten Schwarzweißfotos links und rechts – Bäume, Mädchen, Katzen, Wolkenformationen – und schließlich eine geschlossene Tür, in der der Schlüssel steckte. Ich beugte mich zum Schlüsselloch und versuchte, am Schlüssel vorbei zu gucken und zu horchen. Es war eine alte Tür mit grobem Schloss, und um den Schlüssel herum war ein millimeterbreiter Spalt. Doch ich sah nur weiße Wand und hörte nichts, dafür roch ich etwas. Etwas Widerliches. Plötzlich bekam ich Panik. Ich sah Marieke nach einer Überdosis an ihrer eigenen Kotze erstickt am Boden liegen. Ich drehte den Schlüssel und stieß die Tür auf.

Im ersten Augenblick blendete mich die durchs Fenster direkt hereinstrahlende Sonne. Dann sah ich Marieke. Sie saß auf einem mit weißer, glänzender Satinwäsche bezogenen Kingsize-Bett nackt gegen die Kissen gelehnt, hielt die Beine eng umschlungen gegen ihren Körper gepresst und war von Kopf bis Fuß mit Erbrochenem vollgeschmiert. Geriebene Karotten, Tomatenstückchen, halbe Nudeln. Wegen des geschlossenen Fensters war der säuerliche Gestank, der von dem Bett aufstieg, überwältigend.

Obwohl sie ganz offensichtlich vor Angst zitterte, zeigte sie mir ein böses, herausforderndes, krankes Grinsen.

»Noch einer?! Ich fass es nicht! Na, komm schon! Hab mich ein bisschen zurechtgemacht. Ich hoffe, die Kotze stört dich nicht. Möchtest du sie mir ablecken? Macht dich das geil?«

Ihr Bauch hob und senkte sich schnell, wie bei einem Hund. Ihr harter, fiebriger Blick sagte: Wenn ich irgendwie kann, bring ich dich um.

»Hören Sie, ich bin nicht ...«

»Hier, bisschen Nudeln?!«

»Ich will nichts von Ihnen. Ich bin gekommen, um Sie hier rauszuholen.«

»Ach ja?! Wohin willst du mich verschleppen, du Schwein?!«

Ich schüttelte den Kopf. »Ich bin von der Polizei. Paolo Magelli, zivile Spezialeinheit. Wir sind schon seit längerem hinter Abakay her. Tut mir leid, dass wir erst so spät eingetroffen sind. Haben Sie irgendwelche Verletzungen?«

Ihr Blick blieb hart, und sie ließ mich keine Sekunde aus den Augen, aber langsam schwand das Fiebrige und machte Misstrauen Platz. Dabei sanken ihre verschränkten Arme kaum merklich herab, die Spannung in ihrem Körper ließ nach.

»Zeigen Sie mir Ihren Ausweis.«

»Tut mir leid, es musste schnell gehen, ich hab meine Jacke im Auto gelassen. Ich zeige Ihnen meinen Ausweis gerne, wenn wir unten sind.«

»Wir gehen runter auf die Straße?«

»Natürlich. Ich bringe Sie jetzt nach Hause zu Ihren Eltern oder wo immer Sie wohnen.«

»Wo ist Erden?«

»Er liegt vorne im Flur. Ohnmächtig. Wir mussten ihm eine verpassen.«

»Und das dicke Schwein?«

»Liegt daneben.«

Marieke starrte mich noch eine Weile an, dann nahm sie die Arme auseinander, begann ihre vor lauter Anspannung vermutlich tauben Hände zu massieren und sah an sich herab.

»Ich hätte gerne ein Glas Wasser. Mein Hals ist von der Kotzerei ganz kaputt.«

»Haben die Ihnen irgendwelche Drogen gegeben, oder ...«

»Nein, nein, ich hab mir den Finger in den Hals gesteckt. Ich dachte, das törnt ihn vielleicht ab.«

»Warten Sie.«

Ich ging in die Küche und holte ein Glas Leitungswasser. Einen Moment horchte ich, ob Marieke die Gelegenheit nutzte, um zu flüchten. Doch als ich zurückkam saß sie immer noch auf dem Bett, inzwischen die Bettdecke um den Körper geschlungen. Erst jetzt bemerkte ich, dass ihre Lippen geschwollen waren.

Sie trank das Glas leer und sagte: »Danke.«

»Möchten Sie vielleicht gerne duschen, bevor wir gehen?«

Erneut flackerte kurz Misstrauen in ihren Augen auf. War das vielleicht doch nur ein Trick? Wollte ich sie einfach nur sauber und wohlriechend kriegen, um dann endlich loszulegen?

»Wir können auch so gehen. Ich dachte nur ... Na ja, damit Sie das hier vielleicht ein bisschen vergessen können.«

»Das vergess ich nicht.«

»Natürlich nicht ....« Ich zögerte. »Darf ich Ihnen schnell ein paar Fragen stellen?«

Sie blickte mich ausdruckslos an, dann sah sie weg zum Fenster. »Okay, und dann würde ich doch gerne duschen.«

»Na klar.« Ich ging zum Fenster, um es zu öffnen und frische Luft reinzulassen. Als ich nach dem Griff langte, sagte Marieke: »Vergessen Sie's.«

Das Fenster war eine Spezialanfertigung: schalldichtes Panzerglas, von außen verspiegelt, mit einem Sicherheitsschloss. Ich rüttelte vergeblich am Griff.

»Was glauben Sie, warum die mich hier allein lassen konnten?«

Ich versuchte, den Gestank zu ignorieren.

»Wenn Sie mir erst mal Ihren Namen sagen könnten.«

»Marieke de Chavannes.«

»Seit wann sind Sie hier eingesperrt, Frau de Chavannes?«

»Seit vorhin, als der Dicke auf mich losging.«

»Nach Ihren geschwollenen Lippen zu schließen, haben Sie sich gewehrt.«

»Ja.«

»Und dann?«

»Dann war Erden plötzlich wieder ganz normal und hat gesagt, er holt was zum Entspannen. Danach haben sie mich eingeschlossen.«

»Wann haben Sie begriffen, was die mit Ihnen vorhaben?«

Sie wandte den Blick ab, zog sich die Decke enger um die Schultern. Nach einer Weile sagte sie: »Als das dicke Schwein mich so komisch angelächelt hat. Ich hab versucht abzuhauen ... Da habe ich noch gedacht, es sei nur ein Versuch, wissen Sie? So unter Kumpels. So hat's Erden ja auch eingeleitet: Darf ich dir meinen guten Freund Volker vorstellen, er wollte dich auch gerne mal kennenlernen. Und darum dachte ich, ich könnte einfach schnell verschwinden, ich wollte sogar noch meine Tasche holen.« Sie schüttelte den Kopf. »Und dann ist das dicke Schwein hinter mir her – unglaublich!«

»War außer Ihnen, Erden und dem Dicken noch jemand in der Wohnung?«

»Nein, wieso?«

»Nur so, Routinefrage.«

»Was ist mit dem Dicken?«

»Er hat was am Herzen. Die Kollegen rufen gerade den Krankenwagen.«

»Hoffentlich verreckt er!«

»Hm. Und Erden?«

»Was ›und Erden‹?«

»Soll der auch verrecken?«

Sie zögerte, öffnete den Mund, betrachtete mich forschend, bis ihre Gedanken abzuschweifen schienen und ihr Blick nur noch wie zufällig auf mir liegen blieb.

»Ich weiß nicht. Es ist so...« Sie hielt inne, befühlte mit den Fingerspitzen vorsichtig ihre Lippen. »Bis vorhin waren wir noch befreundet.« Einen Augenblick sah es so aus, als müsste sie weinen, doch dann seufzte sie nur verzweifelt. »Wir hatten Spaß, ich kann's nicht anders sagen.«

»Hm-hm.«

Sie stellte den Blick wieder scharf. »Nicht so, wie Sie denken. Sehen Sie, Erden ist Fotograf. Darum ging's zwischen uns vor allem. Um Kunst. Er macht tolle Fotos, politische Fotos. Eine Serie heißt ›Frankfurt im Schatten der

Bankentürme‹. Nur Porträts von kaputten, verlebten Gesichtern, dabei voller Schönheit. Das waren mal ganz andere Bilder von Frankfurt ...« Sie zögerte und fügte dann altklug hinzu: »Der Stadt der Anzugmännchen und Roastbeef-Sandwiches.«

»Hat Erden das so gesagt?«

»Nein, mein Vater.«

»Über was haben Sie noch geredet?«

»Was weiß ich, alles Mögliche: Musik, Hip-Hop, wo wir herkommen, was unsere Eltern machen, welche Filme wir mögen. Zum Beispiel – und wenn ich jetzt dran denke, ich fass es nicht –, wir haben zusammen *Der englische Patient* geguckt, und er hat gesagt, das sei einer seiner Lieblingsfilme. Kennen Sie den?«

Ich kannte von dem Film etwa zehn Minuten, dann war ich neben Deborah auf der Couch eingeschlafen. »Ich glaube nicht.«

»Eine total romantische Liebesgeschichte! Stellen Sie sich mal vor: Und dann das hier!«

»Sie sagten, bis vorhin waren Sie befreundet.«

Sie zögerte, ihr Blick wurde misstrauisch.

»Ja?«

»Waren Sie ein Paar?«

Eine Pause entstand. Sie sah auf das Bettlaken vor sich. Nach einer Weile sagte sie: »Ich möchte jetzt duschen.«

»Okay, dann lass ich Sie allein. Sie wissen ja, wo alles ist. Ich guck inzwischen, wie weit die Kollegen mit dem Dicken und Abakay sind.«

Sie schaute auf. »Ich will ihn jetzt nicht sehen.«

»Natürlich nicht. Keine Sorge, wahrscheinlich haben ihn

die Kollegen schon abgeführt.« Ich nickte ihr zu. »Rufen Sie mich, wenn Sie fertig sind.«

Sie sah mir zu, wie ich zur Tür ging.

»Sagen Sie ...«

Ich drehte mich um. »Ja?«

»Werden meine Eltern hiervon erfahren?«

Ich schüttelte den Kopf. »Ich glaube nicht, dass Sie als Zeugin gebraucht werden. Wirklich passiert – tut mir leid, aber so muss ich's vom rechtlichen Standpunkt aus sagen – ist Ihnen ja nichts, und es gibt genug andere Zeuginnen.«

»Sie meinen, es gab andere Mädchen vor mir?«, fragte sie, und ich hatte den unangenehmen Eindruck, dass sie gerne das einzige gewesen wäre.

»Frau de Chavannes, falls Ihnen das noch nicht ganz klar sein sollte: Abakay ist Zuhälter. Und wenn die Mädchen nicht wollten, hat er sie mit Heroin vollgepumpt. Vergessen Sie die ›Kunst‹ und ›romantische Liebesfilme‹. Sie haben gerade noch mal Glück gehabt.«

Und mit dieser kleinen Standpauke ließ ich sie allein. Abakay, Abakay, dachte ich auf dem Weg durch den Flur, du hast den Bogen raus: Bisschen Sozialkitsch, Pissgetränke, öde Filme und ordentlich viel Klunker an den Fingern, und schon läuft das mit den Weibern! Und ich fragte mich, ob Valerie de Chavannes nach ein, zwei Gläschen Aperol auch schon mal in der weißen Satinbettwäsche gelandet war.

Als ich zum Eingangsflur kam, stand Abakays Mund offen, er stöhnte und war offenbar kurz vorm Aufwachen. Ich schlug ihm noch mal mit der Pistole gegen den Kopf, dann durchsuchte ich seine Taschen. In der Hosentasche fand ich tausendzweihundert Euro in Hunderter- und Zweihunderter-Scheinen, dazu ein paar Zehner und Fünfer. Vermutlich waren es eine Stunde zuvor noch genau tausendfünfhundert gewesen. Vielleicht hatte Abakay Marieke als Jungfrau ausgegeben, das hätte den hohen Preis erklärt. Dann hatte Marieke Schwierigkeiten gemacht, und um sie ruhigzustellen, war Abakay mit dem vom dicken Volker im Voraus erhaltenen Geld Heroin kaufen gegangen. Blieben tausendzweihundert und ein paar Zerquetschte.

Ich nahm die großen Scheine und schob sie dem dicken Volker in die Jeanstasche.

Dann ging ich in die Küche und durchsuchte die Schubladen nach einem scharfen Messer. Im Hintergrund lief die Dusche. Ich hoffte, dass Marieke ihrer Mutter nie erzählen würde, dass sie mit Abakay geschlafen hatte.

Mit einem etwa dreißig Zentimeter langen Fleischmesser kehrte ich in den Eingangsflur zurück, kniete mich neben Abakay und schnitt und stach ihm leicht in Brust und Bauch. Keine tiefen Verletzungen, es sollte nur ein bisschen nach Kampf aussehen, und ich wollte, dass Abakays Blut an der Klinge klebte. Abakay stöhnte wieder und zuckte, wachte aber nicht auf. Ich kroch zum dicken Volker, wischte den Messergriff an meinem T-Shirt ab und drückte seine kalte Hand um den Griff. Die kleine Wunde in Höhe des Herzens hatte aufgehört zu bluten.

Aus dem Büro holte ich eine Rolle Paketklebeband, aus der Küche ein Geschirrhandtuch, knebelte Abakay und band ihm die Beine zusammen.

Anschließend ging ich wieder ins Büro, fuhr den Computer hoch und tippte »Marieke« ins Fenster des Suchsystem. Der Name erschien in einer Liste, in der verschiedenen weiblichen Vornamen Pseudonyme zugeordnet waren. Hinter Marieke stand in Klammern Laetitia, und die tauchte dann in einer Art Katalog auf. Der Ordner trug den Titel »Herbstblüten 2011« und enthielt die Fotos und Kurzbeschreibungen von fünf Mädchen. Die Fotos waren einfache Aufnahmen oder Schnappschüsse von bekleideten, meistens lachenden Teenagern auf der Straße oder im Café. Bei Laetitia stand dabei: *Kluge, anspruchsvolle Upperclass-Tochter, politisch interessiert, legt Wert auf Gespräche, Ausbrecherin auf der Suche nach Abenteuern, wenn der Ton stimmt, zu fast allem bereit, exotischer, milchkaffeefarbener Typ, sehr gut entwickelt, noch für einige Monate vierzehn.*

Vierzehn, so kam der Preis zustande.

Bei einem anderen Mädchen mit dem Pseudonym Melanie stand: *Fröhliches, natürliches Vorstadt-Girl, liebt Pferde, will Spaß, Hauptsache, es wird gelacht, eher für den konventionellen Ritt als für delikate Spiele, blonder, frischer, jungenhafter Typ, sechzehn.*

Wahrscheinlich achtzehn.

Und dann Lilly. *Super Spezial! Süße kleine Kniestrumpf-Maus, spielt noch mit Puppen, Jungfrau, gegen Höchstgebot.*

Ich löschte alle Daten von Marieke, tippte *de Chavannes* ins Suchsystem, stieß auf Valerie de Chavannes Adresse samt ein paar heimlich von ihr im Café aufgenommenen Fotos und löschte auch die. Im Regal fand ich einen Foto-Karton mit der Aufschrift *Frankfurt im Schatten der Bankentürme*. Den Karton unterm Arm ging ich in den Eingangsflur und trat Abakay mit aller Kraft von oben zwischen die Beine. Trotz Knebel grunzte er laut auf, Flüssigkeit trat ihm aus der Nase, und er krümmte sich, ehe er erneut ohnmächtig zur Seite fiel.

»Von Lilly.«

Während ich in der Küche auf Marieke wartete, blätterte ich die Fotos durch. Die meisten waren Schwarzweißporträts von zerstörten, faltigen, alten oder früh gealterten Gesichtern vor dem Hintergrund der Frankfurter Bankentürme. Eine alte Roma mit zahnlosem Grinsen und Kippe im Mundwinkel, ein dunkelhäutiger Junge mit Elvistolle, Kindergitarre und ausgeschlagenem Auge, eine Fixer-Hure mit völlig weggetretenem Blick und *I-love-Frankfurt*-Button an der Bluse und so weiter. Nicht so schlecht, aber auch nicht so neu, und es kam mir vor, als hätte ich die Fotos schon einige Male gesehen.

Ich stellte den Karton beiseite und überlegte, von welcher Waffe oder welchem Werkzeug ein so schmaler, tödlicher Stich herrühren konnte.

4

Über die Hintertreppe gelangten wir in den Innenhof und gingen durch die Toreinfahrt zur Straße. Aus den Küchenfenstern des Café Klaudia drang der Geruch von gegrilltem Fleisch, es war Mittagszeit, und ich bekam Hunger.

»Wir müssen ein Taxi finden. Die Kollegen haben den Dienstwagen genommen, um Abakay wegzubringen.«

»Was ist mit Volker?«

»Ein Arzt ist mit ihm im Treppenhaus.«

»Warum wollten Sie nicht, dass wir vorne rausgehen?«

»Damit er Sie nicht noch mal sieht. Es gibt Fälle, in denen der Kunde oder Vergewaltiger oder wie immer Sie einen Typen nennen wollen, der sich Minderjährige kauft –, jedenfalls Fälle, in denen der Kerl später versucht, sich erneut an sein Opfer ranzumachen, besonders dann, wenn beim ersten Mal nichts gelaufen ist. Das wollen wir natürlich vermeiden. Er soll sich Ihr Gesicht nicht einprägen können.«

»Ich denke, ihm geht's nicht gut.«

»Ihm geht's schon wieder besser.«

Wir waren am Bordstein stehen geblieben, und ich hielt nach einem Taxi Ausschau. Zwanzig Meter weiter blitzte mein Fahrrad in der Sonne.

»Und muss er nicht ins Gefängnis?«

»Wofür?«

Ich sah sie an. Geduscht, die blonden Rastazöpfe mit einer blauen Samtschleife hinter den Kopf gebunden, in Jeans und weißer Bluse, die viereckige Designerbrille auf der Nase, glich sie nun ziemlich exakt dem streng und leicht herablassend dreinblickenden Mädchen auf den Fotos auf Valerie de Chavannes' Glastisch. Der Schock, unter dem sie noch vor einer halben Stunde gestanden hatte, ließ sichtlich nach.

»Versuchte Vergewaltigung?«

»So was ist immer ziemlich schwer zu beweisen. Vor allem, wenn das vermeintliche Opfer mit dem beteiligten Zuhälter vorher eine freiwillige Beziehung geführt hat.«

Mariekes Gesichtszüge erstarrten. Für einen Augenblick

wirkte sie, als wolle sie sich umdrehen und weggehen, mir vielleicht vorher noch vor die Füße spucken oder so was.

»Sie irren sich!«

»Ach ja?«

»Erden ist kein Zuhälter, er ist Fotograf, außerdem ein guter Freund meiner Mutter!«

»Nein, da irren Sie sich. Vielleicht ist er ein Freund Ihrer Mutter, das weiß ich nicht, aber wenn, dann kein guter.«

Sie schüttelte aufgebracht den Kopf.

»Erden ist alles andere als ein Zuhälter! Er wollte Volker einfach einen Gefallen tun und brauchte nun mal Geld, und Volker hat genug. Und ehrlich gesagt, wenn der sich nicht so schweinisch benommen hätte, mit widerlichem Gequatsche und gleich mit Ausziehen und so … Ich seh das normalerweise nicht so eng.«

Sie betrachtete mich kurz prüfend, ob mich das schockierte, dann fuhr sie fort: »Und darum gab es auch keine anderen Mädchen vor mir. Das denken Sie sich nur aus, um alles noch schlimmer zu machen. Weil Sie Polizist sind und um Erden einsperren zu können. Vielleicht kriegen Sie dann 'ne Gehaltserhöhung oder 'n Orden!«

»Ach Gottchen. Wenn man für die Festnahme von kleinen Dreckschweinen wie Abakay Orden bekäme, wär ich schon längst im Metallhandel.«

»Sehr witzig.«

»Abgesehen davon weiß ich nicht, wie Sie sich einen Zuhälter vorstellen, aber halbwegs intelligente Zuhälter geben sich natürlich Mühe, den Bildern, die es von ihrer Berufsgruppe gibt, nicht zu entsprechen.« Dabei dachte ich kurz an die dicken goldenen Ringe an Abakays Fingern und dass

Abakay entweder weniger intelligent war, als ich ihn einschätzte, oder ich weniger Ahnung hatte, als ich glaubte. Vielleicht spielten halbwegs intelligente Zuhälter eben gerade mit den bekannten Bildern, weil das bestimmte Frauen oder Mädchen anmachte. So wie mich mal morgens um drei an der Bar Deborah angemacht hatte: hochhackig, mit freizügigem Dekolleté und eindeutigem Lächeln, im zärtlichen Flüsterton: »Du bist was Besonderes, seh ich sofort, und ich bin auch was Besonderes – zusammen, mein Schatz, fliegen wir für vierhundert Mark eine Nacht lang durchs Paradies.«

»Das ändert aber nichts an Abakays Beruf. Das ist wie mit den Tankstellen, die damit werben, dass sie für saubere Luft sorgen.«

Marieke erwiderte nichts. Sie starrte wütend vor sich hin, beide Hände in den Riemen ihres Lederbeutels gekrallt, mit den Gedanken vermutlich bei meinem groben herzlosen Wesen. Dagegen Abakay: Kuscheln, Reden, sensible Filme, Mitgefühl, künstlerisches Talent, soziale Verantwortung – warum war sie eigentlich so ausgeflippt, als er zu ihr gesagt hatte: Mein Herz, ich bin überzeugt, wir sind die ganz große Liebe, wir haben solches Glück, aber um die ganz große Liebe leben zu können, brauchen wir nun mal Geld, das ist die verdammte soziale Realität, darum geh jetzt mal mit Volker, das ist ein guter Freund, der ein bisschen Zuwendung braucht, und unserem Glück kann so ein bisschen Fremdschmusen doch nichts anhaben?

Vielleicht, überlegte ich, hätten wir doch durch die Vordertür gehen sollen. Volkers Leiche und der geknebelte Abakay wären vermutlich beeindruckend genug gewesen, um Marieke für eine Weile von der Wohnung fernzuhalten.

»Wie geht's Ihren Lippen?«

Sie behielt den Blick am Boden.

»Wahrscheinlich hat Abakay gar nicht so fest zugeschlagen, aber mit den Ringen ...«

»Hören Sie auf! Es war ein Handgemenge! Verstehen Sie? Aus Versehen! Und wir waren alle ein bisschen betrunken.«

»Wenn Sie so weitermachen, werden Sie doch noch Prozesszeugin, allerdings für die Verteidigung.«

»Wissen Sie, wofür er das Geld brauchte?«

»Keine Ahnung, goldenen Schwanzschmuck?«

»Mann, sind Sie eklig! Für eine Romafamilie in Praunheim. Er will eine Fotodokumentation über ihren Alltag machen. Furchtbar arme Leute, keinerlei soziale Unterstützung, nicht mal 'ne Krankenversicherung, einfach nichts, bei fünf Kindern – und da wird immer geschimpft über die Bettler, aber was bleibt ihnen denn übrig? Und wissen Sie das Ungeheuerlichste? Die Großeltern sind im KZ ermordet worden. Das ist Deutschland! Ich weiß, wovon ich rede. Meine Familie ist zwar relativ wohlhabend, aber gucken Sie sich meine Hautfarbe an, mein Vater ist Schwarzer, für die hier bin ich doch auch nur irgend so was Zigeuneriges, Fremdes! Und das ist es, was Erden am Ende mit seinen Fotodokumentationen erreichen will: dass sich alle Fremden, Andersfarbigen, Andersessenden, Andersgläubigen, Ausgestoßenen zusammentun und eine Bewegung und später eine Partei bilden: Die Fremdenpartei! Wäre das nicht großartig? Ich meine, Sie sind doch auch Italiener oder so was. Magelli, nicht wahr?«

»Wie heißt die Familie?«

»Bitte?«

»Der Name der Romafamilie in Praunheim. Eine Familie mit fünf Kindern ohne Krankenversicherung – das geht natürlich nicht. Ich rufe nachher beim Sozialamt an, dass die denen so schnell wie möglich eine Versicherung einrichten.«

Es entstand eine Pause, in der Marieke mich entgeistert anguckte.

»Soll das jetzt wieder witzig sein? Machen Sie sich etwa lustig über die?«

»Überhaupt nicht. Aber um ihnen helfen zu können, brauche ich den Namen oder die Adresse.«

»Sie glauben doch wohl nicht, dass die nicht schon alles versucht haben?«

»Dann hat sich irgendein Sozialarbeiter, wenn er ihnen die Versicherung verweigert hat, womöglich strafbar gemacht. Krankenversicherung ist in Deutschland Pflicht. Im Interesse und zum Schutz der Allgemeinheit. Stellen Sie sich vor, die Kinder brüten irgendeine gefährliche ansteckende Krankheit aus und werden nicht behandelt. Oder aber die Familie lebt hier illegal, dann würde ich einer Flüchtlingshilfsorganisation Bescheid geben, die sich mit solchen Fällen auskennt.«

Marieke guckte immer noch, als wollte ich der Romafamilie ein Z in die Ausweise stempeln.

»Oder existiert die Familie gar nicht? Ist sie vielleicht nur ein Sinnbild? Die Romafamilie in Praunheim mit im KZ ermordeten Vorfahren, die heute wie eh und je geschunden wird? Kann ich mir gut vorstellen so als Fotoroman.«

»Wissen Sie was?«, sagte Marieke mit einem Mal sehr ruhig und bestimmt. »Ich mag Sie echt gar nicht. Bringen Sie mich jetzt bitte nach Hause.«

Die nächsten fünf Minuten standen wir stumm nebeneinander. Marieke schaute betont ungerührt vor sich hin, während ich in beiden Straßenrichtungen nach einem Taxi Ausschau hielt. Dabei fiel mein Blick auf die schwarze Tafel vor dem Café Klaudia, auf der mit weißem Kreidestift das Tagesgericht angeschrieben stand: Schaschlikspieß mit Reis und roter Paprika.

Ein Schaschlikspieß, dachte ich, hinterlässt einen schmalen Stich.

Ich wollte Marieke schon bitten, kurz zu warten, um den Kellner schnell zu fragen, ob am frühen Mittag beim Abräumen der Teller ein Spieß gefehlt habe, und wenn ja, ob er sich an den Gast erinnern könne, als ein Taxi um die Ecke bog. Ich verschob die Kellnerbefragung auf später, wenn ich mein Rad holen würde, und winkte dem Fahrer.

»Wo wohnen Sie?«, fragte ich.

»Am oberen Ende der Zeppelinallee«, antwortete Marieke und sah mich zum ersten Mal seit fünf Minuten wieder an. Wenn mich nicht alles täuschte, lag etwas Triumphierendes in ihrem Blick.

»Na, das ist aber eine tolle Gegend. Vielleicht ein bisschen zu laut, zu aufregend, oder? Also, für mich wär's nichts.«

Sie verdrehte die Augen. Ich lachte und hielt ihr die Tür auf.

5

»Marieke!«

Valerie de Chavannes rannte durch den Vorgarten, riss ihre Tochter in die Arme und mit sich in die Knie, drückte und küsste sie, Tränen liefen ihr übers Gesicht.

»Marieke, mein Schatz! Mein allergrößter Schatz!«

»Hallo, Mama«, sagte Marieke, erwiderte die Umarmung und ließ die Begrüßung ansonsten über sich ergehen.

Ich stand an der Gartentür, betrachtete die Szene und bemühte mich um ein freundliches Wachtmeisterlächeln.

Nach einer Weile warf mir Valerie de Chavannes über die Schulter ihrer Tochter aus verheulten, glücklichen Augen einen fragenden Blick zu.

Ich tippte mir an die Stirn. »Magelli, Polizei Frankfurt.«

»Oh!« Valerie de Chavannes tat überrascht. »Polizei?«, fragte sie, ohne ihre Tochter aus den Armen zu lassen.

»Mama, ich ...«

»Nichts Schlimmes«, unterbrach ich Marieke, »im Zuge der Ermittlung gegen einen Drogendealer haben wir Ihre Tochter in der Wohnung eines Kunden des Dealers angetroffen. Nach Aussage Ihrer Tochter handelt es sich um einen Bekannten. Da wir den Kunden als Zeugen mit aufs Revier nehmen mussten, schien es uns angebracht, Ihre Tochter nach Hause zu bringen.«

Marieke drehte den Kopf nach mir um und schaute verdutzt, im nächsten Augenblick fast dankbar.

Ihre Mutter sagte: »Drogen?« Und zu ihrer Tochter, die sie nach wie vor eng umschlungen hielt: »Mein Schatz, du nimmst doch keine Drogen?«

»Ach, Mama, das ist doch jetzt...« Marieke brach seufzend ab.

Ich sagte: »Es gibt keinerlei Anzeichen dafür, dass Ihre Tochter Drogen konsumiert. Mit dem Bekannten hatte sie wohl nur im Zusammenhang mit einem Fotoprojekt zu tun. ›Frankfurt bei Nacht‹ oder so was.«

Erneut drehte Marieke den Kopf in meine Richtung, diesmal allerdings, um mich so anzugucken, als könne sie mal wieder nicht fassen, was für ein primitives Arschloch ich war. Frankfurt bei Nacht! Falls es jemals zur Gründung der »Fremdenpartei« käme, würde ich von Marieke sehr wahrscheinlich keine Einladung zur Mitgliedschaft erhalten.

Sie befreite sich aus den Armen ihrer Mutter, erhob sich vom Gartenweg und griff nach ihrem Lederbeutel. »Ich geh mal rein, bin ziemlich müde. Ich erklär dir alles später. Ist Papa zurück?«

»Aber Schatz, Papa kommt doch erst nächste Woche wieder.«

»Ach ja, stimmt. Hast du ihm...« Marieke warf einen schnellen Seitenblick zu mir.

»Nein, ich hab ihm nichts erzählt.«

»Okay. Ich geh dann mal.« Aber dann wandte sie sich doch noch mal zu mir um, sah mich an, zögerte und sagte schließlich überraschend ernst und von Herzen: »Danke, Herr Magelli. Fürs Taxi, und auch sonst.«

Ich nickte. »Gern geschehen.«

Valerie de Chavannes und ich sahen Marieke nach, wie sie hinter der offenen Haustür im Flur verschwand. Dann stand auch Valerie de Chavannes auf, klopfte sich Staub von den weißen Seidenhosen und sah mir dabei angstvoll in die Augen.

Ich hob beschwichtigend die Hand und sagte leise: »Alles in Ordnung. Soweit ich es beurteilen kann, ging's wirklich nur um Fotos. Wie ich vermutet hatte: bisschen Weltverändern, bisschen Kreativsein, bisschen Teetrinken. Und was Abakay angeht...«, ich senkte noch mal die Stimme, »... den sind Sie für eine Weile los. Vermutlich für eine sehr lange Weile.«

Valerie de Chavannes schloss erleichtert die Augen und fuhr sich mit der Hand massierend übers Gesicht. »O Gott! Vielen Dank – vielen, vielen Dank!«

Doch als sie die Hand wegnahm und die Augen wieder öffnete, war auch der angstvolle Blick wieder da. »Was verstehen Sie unter sehr lange?«

»Na, zwei, drei Jahre vielleicht. Ich bin kein Richter.«

»Das heißt, er muss ins Gefängnis?« Ihre Stimme kippte ein bisschen ins Hysterische – ob vor Freude oder dem Entsetzen, mit ihrem Leben in die Nähe gefängniswürdiger Kriminalität geraten zu sein, war nicht klar.

»Das nehme ich an. Aber ich würde Ihnen ungern die Umstände erläutern. Falls Abakay jemals eine Verbindung zwischen Ihnen und mir herstellt, ist es besser, denke ich, Sie wissen so wenig wie möglich von dem Dreck, den er am Stecken hat. Zu Ihrer Beruhigung: Seine strafbaren Taten haben nichts mit Marieke zu tun. Abakay ist 'ne fiese Type, aber mit Ihrer Tochter hat er wohl nur mehr oder weniger die gleiche Nummer abgezogen wie mit Ihnen: Frankfurt im Schatten der Bankentürme, soziale Ungerechtigkeit, blabla...«

Ich dachte an das mit Kotze beschmierte, zitternde Mädchen, das ich in Abakays Wohnung vorgefunden hatte, und fühlte mich nicht ganz wohl in meiner Haut.

Darum bekam ich die Veränderung in Valerie de Chavannes Gesichtsausdruck nicht gleich mit. Plötzlich wurde mir ihr entgeisterter, verletzter Blick bewusst. Als hätte ich sie schlimm beleidigt. Und dann verstand ich: *Die gleiche Nummer wie mit Ihnen.*

Und weil *Die gleiche Nummer wie mit Ihnen* eigentlich nur in einem Zusammenhang schwer wog, lag die nächste Frage auf der Hand. Valerie de Chavannes atmete tief durch, ehe sie so beherrscht wie möglich sagte: »Er hat keine Nummer mit mir abgezogen. Er hat's versucht, aber für Sie, Herr Kayankaya, noch mal ganz deutlich: Es hat nicht funktioniert.« Und dann nahm sie sichtlich allen Mut zusammen und fragte: »Glauben Sie, Marieke hat mit ihm geschlafen?«

Ich zögerte, ihre Ernsthaftigkeit war ansteckend. Schließlich antwortete ich: »Keine Ahnung, aber ich denke nicht. Dafür kommt mir Marieke zu vernünftig vor. Vielleicht haben sie ein bisschen rumgeknutscht...«

... Kluge, anspruchsvolle Upperclass-Tochter, wenn der Ton stimmt, zu fast allem bereit...

»Sie haben keine Kinder, nicht wahr? Sie können nicht wissen, wie sehr ich hoffe, dass Sie sich nicht irren.«

»Ich kann's mir vorstellen.«

»Was ist, wenn...«, sie hielt inne, legte sich die Worte zurecht, »... wenn Abakay nicht ins Gefängnis muss, angenommen, ein Anwalt boxt ihn raus, und wenn er dann noch mal hier auftaucht?«

Irgendwas sagte mir, dass die Frage nicht von ungefähr kam. Valerie de Chavannes hatte eine Idee, und nicht erst seit eben.

»Das glaube ich nicht. Und wenn doch – ich kann Ihnen nur meine Dienste anbieten, das Honorar kennen Sie ja.«

Auf Letzteres ging sie nicht ein. »Warum glauben Sie das nicht? Er hat die Villa gesehen und denkt natürlich, wir sind unermesslich reich. Und wie oft kommt so einer in die Nähe von Reichtum? Der versucht doch rauszuholen, was nur geht.«

»Na schön, aber das hat er ja nun schon. Hat sich an beide Damen des Hauses rangemacht, sich damit einmal eine Abfuhr und einmal eine blutige Nase geholt, was soll er jetzt noch anstellen? Er kann Ihren Briefkasten klauen. Wenn er Ihnen das wert ist, hol ich ihn für Sie zurück. Aber wie gesagt: Abakay geht ins Gefängnis, dafür lege ich meine Hand ins Feuer.«

Für einen Augenblick guckte sie auf eine Art verzweifelt, als sei ich schwer von Begriff. Dann sah sie schnell nach links und rechts zu den Nachbargrundstücken, hinter sich zur offenen Haustür und hoch zu den Fenstern – alles leer –, trat zwei Schritte auf mich zu und flüsterte: »Und wenn er versucht, mich zu erpressen? Das geht auch aus dem Gefängnis heraus oder mittels irgendwelcher Kumpane.«

»Erpressen? Tja ...« Ich kratzte mich mit einem Finger am Hals und fragte so neutral wie möglich: »Aber mit was könnte er Sie denn erpressen?«

»Was weiß ich? Da denkt er sich einfach was aus. Irgendwas bleibt immer hängen.«

»Nun, da gibt's keine tausend Möglichkeiten. Entweder

Sie haben irgendein Verbrechen begangen, im großen Stil Steuern hinterzogen oder so was, und dazu gibt es belastende E-Mails, Telefonmitschnitte...«

»Oder wie gesagt«, unterbrach sie mich, »er denkt sich irgendwas aus. Etwas, das stimmen könnte und den Ruf ruiniert, kennt man doch.«

»Hm. Zum Beispiel, dass er mit Ihnen eine Affäre hatte?«

»Zum Beispiel. Und dann muss ich beweisen, dass das nicht so war. Ist doch verrückt!«

»Ja, das wäre wohl verrückt.«

Wir sahen uns eine Weile an. Dann sagte ich: »Und was schlagen Sie mir nun vor?«

Sie schluckte, und ihr Blick bekam etwas Flehendes – um Verständnis, Hilfe, Erbarmen. Als sie langsam den Mund öffnete, zitterten ihre Lippen. »Sie haben eben gesagt, Abakay habe sich bei Ihnen eine blutige Nase geholt. Nun... Ich frage mich, wie weit würden Sie in dieser Richtung gehen...? Bei entsprechender Bezahlung natürlich. Ich meine – Sie haben selbst gesagt, Abakay ist 'ne fiese Type, und ich weiß, er ist ein Schwein...«

Ich war weniger verblüfft, als man vielleicht hätte annehmen können. Zum einen war es nicht das erste Mal, dass man mir ein solches Angebot machte, zum anderen hatte so was von Anfang an in der Luft gelegen. Valerie de Chavannes wollte, dass Abakay vom Erdboden verschwand.

»Wissen Sie, was er an dem Abend, als er hier war, zum Abschied gesagt hat, als wir kurz alleine im Flur standen? Dass ich nie mehr ruhig schlafen werde, solange er kein großes Stück von meinem Kuchen abbekommt. Und mit Kuchen meinte er natürlich das Haus und was ich seiner

Vorstellung nach auf der Bank habe. Und zwei Wochen später ist meine Tochter verschwunden. Verstehen Sie? Selbst wenn er für zwei, drei Jahre ins Gefängnis kommt – was sind schon zwei, drei Jahre für einen, der glaubt, die Chance seines Lebens zu haben? Und wir sind schwache Leute, verweichlichte Kunstliebhaber, Bücherleser – gegen einen wie Abakay haben wir keine Chance. Was ist, wenn er morgen zu meinem Mann nach Den Haag fährt, ihm sonst welche Lügen erzählt, ihm vielleicht droht oder ihn einfach zusammenschlägt? Mein Mann würde ihm geben, was er verlangt. Aus Angst, und was könnte er auch anderes machen? Die Polizei rufen? Noch ist ja nichts passiert. Wie haben Sie heute Morgen gesagt? Mit sechzehn ist es Mariekes gutes Recht, mit einem Mann zusammenzusein. Und von wegen da läuft nichts mit Drogen! Und damit meine ich nicht ein bisschen Kiffen, weshalb geht er denn in den Knast? Erzählen Sie mir doch keine Märchen!«

Ich schaute zur Villa, ob sich etwas an den Fenstern tat. Valerie de Chavannes' Stimme war in den letzten Minuten immer lauter geworden. Doch weder entdeckte ich Marieke noch die Haushälterin.

Valerie de Chavannes guckte nun nicht mehr flehend, sondern wie ein wildes Tier. Ein Muttertier, das sein Kind so blutig wie nötig verteidigen wollte. Und ich sollte mich gefälligst entscheiden: für sie oder gegen sie!

Möglichst ruhig sagte ich: »Ich erzähle Ihnen keine Märchen. Abakay geht nicht wegen Drogen ins Gefängnis, sondern – jedenfalls würde ich es so bauen, wenn ich der Staatsanwalt wäre – wegen Mord.«

Ich betonte das Wort »Mord« deutlich. Es gab vermutlich eine Menge Möglichkeiten, Abakay festzunageln: Mädchenhandel, Zuhälterei, sexueller Missbrauch, Entführung, Vergewaltigung, Drogen – vielleicht auch Mord, je nachdem, wie man die Szene im Eingangsflur interpretierte, aber das war mir im Moment egal. Ich wollte nur das Wort »Mord« aussprechen. Valerie de Chavannes sollte die genaue Bezeichnung für das, was sie mir vorschlug, hören. Von wegen *Ich frage mich, wie weit würden Sie in dieser Richtung gehen...*

»Der Mord wird ihm womöglich schwer nachzuweisen sein, aber wer weiß.«

»Mord...?« Offenbar erzielte ich den gewünschten Effekt. Valerie de Chavannes guckte, als hätte ihr jemand gerade kräftig in den Hintern getreten.

»Ja, so heißt das, wenn man einen totmacht, und sei's noch so ein Schwein. Dafür geht man dann übrigens noch sehr viel länger als zwei, drei Jahre ins Gefängnis. Und wissen Sie was? Ich möchte da nicht mal fürs Wochenende rein.«

»Aber... aber wieso Abakay?« In ihrem Gesicht machte sich Entsetzen breit.

»Wie gesagt: Ich würde Ihnen ungern die Umstände erläutern. Versuchen Sie, Abakay zu vergessen, seien Sie froh, dass Sie Marieke wiederhaben, und vor allem: Fragen Sie nie wieder jemanden, ob er einen für Sie umlegt. Ab dem Moment hat er Sie, wenn er's klug anpackt, nämlich ziemlich fest in der Hand. Und wie wär das, wenn nun statt Abakay ein kleiner schmieriger Privatdetektiv aus der Gutleutstraße seinen Teil vom Kuchen abhaben wollte?«

Sie schaute immer noch entsetzt, dann zunehmend verwirrt und verlegen, am Ende nur noch niedergeschlagen. Sie wandte den Blick ab, irgendwohin in die Blumensträucher. Nach einer Weile sagte sie: »Ich finde Sie weder klein noch schmierig.«

»Danke, aber das war nur ein Bild.«

»Und es tut mir leid. Ich denke, ich habe nicht wirklich erwartet, dass Sie auf meinen Vorschlag ...«

»Schon gut.«

»Wenn's nur um mich ginge, aber Marieke und Edgar ...« Sie starrte weiter in die Sträucher. »Hatten Sie schon mal richtig Angst? Ich meine, nicht vor einer Waffe oder vorm Flugzeugfliegen oder so was, sondern anhaltende, ständige, tägliche Angst?«

Ich überlegte. »Ein Mal, als ich zu ahnen begann, dass ich einen schweren Fehler gemacht hatte. Vielleicht ist das die größte Angst: es selber zu vermasseln. Aber wenn ich Ihnen was sagen darf: Falls Marieke oder Ihrem Mann irgendwas passiert, ist das nicht Ihre Schuld. Typen wie Abakay trifft man im Leben – jedenfalls wenn man noch vor die Haustür geht –, und keiner ist so schnell oder so erfahren, da sofort wegzurennen. Da hat man einfach Pech.«

»Ich habe ihn zum Abendessen eingeladen.«

»Ja, Pech und vielleicht ein bisschen Blauäugigkeit, aber das hat nichts mit Schuld zu tun. Sie müssen nichts wiedergutmachen, verstehen Sie?«

»Ach, Herr Kayankaya ...« Sie seufzte, wandte sich von den Blumensträuchern ab, und ihr Blick legte sich schwer auf mich. »Wissen Sie was? Ich würde Sie jetzt wahnsinnig gerne umarmen.«

»Aha.« Mir wurde ein bisschen schwindelig. »Tja ...

Aber ob Ihre Tochter das verstehen würde, wenn sie uns dabei zum Beispiel durchs Badezimmerfenster sähe?«

Ihr Blick blieb auf mir liegen, fordernd, einladend, ihre Brust hob und senkte sich im Rhythmus ihres kürzer werdenden Atems.

Ich bemühte mich wieder um das freundliche Wachtmeisterlächeln und streckte ihr die Hand entgegen. »Belassen wir's dabei, Frau de Chavannes. Ich schicke Ihnen in den nächsten Tagen die Rechnung, und falls Abakay wider Erwarten doch noch mal Schwierigkeiten machen sollte, rufen Sie mich an. Ansonsten: viel Glück.«

»Herr Kayankaya...«

Sie nahm meine Hand und drückte sie erst kräftig und wie zum Abschied entschlossen, ehe sie sie einfach nur weich und warm festhielt und mich dabei weiter ansah. Die Wärme ging in meinen Körper über und schnürte mir den Hals zu.

Endlich zog ich meine Hand zurück und räusperte mich. »Sie können das ganz gut, hm?«

Langsam ließ sie ihren Arm sinken. »Das hat nichts mit Können zu tun.« Und mit leicht entrücktem, zerbrechlichem Lächeln: »Das passiert einfach.«

»Ach so...« Ich riss mich zusammen. »Na, wie gesagt: viel Glück.« Und als sie sich immer noch nicht rührte: »Gucken Sie mal...« Ich deutete zur Villa. »Ihre Tochter.«

Valerie de Chavannes fuhr erschrocken herum, sah die leeren Fenster und die leere Haustür, drehte sich wieder zu mir und schaute erst verblüfft, dann empört.

Ich zuckte mit den Achseln. »Hätte auch einfach passieren können. Da überlegt man sich dann besser, ob man etwas unbedingt passieren lassen muss.« Ich hob die Hand zum Gruß: »Schönen Tag noch«, wandte mich schnell ab, trat durch die Gartentür und ging die Zeppelinallee hinunter. Es war so still, dass ich ein, zwei Minuten später, als ich schon fast die nächste Straßenkreuzung erreicht hatte, hörte, wie die schwere Haustür bei de Chavannes ins Schloss fiel. Ich war heilfroh, Valerie de Chavannes nur die Hand gegeben zu haben.

6

An der Bockenheimer Warte setzte ich mich ins Café, bestellte einen doppelten Espresso und rief einen Bekannten bei der Polizei an.

Octavian Tatarescu sah trotz seines Namens und der rumänischen Herkunft wie Hans-Jörg aus Kleindings aus, oder anders: Er sah aus, wie sich viele Leute in der Welt einen deutschen Polizisten vorstellten. Groß, kräftig, kurze blonde Haare, ein hartes, kantiges Kinn, wie gemacht, um den Riemen eines Einsatzhelms drunterzuschnallen, ernst und ein bisschen gnadenlos blickende blaue Augen, der Mund ein schmaler Strich zum Befehle-Zischen und die Wangen weich und dicklich vom täglichen Kartoffelgericht. Bei Auseinandersetzungen im Straßenverkehr beschimpften ihn Wildfremde immer mal wieder mit »Bulle«, auch wenn er weder im Dienstwagen unterwegs war noch in Uniform. Es war einfach das Schimpfwort, das einem bei Octavian als Erstes einfiel. Trotzdem setzten ihn seine Vorgesetzten gerne als Undercover ein, weil sie davon ausgingen, dass kein Krimineller die Polizei für so dusselig hielt, ausgerechnet einen in die Unterwelt einzuschleusen, der aussah, als hätte Himmler ihn für den Erhalt der öffentlichen Ordnung noch persönlich züchten lassen. Dass ein Krimineller sie für so clever hielt, genau das zu machen, davon gingen sie noch weniger aus.

Und als Undercover hatte ich ihn vor zwölf Jahren auch kennengelernt. Damals arbeitete Deborah noch als Hure. Ich hatte ihr im Jahr zuvor geholfen, ihren Zuhälter loszuwerden, und einen Platz im ›Mister Happy‹ besorgt und war seitdem so was wie ihr Lieblingskunde. Octavian befand sich auf der Suche nach einem Zuhälterring, der Mädchen aus Weißrussland nach Deutschland schleuste, durchkämmte in der Rolle des leicht trotteligen Freiers die Frankfurter Bordellszene und kehrte darum eines Abends auch in den kleinen Puff am Mainufer ein. Dabei war das ›Mister Happy‹ wahrscheinlich der letzte Ort im Frankfurter Rotlichtmilieu, an dem illegale Minderjährige zur Sexarbeit gezwungen worden wären. Ich kannte Tugba, die Chefin, schon damals seit Jahren. Eine Frauen- oder besser Hurenrechtlerin, die selber als Hure gearbeitet und es landesweit zur Berühmtheit gebracht hatte, weil sie ihren Zuhälter und einen verhassten Kunden, der ihr vom Zuhälter immer wieder aufgenötigt worden war, mit vorgehaltener Pistole zum Miteinanderficken gezwungen hatte. Dabei schoss sie beiden, um ihrer Forderung Nachdruck zu verleihen, mehrmals in die Beine, anschließend rief sie die Polizei. Der Fall ging wochenlang durch die Presse. Tugba, Darmstädterin mit türkischen Eltern, kam wegen Notwehr und einem guten Anwalt mit Bewährung davon und kaufte mit Hilfe eines Investors und dem Geld, das sie für Interviews und eine eigene Fernsehdokushow – *Horizontal mit erhobenem Kopf* – erhalten hatte, das alte Bootshaus am Deutschherrnufer kurz vor Offenbach. Sie ließ es aufwendig renovieren, legte die Fachwerkfassade frei, schaffte helle freundliche Zimmer mit Blick auf den Main, eine Sauna, mehrere kleine, mit Mosaikfliesen gekachelte Planschbecken und im Erdgeschoss eine gemütliche Bar mit Ledersesseln und silbernem Tresen. Über die Terrasse spannte sie Drähte, pflanzte Kletterrosen daran und stellte links und rechts zwei extra aus Ungarn angelieferte alte Straßenlaternen auf. Bei entsprechenden Temperaturen konnten sich die Huren zum Vergnügen der Kunden dagegenlehnen. Dazu ein malerischer Holzsteg in den Fluss hinaus, im Frühling duftende Fliederbüsche, Weidenbäume am Ufer, deren Zweige durchs Wasser glitten, und als Hintergrundmusik aus der Bar ausschließlich Klavier: Keith Jarrett, Ahmed Jamal, Mendelssohn, Mozart. Darauf achtete Tugba streng, Klavier war ihre Leidenschaft, sie spielte selber, und ganz aus war ihr Traum von einer Pianistinnenkarriere wohl nicht. Alles in allem: Gäbe es im Michelin-Führer eine Rubrik für Bordelle, besäße das ›Mister Happy‹ drei Sterne.

Octavian sah mich an dem Abend auf dem Steg auf einer Bank sitzen und Zeitung lesen und sagte sich, dass so wohl kein Freier seine Zeit im Bordell verbringt. Er kam von der Terrasse herunter, grüßte und fragte, ob er sich zu mir setzen dürfe, und ich dachte: Mann, sieht der aus wie 'n Bulle.

Er fragte mich ein bisschen aus, so von Freier zu Freier, wie der Laden sei, der Service, die »Girls« – er sagte tatsächlich »Girls«, und ich dachte, Bulle vom Dorf –, ehe er wissen wollte, ob ich im ›Mister Happy‹ arbeitete.

»Sie meinen, ob hier auch Kerle im Angebot sind?«

»Nein, nein...« Octavians Kartoffelgerichtwangen liefen, soweit ich das im Abendlicht erkennen konnte, rot an, und ich dachte, schwuler Bulle vom Dorf – alles Gute in Frankfurt!

»Ich hab gehört... Also, unter uns, ich steh auf junge Mädchen, am liebsten Russinnen, und da dachte ich, falls Sie hier arbeiten, als Betreuer und für die Sicherheit zuständig, verstehen Sie? Also, ob Sie vielleicht wissen, ob hier so was in der Richtung... na ja, zu kriegen ist. Ich bin zum ersten Mal hier.«

Nun schaute ich ihn mir doch mal genauer an. Er spielte das verschämte Landei ziemlich gut. Vielleicht doch kein Polizist? Aber ich war kein Krimineller, und ich kannte eine Menge cleverer Polizisten.

Ich legte die Zeitung beiseite. »Zeigen Sie mir doch erst mal Ihre Marke, und dann gucken wir, was ich für Sie tun kann.«

»Meine Marke?«

»Na, oder Ihren Ausweis – irgendwas, damit ich sicher sein kann, dass meine Informationen auch in die Hände von Recht und Gesetz gelangen und nicht in die eines listigen Kinderfickers, der mir vorzumachen versucht, er sei verdeckter Ermittler.«

»Hä?« Octavian verzog genervt das Gesicht. Er gab sich augenblicklich keine Mühe mehr, das Landei war wie weggewischt. »Was ist denn das für 'ne verdrehte Nummer?«

Nachher erfuhr ich, dass er einen langen Tag in schmutzigen, stinkenden, mit Teenypop beschallten Bordellen und Stripteasebars hinter sich hatte, das ›Mister Happy‹, von dem er wusste, dass es ein korrekt geführter Laden war, nur noch schnell abhaken wollte, um dann endlich ein Bier an einem Ort zu trinken, wo er nicht dauernd auf nackte Brüste gucken musste. Ein Klugscheißer hatte ihm an dem Abend gerade noch gefehlt.

Schlecht gelaunt fragte er: »Bist du einer von uns, oder was soll der Quatsch?«

»Kemal Kayankaya, Privatdetektiv. Eine Freundin von mir arbeitet hier, aber ich bin nicht ihr Zuhälter. Im ›Mister Happy‹ sind Zuhälter verboten.«

Er zögerte kurz, dann erwiderte er: »Octavian Tatarescu, Sittendezernat. Kriegt man hier ein Bier zum einigermaßen normalen Preis?«

»Wenn ich es uns hole. Jever, Tegernseer Spezial oder so ein belgisches mit Champagnerkorken, ist aber teurer?«

»Spielen die hier vielleicht auch Golf?«

Ich holte uns zwei Tegernseer, und dann noch zwei, und dann vier und so weiter. Es wurde ein richtig schöner Abend. Die Sonne ging im Main unter, das Abendrot glühte in den verspiegelten Hochhausfassaden wider, Wasser plätscherte um uns herum, von der Bar klangen ein langsames Jazzklavier und ein Kontrabass herüber, und wir unterhielten uns über Frankfurt und die Lebenswege, die uns hierhergeführt hatten. Dabei gerieten wir, ein Rumäne und ein Türke, dann in eine Art Heimatrausch: Der schönste Park, die besten Restaurants, die beste Grüne Soße, die mieseste, aber lustigste Trinkhalle, die zum Rausschauen aufregendste Straßenbahnlinie, das schönste Hochhaus und so weiter, bis irgendwann zum schönsten Platz am Mainufer, und das war nach ungefähr je acht Bier, na klar, genau der, an dem wir uns gerade befanden. Wir hätten uns wahrscheinlich auch ohne Bier auf den Steg vom ›Mister Happy‹ einigen können, aber vermutlich nicht so überschwenglich.

Als wir dann irgendwann noch anfingen, aus Spaß und zum Beweis unseres Heimischseins hessischen Dialekt zu sprechen und liebevoll zu verspotten, dachte ich kurz, dass der Türke und der Rumäne sich ihrer Zugehörigkeit vielleicht doch nicht so sicher waren, wie sie glaubten. Jedenfalls kannte ich keinen Frankfurter Hans-Jörg, der so euphorisch und kindlich stolz den Ort bejubelt hätte, den ihm seit seiner Geburt kein Meldeamt, kein Stammtisch oder Wahlkampf je streitig gemacht hatte.

»Octavian?«
»Kemal. Um was geht's?« Kühl, professionell, zack, zack. Dabei hatten wir uns seit Monaten nicht gesprochen. Wenn Octavian keine soundsoviele Biere intus hatte, glich seine Umgangsart sehr seinem Aussehen. Wahrscheinlich war darum aus unserer Bekanntschaft nie Freundschaft geworden.

»Ich hab was für dich: Zuhälterei, Kindesmissbrauch, Vergewaltigung, Drogen, Mord ...«
»Moment, ich nehm mir Stift und Papier.«
Bei »Mord« dachte ich kurz an Valerie de Chavannes. Womit sie mich wohl hätte bezahlen wollen? Oder war ihr Gerede von ihrer Geldknappheit doch nur Flunkerei gewesen, um mein Honorar zu drücken? Oder hatte sie etwa geglaubt, für ein verschärftes In-den-Arm-nehmen oder

für einen Satz Leinwände »Die Blinden von Babylon«? Ob sie sich irgendwo schlaugemacht hatte, wie viel ein Auftragsmord kostete?

»Okay, erzähl.«

»Zuhälter und Kunde liegen in einer Wohnung in der Schifferstraße in Sachsenhausen. An der Ecke gibt's das Café Klaudia, die Wohnung ist oben drüber im dritten Stock. Der Kunde ist tot, ermordet, der Zuhälter ist verschnürt und angekettet.«

»Hast du ihn verschnürt?«

»Ja. Sein Name ist Abakay. Er vermittelt Minderjährige, im Computer findest du sämtliche Details. Du musst nach ›Herbstblüten‹ suchen. Ich habe eins der Mädchen dort rausgeholt. Sie ist die Tochter meiner Klientin, und ich hoffe, ich habe sämtliche Hinweise auf sie vom Computer gelöscht. Sie steht als Zeugin nicht zur Verfügung, aber du wirst genug andere Mädchen finden.«

»Wer ist der Mörder?«

Ich zögerte kurz. »Als ich in die Wohnung kam, war der Kunde tot, ein schmaler Stich ins Herz, und Abakay stand mit blutender Brust über ihm. Der Tote hielt noch ein Küchenmesser in der Hand. Ich nehme an, es ging um Geld. Allerdings habe ich keine Mordwaffe gefunden.«

»Was ist mit dem Messer?«

»Zu breit. Wirst sehen, es ist ein Stich wie von einer Stricknadel.«

»Stehst du als Zeuge zur Verfügung?«

»Wenn ich den Namen meiner Klientin nicht nennen muss.«

Octavian machte eine Pause, die ich bemerken sollte.

»Eine Stricknadel«, sagte er dann, »So stellt man sich eine Mädchenwaffe vor. Du schützt hoffentlich keine Mörderin.«

»Unsinn«, erwiderte ich, dachte aber im selben Moment: Interessant. Doch so kaltblütig konnte Marieke kaum sein: mich die Treppe hochkommen hören, ins Schlafzimmer sausen, Finger in den Hals ... Trotzdem wäre ich nun gerne noch mal kurz in Abakays Wohnung gegangen, um zur Sicherheit unterm Bett nach einer Nadel oder einem Schaschlikspieß zu suchen.

»Gut. Dann fahr ich jetzt mal hin.«

»Das Heroin ist in der Küche unter den Bratpfannen.«

»Na, du musst die Wohnung ja gründlich umgekrempelt haben ...«

»Genau das habe ich. Bis bald, Octavian. Wenn's noch Fragen gibt, ruf mich an.«

Ich klappte das Handy zu, trank meinen Espresso und sah auf die Uhr. Es war kurz nach zwei. Die Polizei würde einige Stunden brauchen, bis sie in Abakays Wohnung fertig wäre, so lange wollte ich mich dort nicht blicken lassen. Obwohl ich Octavian gesagt hatte, ich stünde als Zeuge zur Verfügung, war ich mir dessen nicht sicher. Abakay kannte aller Wahrscheinlichkeit nach Leute, die einem gegnerischen Zeugen sehr unangenehm auf die Pelle rücken konnten, und auf so was hatte ich keine Lust mehr. Überhaupt war ich, seit damals mein Büro in die Luft geflogen war, vorsichtiger geworden, und nun teilte ich mir eine Vierzimmerwohnung im Westend mit einer Frau, die sich ein Kind von mir wünschte. Ich hatte allerhand zu verlieren, und das wog schwerer als der Unterschied, ob Abakay nun zwei oder fünf Jahre Knast bekam.

Darum wollte ich es vorerst vermeiden, mit Octavian und seinen Beamten gesehen zu werden. Noch konnte ich meine Rolle in dem Fall einfach abstreiten.

Ich beschloss, die Kellnerbefragung wegen des Schaschlikspießes und das Abholen meines Fahrrads auf den Abend zu verschieben. Stattdessen ging ich zu Fuß durchs Westend, das Bahnhofsviertel und die Herbstsonne zu meinem Büro, stieg in meinen neuen alten Opel Astra und fuhr zum Stadion am Brentanobad. Dort begann um vier ein U-15-Mädchenfußballspiel des 1. FFC Frankfurt, bei dem Deborahs Nichte Hanna in der Verteidigung stand.

7

Deborah hieß eigentlich Helga, den Künstlernamen hatte sie sich als Table-Dancerin zugelegt und als Hure beibehalten. Deborah war der Name ihrer Großmutter. Auf meine Frage, warum sie sich fürs Strippen ausgerechnet den Namen einer ihr, wie ich wusste, teuren und nahen Verwandten ausgesucht hatte, war Deborahs Antwort gewesen: »Eben weil ich sie sehr mochte und sie nichts dagegen gehabt hätte. So war sie in gewisser Weise immer bei mir. Ich war neunzehn, als ich in Frankfurt anfing, das war nicht immer einfach, da brauchte ich jemanden.«

Deborah stammte aus dem Tausend-Einwohner-Dorf Henningsbostel in der Nähe von Bremen und war als Achtzehnjährige einem jungen Mann namens Jörn fünfzehn Kilometer weiter nach Klein Bremstedt gefolgt. Jörn sollte und wollte irgendwann die Tierfutterfabrik seines Vaters übernehmen. Nach zwei Monaten in der Dachgeschoss-Gästewohnung von Jörns Eltern wusste Deborah, dass sie mehr vom Leben erwartete als Futtermittelgestank und Fernsehabende mit den zukünftigen Schwiegereltern, und packte ihren Rucksack. Erst mal bekam sie weniger, nämlich einen Kassiererinnenjob bei Aldi im fünf Kilometer entfernten Jösters. Bis sie irgendwann erneut den Rucksack packte und lostrampte, als Ziel irgendeine Stadt mit Universität. Zwar hatte sie kein Abitur und konnte darum nicht studieren, aber sie dachte sich, in einer Universitätsstadt gibt es viele junge Leute, irgendwas wird sich schon ergeben. Eigentlich hatte sie an Bremen, Hamburg oder Hannover gedacht, doch dann nahm eine Lehrerfamilie mit Wohnmobil sie von der Raststätte Oyten direkt bis nach Frankfurt mit, und weil Deborah zwar einerseits mehr vom Leben erwartete, andererseits aber von genügsamem norddeutschem Wesen war, gab sie sich mit dem neuen Ort zufrieden, obwohl sie von Frankfurt bis dahin nichts kannte als den Namen. Eine Weile wohnte sie bei den Lehrern, passte auf deren zwei kleine Kinder auf, begann als Kellnerin zu arbeiten, zog in eine Wohngemeinschaft, bis sie irgendwann beschloss, genug Geld zu verdienen, um in Henningsbostel eine Espresso- und Sandwichbar aufzumachen. Eltern, Freunde und das flache Land fehlten ihr, Frankfurt zeigte sich immer mehr als großes, kaltes Monster, und Espresso – richtigen Espresso, nicht die bittere Plörre, die damals auch schon in Jösters oder Oyten aus den Kneipenautomaten lief – hatte sie im Café Wacker am Kornmarkt kennen- und lieben gelernt. Überhaupt war sie für die Gastronomie bestimmt. Wenig im Leben machte ihr mehr Spaß als essen, und wenig machte mir bis heute mehr Spaß, als ihr dabei zuzusehen. Sie aß wie eine Kuh – langsam, genüsslich, durch nichts aus der Ruhe zu bringen. Wenn sie in ihrer Weinstube am Herd stand und Bohnensuppe oder Lammgulasch kochte, hatte man das Gefühl, sie würde sämtliche Gäste am liebsten vor die Tür setzen und den Topf in Begleitung einer Flasche kühlen Rotweins in Ruhe alleine leer essen.

Mit der Zeit verblasste die Sehnsucht nach Henningsbostel, und Frankfurt wurde trotz Hurenarbeit zur neuen Heimat. Dabei half ihr der unveränderte Traum von der eigenen Gaststätte über viele mühsame bis unangenehme Arbeitstage und -nächte hinweg. In ihrer Freizeit probierte sie Restaurants aus, ging zu Weinproben, belegte Kochkurse. Wir wurden immer mehr ein Paar, und ich war froh, als sie nach einem Jahr im ›Mister Happy‹ genug Startkapital beisammen hatte, um die Hurenarbeit sein lassen und in Bornheim Kneipenräume anmieten zu können. ›Deborahs Naturweinstube‹ mit einfachem Essen und leichten, frischen Weinen wurde schnell ein Erfolg. Bald konnte sie es sich leisten, ihre frischgeschiedene ältere Schwester Tine samt Tochter Hanna aus Henningsbostel nach Frankfurt kommen zu lassen. Inzwischen arbeitete Tine als Sekretärin bei einer Versicherung und wohnte mit ihrer Tochter im Stadtteil Hausen. Hanna kam oft zu uns zu Besuch, jobbte in den Schulferien in der Weinstube und war wohl einer der Auslöser für Deborahs Kinderwunsch. Als Deborah vor zwei Tagen beim »Aperitif« gesagt hatte: »Kemal, ich will ein Baby«, war mir noch flapsig und in Gedenken an Deborahs berufliche Vergangenheit rausgerutscht: »Mit wem?« Worauf sie wütend den Balkon verlassen hatte.

Doch seitdem ging mir ihr Satz immer wieder im Kopf herum und war der Grund, weshalb ich mir an einem freien Nachmittag das ziemlich hilflose Gekicke zweier U-15-Mädchenfußballmannschaften ansah. Ich wollte ausprobieren, wie das ist, mit anderen Vätern und Müttern am Platzrand zu stehen, ein abgestandenes Bier in der Hand, und zuzugucken, wie die Kinder über den Ball stolperten.

»Nanu, was machst du denn hier?«, fragte Hanna, als sie mich nach dem Spiel unter den etwa fünfzehn Zuschauern entdeckte. Sie war ein langes, dünnes Mädchen mit Zungenpiercing und blonden, unregelmäßig mit dem Bartschneider bearbeiteten, mehr oder weniger zentimeterkurzen Haaren. Meistens trug sie Jungenkleidung, zerschlissene Turnschuhe, Cargohosen, weite T-Shirts in verwaschenen Farben und manchmal ein zum Strang gewickeltes Tuch um die Stirn. Dann sah sie aus wie eine Dschungelkämpferin, ich rief sie Rambo, und sie fragte: »Wer ist das?« Dabei hatte sie ein feines, blasses, schönes Gesicht, was bei ihrem Look allerdings leicht unbemerkt bleiben konnte. Eine Weile dachte ich, sie sei lesbisch, sagte aber natürlich niemandem etwas. Ich wollte mir Deborahs Kopfschütteln und Tines Empörung sparen: Na klar, wenn Mädchen Fußball spielen!

Aber dann hatte Hanna ihren ersten Freund, einen in ihrer Schule sehr beliebten, lässigen, Leonardo-DiCaprio-artigen Skateboardfahrer, und ich sah ein, dass ein Mädchen, das auf mich wirkte wie eine unterernährte Hilfsarbeiterin mit Frisurproblem, in ihrer Generation und ihrem Umfeld offenbar attraktive Ausstrahlung besaß.

»Ich war in der Nähe, hatte Zeit und wollte mal sehen, wie ihr spielt.« Ich hob den Daumen. »Super!«

»Ach komm, erzähl nix. Bist du mit dem Auto da?«
»Ja.«
»Kannst du mich mitnehmen?«
»Klar. Wohin?«
»Ich hab riesigen Hunger. Lädst du mich zum Essen ein?«
»Okay. Aber in Sachsenhausen. Ich muss dort mein Fahrrad holen.«

Nachdem sie sich geduscht und umgezogen hatte, fuhren wir ins Café Klaudia. Vor der Haustür zu Abakays Wohnung stand ein Polizeiwagen. Wir setzten uns auf die Terrasse, und Hanna bestellte Spaghetti mit Gemüsesoße und Apfelschorle, ich einen Apfelwein. Hanna erzählte von ihren Mitspielerinnen, der Trainerin, der Schule, Ferienplänen mit Leonardo DiCaprio, und ich stellte fest, dass mir die Blicke von den Nachbartischen – ah, der Papa mit seiner lebhaften Tochter – nicht unangenehm waren. Dabei hätte sich die Genetik schon in außergewöhnlich experimentierfreudigem Zustand befunden haben müssen, um mit meinen Anlagen zu einem so blonden, hellen Ergebnis zu kommen. Aber unsere Vater-Tochter-Aura war offenbar stark genug, dass für die Umsitzenden unser unterschiedliches Aussehen nicht weiter ins Gewicht fiel. Und dann versuchte ich mir vorzustellen, Hanna sei wirklich meine Tochter: ein paar von meinen Genen, ein paar von meinen Ticks, vielleicht ein ähnlicher Gang oder ein ähnliches Lächeln, die Haare nur blond gefärbt und hinter dem modisch blass geschminkten Teint asiatisches Gelbbraun. Doch es klappte nicht. Da saß immer noch die Tochter von Deborahs Schwester, und obwohl ich sie mochte, verspürte ich weder

Lust, ihre Hand mit den angekauten Fingernägeln zu nehmen, noch sie zum Kino einzuladen oder so was. Aber immerhin: Zum ersten Mal wurde ich neugierig, wie so ein Gefühl wohl sein mochte.

Als der Kellner die Rechnung brachte, fragte ich, ob ihm am frühen Mittag beim Abräumen vielleicht das Fehlen eines Schaschlikspießes aufgefallen sei.

»Passiert öfter mal, dass Leute Besteck oder Tassen oder sonst was mitgehen lassen«, erwiderte der Kellner, ein junger Mann mit Perlenohrringen, Wuschelkopf und tätowiertem Drachen auf dem Oberarm, und ließ keinen Zweifel daran, dass verschwundenes Besteck ihn einen feuchten Dreck interessierte.

»Danach habe ich nicht gefragt.«

»Sind Sie etwa auch von der Polizei?«

»Nein«, sagte ich, aber Hanna sagte: »Doch.« Und zum Kellner, der höchstens fünf, sechs Jahre älter war als sie und ihr offenbar gefiel: »Er ist Privatdetektiv – ehrlich wahr!« Dann grinste sie, als sei das total abgedreht.

»Also doch von der Polizei. Sie haben uns doch wegen dem Typ da oben schon den ganzen Tag befragt.« Auch daran, dass er Polizisten nicht mochte, ließ er keinen Zweifel.

Ich sah Hanna auf eine Art an, die ihr bedeuten sollte, die Klappe zu halten. »Wie gesagt: Privatdetektiv, nicht Polizist. Und ich weiß nicht, welchen Typ da oben Sie meinen. Ich würde einfach nur gerne wissen, ob Ihnen heute Mittag ein Schaschlikspieß gefehlt hat.«

»Warum?«

»Weil so ein Spieß vorhin in meinem Autoreifen gesteckt hat und ich einen rassistischen Nachbarn habe, der mir öfter mal solche Streiche spielt, und zufällig habe ich erfahren, dass er heute bei Ihnen zu Mittag gegessen hat. Ich möchte ihn nicht ins Gefängnis bringen, ich würde ihm nur gerne so eine Sache mal nachweisen, damit er damit aufhört.«

»Rassistischer Nachbar«, wiederholte der Kellner und betrachtete mich genauer.

»Er ist Türke«, erklärte Hanna, und ich fragte mich, ob meine Tochter das auch so sagen würde.

Mit deutlich freundlicherer Stimme sagte der Kellner: »Ja okay, heute Mittag hat so ein Spieß gefehlt, aber ich kann mir nicht vorstellen, dass das Ihr rassistischer Nachbar war.« Er grinste ein bisschen unsicher.

»Warum? Sieht man das den Leuten an?«

»Nein, Quatsch.« Er zögerte. »Es war einfach ein netter Typ. Hat auch viel Trinkgeld gelassen – wenn der Ihren Reifen hätte aufstechen wollen, der hätte sich das Besteck dafür nicht im Restaurant geklaut, da bin ich sicher.«

»Können Sie ihn beschreiben?«

Der Kellner sah mich einen Augenblick an. Er mag halt keine Polizisten, dachte ich.

»Na ja, wie gesagt, netter Typ. Älter, so um die fünfzig, ich kann das nie so genau einschätzen, gemütliche Klamotten – wie 'n Professor oder wie 'n netter Lehrer. »

»Gibt's das?«, fragte Hanna keck, und der Kellner lächelte ihr zu. Dann fuhr er fort: »Außerdem, Mann, wir haben mittags so viele Gäste, da merk ich mir nicht jeden genau, schon gar nicht wegen 'nem scheiß Spieß für fünfzig Cent.«

»Darf ich Sie um etwas bitten?« Ich zog eine meiner

Visitenkarten aus der Jackentasche. »Wenn Sie ihn noch mal sehen, rufen Sie mich an?«

Er nahm die Karte und warf einen misstrauischen Blick drauf. »Ich denke, es geht um Ihren Nachbarn? Den können Sie doch jeden Tag treffen? Und wie gesagt: Der Typ, den ich meine, der zersticht keine Reifen von 'nem Türken.«

»Vielleicht irren Sie sich. Wir waren uns ja schon einig, dass man so was den Leuten nicht ansieht. Ich würde meinen Nachbarn jedenfalls gerne in Ihrem Café mit dem Schaschlikspieß konfrontieren, der in meinem Reifen steckte. Natürlich wird er nichts zugeben, aber vielleicht jagt ihm das einen kleinen Schrecken ein, und er lässt mich für eine Weile in Ruhe.«

Dann griff ich erneut in die Jackentasche und bezahlte unsere Rechnung über dreizehn Euro achtzig mit einem Fünfzig-Euro-Schein. »Der Rest ist für Sie, damit Sie nicht vergessen, mich anzurufen.«

Er nahm erstaunt den Schein entgegen und schaute noch mal auf die Visitenkarte. »Muss Ihnen ja ganz schön wichtig sein, der Scheiß mit Ihrem Nachbarn.«

»Wissen Sie, wie viel ein Autoreifen kostet?«

Er nickte. »Okay, ich ruf Sie an. Aber wie gesagt, ich glaub nicht...«

»Egal. Rufen Sie mich einfach nur an.«

Als wir vom Tisch aufgestanden waren, sagte Hanna mit einem unverschämt langen Blick »tschüss«, und dem ungefähr sechs Jahre älteren Kellner blieb für einen Augenblick der Mund offen. Unverschämt, aber völlig unschuldig. Ich dachte an Marieke und Valerie de Chavannes, und plötzlich verstand ich, dass man ein altes, berechnendes Schwein, das diese Mischung aus Unverschämtheit und Unschuld bei der eigenen Tochter auszunutzen wusste, umbringen lassen wollte.

Während wir mein Fahrrad in den Kofferraum luden, sagte ich: »Hey, wie wär's: Wir rufen deine Mama an und fragen, ob ich dich zum Kino einladen darf? Es gibt einen neuen Leo DiCaprio.«

»Au ja, gerne. Ich hab morgen auch erst später Schule.«

8

Drei Tage darauf rief mich Octavian an und erzählte, dass Abakay alles leugne. Sein Freund Volker Rönnthaler sei zu Besuch gewesen, er, Abakay, habe die Wohnung kurz verlassen, um Zigaretten zu kaufen, bei seiner Rückkehr habe Rönnthaler tot am Boden gelegen, und ein Mann südländischen Aussehens sei ohne Vorwarnung auf ihn losgegangen, habe ihn zusammengetreten, gefesselt, geknebelt; den Ordner »Herbstblüten« kenne er nicht, jemand müsse ihm den untergejubelt haben, jemand, der offenbar sein Leben zerstören wolle, vermutlich derselbe, der ihn überfallen und seinen Freund ermordet habe.

»Unser Computerfachmann kann nur nachweisen, dass am Tag von Rönnthalers Ermordung am Ordner ›Herbstblüten‹ rumgefummelt wurde, und ich nehme an, das warst du.«

»Und die Liste mit den Mädchennamen, denen die Pseudonyme aus ›Herbstblüten‹ zugeordnet sind?«

»Liegt auch ganz allein auf dem Desktop rum. Wurde nie verschickt, nie empfangen. Es sieht tatsächlich so aus, als hätte ihm jemand den Ordner und die Liste untergeschoben.«

»Was ist mit den Mädchen? Habt ihr sie gesucht, gefunden?«

»Ohne Nachnamen? Nur eine. Ich hab die Fotos den Jugendämtern geschickt, und bei Lilly gab es eine Rückmeldung. Der Vater steht unter Beobachtung, Alkoholiker, gewalttätig, Lilly kam ein paarmal mit blauen Flecken in die Schule. Die Familie lebt in Praunheim, ich hab sie besucht, Lilly sagt, sie kenne Abakay nicht, habe ihn nie gesehen. Allerdings will ich sie noch mal allein treffen. Der Alte stand daneben, und das Mädchen hatte offensichtlich Angst vor ihm. Jedenfalls keine Situation, in der eine Vierzehnjährige gerne zugibt, dass sie sich mit alten Männern trifft.«

»In Praunheim. Zufällig eine Romafamilie?«

»Keine Ahnung. Wieso?«

»Nur so. Was ist mit dem Heroin in der Küche?«

»Untergeschoben, sagt Abakay.«

»Und wer hat seiner Ansicht nach so eine Wut auf ihn, um ein solches Theater mit Mord, Computermanipulationen und Drogen zu veranstalten?«

»Tja, da hat er zwei Theorien. Einmal glaubt er, mit seinen Fotos von elenden Zuständen in Frankfurt Investoren zu verschrecken und damit verschiedene Haus- und Grundbesitzer gehörig zu ärgern.«

»Ach was.«

»Na ja. Er hat zum Beispiel in der Wochenendausgabe der *Rundschau* eine Serie übers Gutleutviertel veröffentlicht, da gab's wohl tatsächlich einige böse Anrufe in der Redaktion. Du kennst das Viertel ja gut genug – heruntergekommene Innenstadtnähe, da warten die Hausbesitzer doch schon seit Jahren, dass der Knoten endlich platzt und Starbucks oder Häagen Dazs oder irgendwer sich 'ne Bude kauft und der Rest nachzieht.«

»Und bringen dafür einen um. Wegen Fotos von rauchenden Bettlern. Gebt ihr euren Verdächtigen beim Verhör neuerdings was zu kiffen? Was ist die zweite Theorie?«

»Dass es mit seinem Onkel zusammenhängt.«

»Dem Religiösen?«

»Den kennst du?«

»Ich hab nur gehört, dass er 'n Onkel hat, der in einer Moschee predigt.«

»Hm-hm, Scheich Hakim. Macht den Verrückten mit heiligem Krieg und so, aber nach unseren Erkenntnissen ist das nur für die Blöden und Fassade. Oder vielleicht glaubt er wirklich dran, aber ganz sicher glaubt er auch ans Geldverdienen. Wir haben ihn im Verdacht, groß im Heroingeschäft mitzumischen, konnten ihm aber nie was nachweisen. Abakay sagt, er habe schon lange nichts mehr mit ihm zu tun. Aber einer seiner Anrufe aus dem Gefängnis ging an Scheich Hakims Sekretär.«

»Was hat er von ihm gewollt?«

»Einen Anwalt.«

»Und warum sollte jemand wegen Scheich Hakim Rönnthaler umbringen?«

»Abakay meint, es sei eine Botschaft: Guck, was wir mit deinem Neffen anstellen könnten. Für diesmal haben wir nur den nächstbesten Typ in seiner Wohnung umgelegt und deinem Neffen ordentlich in die Eier getreten, aber das nächste Mal … So in die Richtung. An Hakim selber kämen sie nicht ran. Tatsächlich hat Hakim immer Leibwächter dabei, und sein Haus ist 'ne Festung mit zwei Meter hohen Gartenmauern, vergitterten Fenstern, Überwachungskameras und was weiß ich noch alles.«

»Wo wohnt er?«

»In Praunheim.«

»Schon wieder Praunheim. Vielleicht sucht der Scheich die kleinen Mädchen aus.«

»*Ein* kleines Mädchen«, korrigierte mich Octavian, »und das wohnt am anderen Ende des Viertels.«

»Na schön. Und wer hasst, nach Abakays Ansicht, Hakim so sehr, dass er, nur um ihm eins auszuwischen, einen Unbeteiligten umbringt und seinen Neffen verprügelt?«

»Abakay sagt, irgendeine religiöse Gruppe, aber wenn er über seinen Onkel ein bisschen Bescheid weiß, denkt er natürlich, dass Konkurrenten im Drogengeschäft dahinterstecken.«

»Das denkt er nicht, Octavian. Das ist alles Blödsinn, ich hoffe, du weißt das. Es gab einen Kampf zwischen Rönnthaler und Abakay, Rönnthaler hatte das Messer und Abakay irgendwas Dünnes, Spitzes, womit er ihn umgebracht hat. Ihr müsst nur diese Waffe finden. Wahrscheinlich hat er sie, kurz bevor ich reinkam, aus dem Fenster oder ins Treppenhaus geworfen.«

»Hm-hm.«

»Was?«

»Wir haben die Wohnung, das Treppenhaus und den Innenhof Zentimeter für Zentimeter abgesucht.« Octavians

Stimme klang reserviert. »Hätte dort irgendwo eine Waffe gelegen, hätten wir sie gefunden.«

»Vielleicht hat sie sich ein Hund geschnappt als Lolli, war doch Blut dran.«

»Ja«, sagte Octavian, »oder Abakay hat sie sich in den Arsch geschoben und rutscht deshalb immer so fröhlich auf dem Stuhl hin und her. Hör zu, Kemal, eigentlich gibt es nur zwei Möglichkeiten: Entweder du bist Verdächtiger – und ich kann dir sagen, Abakay beschreibt dein Äußeres ziemlich gut, und falls wir einen Hinweis auf deine Klientin finden und da eine Verbindung herstellen können ... Ich bin sicher, dass du so was nie machen würdest, aber es ist nicht ausgeschlossen, dass der ein oder andere Kollege von mir auf die Idee käme, dass du für die Eltern des Mädchens einen schmutzigen Auftrag übernommen hast.«

»Bitte?«

»Wie du weißt, habe ich zwei Töchter, zwölf und vierzehn. Wenn ich mir vorstelle, jemand schickt die auf den Strich – ich würde den auch umbringen lassen wollen. Vielleicht ist dir Rönnthaler in die Quere gekommen, und anschließend war dir ein bisschen flau und die Töterei zu viel, und du hast Abakay nur noch ordentlich zugerichtet. Wie gesagt, ich bin sicher, dass du so was nie machen würdest, aber ...«

Er brach ab. Zweimal »sicher, dass du nie« hieß erfahrungsgemäß »sicher, dass du nie, bin ich sicher nicht – und würde darum auch keinen kleinen Finger für dich ins Feuer legen«.

Interessant, dass mir innerhalb von wenigen Tagen gleich zwei Leute einen Auftragsmord zutrauten.

»Und die zweite Möglichkeit?«

»Du wirst unser Zeuge. Aber erstens kann ich dir nicht versprechen, dass deine Klientin rausgehalten wird – wenn wir sie finden, wird sie im Prozess eine Rolle spielen, und, ehrlich gesagt, gibt's da schon eine kleine Idee. Zwischen Abakays Papieren lagen ein Foto und eine Visitenkarte: Valerie de Chavannes, Zeppelinallee – das große Los für einen wie Abakay.«

»Nie gehört den Namen.«

»Na, ist ja auch erst mal egal. Zweitens muss ich dich warnen: Wenn irgendwas an deiner Geschichte faul ist – zum Beispiel sagt unser Doktor, dass die Schnitte auf Abakays Brust kaum im Kampf entstanden sein können und dass das Messer nicht so in Rönnthalers Hand lag, als sei er damit umgefallen – also jedenfalls: Ich hoffe, dass du als offizieller Zeuge einen Bericht ablieferst, der mit den Fakten und Indizien einigermaßen übereinstimmt. Außerdem und unter uns: Wenn Scheich Hakim irgendein Interesse an seinem Neffen hat und daran, dass er nicht allzu lange im Knast hockt – er kennt sicher Leute, die einem Hauptbelastungszeugen ganz schön zusetzen können.«

Plötzlich kam mir eine unangenehme Idee. »Sag mal, Octavian, du möchtest mich gar nicht so gerne als Zeugen, was?«

»Ich möchte keinen Zeugen, dessen Geschichte im Laufe der Ermittlungen oder des Prozesses zusammenkracht. Dazu kommt natürlich...«, er atmete hörbar ein, »... dass die Leute wissen, dass wir uns kennen, und dass es für meine Karriere keine Hilfe ist, wenn ein Bekannter von mir versucht, die Polizei an der Nase herumzuführen.«

»Aber dich von Abakay an der Nase herumführen zu lassen, das ist okay für die Karriere?«

»Abakay ist kein Bekannter von mir.«

»Tja, Octavian, tut mir leid, dich da eventuell in eine unangenehme Lage zu bringen, aber ...«

Ich war wütend, und mein ironischer Tonfall war kindisch. Andererseits klang Octavian ganz so, als hätte Abakay eine Chance, mit seiner Geschichte durchzukommen. Vielleicht hatte ich es mit dem Arrangieren der Situation in Abakays Wohnung übertrieben, zu viele Unstimmigkeiten, und am Ende wäre es meine Schuld, wenn sie Abakay freilassen müssten. Ob er zwei oder fünf Jahre bekam, war mir nicht so wichtig, aber dass er womöglich ganz ohne Strafe blieb, empfand ich als Skandal. Darum sagte ich, ohne weiter drüber nachzudenken: »Ich werde mich als Zeuge melden. Und zwar mit der Geschichte, die du kennst. Das ist das, was ich gesehen habe. Ich bin kein Arzt, woher soll ich wissen, dass Abakays Schnittwunden nicht von einem Kampf herrühren.«

»Abakay behauptet«, erwiderte Octavian mit betont sachlicher Stimme, »dass ihm die Schnitte von dem Mann zugefügt worden seien, der ihn überfallen hat.«

»Ich habe ihn nicht überfallen, sondern dabei überrascht, wie er sich über einen gerade Ermordeten beugte, und daraufhin – wie es wohl die Pflicht jedes verantwortungsvollen, ausreichend kräftigen Bürgers ist – überwältigt und gefesselt, damit die Polizei die Möglichkeit hat, ein Verbrechen aufzuklären. Weil ich dachte, dazu sei die Polizei da ...«

»Ist gut, Kemal.«

»Aber wenn du lieber Abakay glauben möchtest! Warum, verdammt noch mal, sollte ich ihm die Brust zerschnibbeln?«

»Na ja, zum Beispiel, falls du es so aussehen lassen wolltest, als hätte zwischen Rönnthaler und Abakay ein Kampf stattgefunden.«

»Aus welchem Grund?«

»Ich hab's schon mal gesagt: Weil du eine Verdächtige schützen möchtest.«

»So ein Unsinn. Als ich in die Wohnung kam, hatte Abakay seine Wunden schon, und ich habe ihn nur noch gefesselt und geknebelt.«

»Und brutal in die Eier getreten?«

»Was denn noch alles? Hab ich ihm vielleicht auch die Kindheit verdorben?«

»Ich bereite dich nur darauf vor, was Abakay dir anlasten wird. Ich sag den Kollegen also, dass wir den Mann haben, der uns Abakay hingelegt hat?«

»Den Zeugen, Octavian! Ihr habt den Mann, der bezeugen kann, dass Abakay ein gewalttätiger Zuhälter ist, minderjährige Mädchen mit Heroin vollpumpt und auf den Strich schickt.«

»Ohne die Namen deiner Klientin und ihrer Tochter zu nennen?«

»Jedenfalls versuche ich, beide so lange wie möglich rauszuhalten.«

»Bevor das irgendwann vielleicht nicht mehr geht, solltest du ihnen fairerweise von Scheich Hakim erzählen. Ich kenne eine Menge Leute, die eine heile Haut der Bestrafung eines Verbrechers vorziehen.«

»Guter Satz für einen Polizisten.«

Octavian seufzte. »Ach, leck mich am Arsch, Kemal. Ich melde mich dann bei dir.« Und legte auf.

Ich hielt den Hörer noch eine Weile in der Hand und fragte mich, ob ich mich gerade besonders klug verhalten hatte. Um mich notfalls aus der Affäre ziehen zu können, war es an der Zeit, Rönnthalers Mörder zu finden. Bisher hatte ich nicht mehr als eine Ahnung.

Dann suchte ich im Internet nach Scheich Hakim.

Ich erfuhr nichts Neues. Ein Verrückter, wie Octavian gemeint hatte. Allerdings hielt ich jeden Grad von Religiosität für verrückt. Oder wie Slibulsky sagte, der eine Eissalonkette führte und seit kurzem mit einer zwanzig Jahre jüngeren Frau zusammen war, die sich gleichermaßen von Jesus wie von der Kabbala inspirieren ließ: »Es ist, als ob sie in einen Laden geht, der nur aus Luft besteht, sieben Kugeln Vanille bestellt, die auch nur aus Luft bestehen – sieben, weil das Glück bringt –, und einem Verkäufer zulächelt, der ihr grimmig erklärt, das Eis kriege sie dann später, wenn ihr hübscher Körper in der Erde verfault sei. Nicht aus Luft sind die fünf Euro, die sie fürs Eis bezahlt, und die Brieftasche des Verkäufers.«

Ob Hakim wirklich so gefährlich war, wie Octavian behauptet hatte, ging aus den Internettexten nicht hervor. Auf Fotos sah der Scheich aus wie ein alter Mann, der sich seine Kleider unten bei mir im Secondhandladen kaufte und viel Zeit damit verbrachte, mit anderen alten Männern rauchend auf der Straße rumzustehen. Seine Ansichten waren, soviel ich las, für jemanden mit seinem Hintergrund nichts Außergewöhnliches. In einem Interview mit der Online-Zeitung *Euro Islam,* in dem er unter dem Titel »Gott und die Welt« zu allem Möglichen befragt wurde, äußerte er sich zu den Themen Terror, Selbstmordattentate, heiliger Krieg, Islamismus und so weiter mit dem üblichen »furchtbar, aber...«. Man müsse die Verhältnisse sehen, den historischen Hintergrund, die jahrzehntelange Unterstützung krimineller Despoten durch den Westen, das Gefühl der Erniedrigung, das sich nun in Wut verwandle, gerade bei jungen Leuten, und natürlich Israel. Ohne Israel lief bei den meisten Nahostbetrachtungen ja wenig.

Ich hatte Deborah mal, während wir Nachrichten zu dem Thema guckten, vorgeschlagen, uns auch ein Israel anzuschaffen. Am Nachmittag hatten wir gestritten – angefangen hatte es mit der unaufgeräumten Wohnung oder einer ihrer Freundinnen, die mir auf die Nerven ging, oder Deborahs Arbeitswut, ich konnte mich noch während des Streits nicht mehr erinnern, und geendet hatte es wie so oft mit »asozialem Kayankaya« und »ehrgeiziger Deborah, die es dauernd der ganzen Welt beweisen muss« (dass sie es aus Henningsbostel und dem ›Mister Happy‹ bis ins Westend und zu ›Deborahs Naturweinstube‹ geschafft hatte und noch viel weiter schaffen werde) –, jedenfalls sagte ich: »Wenn wir ein Israel hätten, könnten wir, wenn wir das Gefühl haben, ein Streit bahnt sich an, immer sagen: Hey, dieses verdammte Israel, darum kam ich nicht zum Aufräumen. Oder: Deine Freundin Alexa ist nur wegen des schlechten Einflusses von Israel so eine hysterische Besserwisserin. Und auch bei Müdigkeit oder wenn die Milch überkocht – wär doch toll, immer einen Schuldigen zu haben, und wir sehen bei uns nur noch Vorteile und Schönheiten.«

Deborah musterte mich, als hätte ich einen fiesen Dachschaden.

»Sag doch gleich die Juden, aber das traust du dich wohl nicht.«

»Ich würd's mich schon trauen, weil's nämlich ein Witz ist, Schatz. Verstehst du? Nicht ernst gemeint. Ich habe mich über die nichtjüdischen Nahostler lustig gemacht. Aber heute sagt nun mal keiner mehr, die Juden sind schuld. Kein Antisemit auf der ganzen Welt sagt das mehr. Er sagt, Israel ist schuld. Und darum, also witzetechnisch – wenn man wie ich glaubt, dass ein Witz umso schärfer ist, je genauer er mit der Wirklichkeit umgeht –, darum also …«

»Ich find's aber gar nicht lustig.«

»Na, und nun stell dir vor, wir sehen Nachrichten vom Nahen Osten, und ich hätte gesagt: Hey, wie wär's, wir schaffen uns einen Juden an, dann haben wir einen Schuldigen, wenn das nächste Mal die Milch überkocht? Das hättest du noch viel weniger lustig gefunden.«

»Ich glaube, heute ist nicht unser Tag.«

Tja, dachte ich, wenn wir ein Israel hätten.

»Du weißt ja wohl noch, dass meine Oma …«

»Du lieber Himmel, was hat das damit zu tun?«

Deborahs Oma – die wahre Deborah – war sehr wahrscheinlich jüdisch gewesen. Der Großvater hatte sie 1945 völlig ausgehungert, krank und zerlumpt im Wald bei Henningsbostel gefunden, mit nach Hause genommen, gesund gepflegt und schließlich geheiratet. Die Oma hatte über ihre Herkunft und das, was ihr bis '45 widerfahren war, nie gesprochen, aber es hatte wohl Andeutungen und auf bestimmte Fragen entweder sehr beredtes Schweigen oder unverhältnismäßig harsche Zurückweisung gegeben. Als Deborah mir vor zehn Jahren zum ersten Mal von ihrer Oma erzählte, war ich noch skeptisch gewesen. Welcher Deutsche, so dachte ich, hat heutzutage keine jüdische Oma? Aber dann sah ich auf Fotos eine dunkelhaarige, blasse Schönheit, die fürs norddeutsche Land jedenfalls nicht typisch war. Von ihr hatte meine Deborah ihre dichten Augenbrauen, dunklen Locken und vollen Lippen.

»Für mich hat es etwas miteinander zu tun. Ich mag Witze, und wenn sie noch so lustig wären – *wären,* hörst du? – über das Thema nicht. Sie haben immer so was Originelles, so was Verbotenes und nun-aber-trotzdem, jedenfalls nichts Lässiges. Und ich finde, ein Witz ist um so lustiger, je lässiger er ist. Schärfe gehört für mich in die Suppe. Außerdem – weiß ich, wie du ganz tief drinnen wirklich tickst? Haben wir jemals darüber geredet? Du sagst immer: Religion, nein danke, aber deine Eltern waren ja wohl Moslems, und bis vier hast du mit deinem Vater zusammengelebt, da bleibt doch was hängen ...«

Aber hoppla! Einen Augenblick schaute ich wohl ziemlich verblüfft. Aufgewachsen in Frankfurt, nie eine Moschee betreten, nie einem Verein oder einer Partei angehört, nie an etwas anderes geglaubt als an die eigenen Fähigkeiten, Privatdetektiv, Trinker, Gladbach-Fan, und nun mit dreiundfünfzig Jahren von der Frau, mit der ich seit zehn Jahren eine Liebesbeziehung führte, wegen meiner Herkunft und eines Witzes, den sie nicht verstand: *Aber deine Eltern waren ja wohl Moslems!*

Meine Mutter starb bei meiner Geburt in der Türkei, mein Vater nahm mich nach Deutschland mit, wo er vier Jahre später von einem Postauto totgefahren wurde. Ich kam ins Heim und wurde zwei Monate darauf von dem Ehepaar Holzheim, einem Lehrer und einer Kindergärtnerin, adoptiert. Ich habe ein paar Erinnerungen an meinen Vater. Meistens saßen wir zusammen im Café, er rauchte, und ich trank Apfelsaft. Dabei behandelte er mich wie einen Erwachsenen, nicht wie ein kleines Kind. Vieles von dem, was er sagte, verstand ich nicht, aber ich verstand, dass er mich respektierte und mein bester Freund sein wollte. Nicht mein Lehrer. Ein Satz von ihm lautete: Ich kann dir nur beibringen, wie man mit Messer und Gabel isst, du bringst mir bei, wieder zu wissen, ob das Essen schmeckt oder nur schmackhaft aussieht. Sinngemäß jedenfalls. Mein Vater sprach türkisch mit mir, eine Sprache, die ich bei Holzheims bald vergessen habe. Jedenfalls: Wenn mein Vater religiöse Anwandlungen hatte, dann betrafen sie mich. Es gab Tagebuchaufzeichnungen von ihm, die ich später übersetzen ließ und in denen er mich meistens nur als sein »kleines großes Wunder« bezeichnete. Wenn Deborah empfindlich wegen ihrer Oma war, war ich es wegen meinem Vater mindestens genauso. Dass sie ihn in die Nähe Juden hassender Fernsehnachrichten-Moslems rückte, ging mir auf den Wecker.

»Nun, jetzt, wo du's ansprichst... Ich wollte dich tatsächlich schon lange mal fragen, ob du dir vorstellen könntest... Na ja, nicht übers ganze Gesicht, aber einen Schleier bis zur Nase, damit nicht die ganze Männerwelt deine gotteslästerlichen Lippen sieht...«

Und du hin und wieder die Klappe hältst.

Deborah sah mich an, dann sagte sie plötzlich ziemlich freundlich: »Ach komm, lass uns was trinken!« und ging in die Küche, um eine Flasche Wein zu holen. Alkoholika waren unsere Blauhelme. Aber so ganz trauten wir uns seitdem, was das Thema betraf, nicht über den Weg.

Interessant wurde es in Scheich Hakims Interview bei der Frage, wie er als Geistlicher den Umgang mit Alkohol und Drogen bewerte: »Nun, das ist wirklich nicht mein Gebiet. Aber ich weiß natürlich: Jede Weltregion hat über die Jahrtausende Mittel entwickelt, um sich den Feierabend zu versüßen. In Südamerika werden Cocablätter gekaut, in Europa, auch in meinem Heimatland Türkei, wird Alkohol getrunken – warum aber sind die Mittel anderer Weltregionen so kriminalisiert? In erster Linie natürlich Haschisch, ein vergleichsweise harmloses Kraut. Aber auch Opiumrauchen ist in manchen Gegenden ein übliches Genussmittel. Als gläubiger Moslem trinke ich weder Alkohol, noch nehme ich irgendwelche anderen Drogen, aber ich bin nicht blind. Der Alkoholismus in Europa – gucken Sie sich nur mal Russland an – und den USA ist doch ein ungeheures Problem. Aber haben Sie schon jemals davon gehört, dass Haschischrauchen in den Ländern Nordafrikas oder Asiens zu hoher Sterblichkeit, Geburtenrückgang und der Verwahrlosung breiter Gesellschaftsschichten führt? Wissen Sie, was ich denke? Dass es im Interesse der Alkoholproduzenten ist, keine legale Alternative auf dem Markt zuzulassen, und da Alkohol nun mal vor allem im Westen produziert wird, muss man die Zustände, denke ich, als stark imperialistisch bezeichnen.«

Interessant jedenfalls, wenn Scheich Hakim wirklich im Heroingeschäft steckte. Ein frecher Schweinehund.

Aber vielleicht irrten sich Octavian und die Polizei, und Hakim leistete sich Leibwächter und Überwachungskameras nur, weil er vor seinen Jüngern was hermachen wollte. Jedenfalls vermittelte sich durchs Internet keine besondere Gefahr. Im Gegenteil: Hakim schien zwar ein konservativer Prediger zu sein, aber keiner mit echtem Dachschaden. Ich konnte mir schwer vorstellen, dass er einen missratenen Neffen schützen würde, der Minderjährige auf den Strich schickte. Andererseits: Jungfrauen, da war doch was? Und ungläubige Jungfrauen, was war damit? Durfte man die vielleicht auf den Strich schicken, so viel man wollte? Sollte man es womöglich sogar? Darin bestand ja oft das Problem mit einem Religiösen: Zu neunundneunzig Prozent verhielt sich die Person recht normal, aber in dem einen restlichen Prozent lauerte der Irrsinn. Nicht wie zum Beispiel beim Papst, der mit seinen rosa Pädoschläppchen vor die von Überbevölkerung geplagte Weltgemeinde huschte und Kondome verteufelte – da lag der Irrsinn schön offen. Dagegen Hakim: jahrzehntelange Unterstützung krimineller Despoten durch den Westen, ja klar, Gefühl der Erniedrigung, das sich nun in Wut verwandle, okay, Haschisch legalisieren, warum nicht. Aber dann vielleicht: ungläubige Jungfrauen sind der Dreck unter Gottes gerechtem Stiefel!

Ich überlegte, wie viel von den Neuigkeiten ich Valerie de Chavannes mitteilen wollte. Ich musste sie vor Scheich Hakim warnen. Und ich musste sie vor der Polizei warnen. Und zwar in beiden Fällen in meinem Interesse. Octavian hatte leider vollkommen recht: Eine Mutter, die einen Privatdetektiv engagiert, um ihre Tochter aus den Fängen eines zweifelhaften Typen zu befreien, und dann beschuldigt der Typ den Privatdetektiv, einen zufällig anwesenden Freund umgebracht und ihn selber übel zugerichtet zu haben – das sah nicht gut aus.

Nicht ausgeschlossen, dass der ein oder andere Kollege von mir auf die Idee käme, dass du für die Eltern des Mädchens einen schmutzigen Auftrag übernommen hast.

Und Valerie de Chavannes drei Tage zuvor: *Ich frage mich, wie weit würden Sie in dieser Richtung gehen...? Bei entsprechender Bezahlung natürlich.*

Auf eine hartnäckige und überzeugende Lüge, dass sie das Angebot nie gemacht habe, mochte ich nicht zählen. Im Gegenteil, ich war überzeugt: Ein längeres Verhör bei der Polizei oder eine verschärfte Befragung durch Hakims Leute, und sie würde ihnen, um selber möglichst ungeschoren davonzukommen, den Happen hinwerfen. »Okay, wir haben darüber geredet, Abakay... Nun ja, Sie wissen schon. Aber ich habe das natürlich nicht ernst gemeint. Es war nur so ein Gedankenspiel. Aber vielleicht hat Herr Kayankaya... Ich kenne ihn ja kaum, aber er war sehr engagiert, und ich glaube, er mochte mich auch ganz gerne...«

Ja, darauf hätte ich schon sehr viel eher gezählt.

Ich musste Valerie de Chavannes also davon überzeugen, in Zukunft gegenüber wem auch immer jede Verbindung zu mir abzustreiten, ohne ihr damit Angst zu machen. Nicht, dass sie sich in Panik noch selber an die Polizei wandte. Und ich wollte sie in dem Glauben lassen, dass die Beweislage gegen Abakay nach wie vor felsenfest stand.

Bloß keine Aufregung, alles lief prima, Kayankaya hielt die Zügel fest in der Hand.

Ich tippte Valerie de Chavannes Nummer ins Telefon. Während es klingelte, ertappte ich mich dabei, wie ich an ihre schmalen Füße in den silbernen Sandalen dachte.

»De Chavannes.«

»Guten Tag, Kayankaya hier. Alles in Ordnung bei Ihnen?«

»So würde ich es nicht ausdrücken, aber es ist nichts vorgefallen, falls Sie das meinen.«

Ihr Ton war kühl – so kühl, wie ein Ton nur sein konnte, ohne offen unfreundlich zu wirken. Trug sie mir etwa nach, dass sie, als sie mich für einen Mord anheuern wollte, abgeblitzt war? Oder bekam ich einfach nur den üblichen De-Chavannes-Ton? Ich erinnerte mich, bei unserem ersten Treffen hatte sie anfangs ähnlich geklungen.

»Ja, das meinte ich. Wie geht's Marieke?«

»Ich weiß nicht. Sie wirkt ziemlich verzweifelt, wie unter Schock. Sie redet nicht mit mir. Sitzt den ganzen Tag in ihrem Zimmer und hört Jack Johnson.«

»Na, da wär ich aber auch verzweifelt.«

Wenn Hanna bei Deborah in der Weinstube jobbte, brachte sie immer Jack Johnson mit. Sie hielt das für Musik, die auch erwachsenen Rotweintrinkern gefallen musste.

»Sehr lustig.«

»Ich geb mir Mühe. Ich hatte das Gefühl, Marieke ist 'ne kräftige Person. Die geht nicht so leicht unter.«

»Geht sie auch nicht. Aber wenn, dann richtig.«

»Tut mir leid.«

»Aber deshalb haben Sie nicht angerufen.«

»Nein. Ich wollte Ihnen mitteilen, dass mich die Polizei – also der im Fall Abakay zuständige Beamte – in seinem Protokoll als Zeuge genannt hat, obwohl ich ihm das Versprechen abgenommen hatte, meinen Namen aus der Sache rauszuhalten. Na ja, er kennt mich und mag mich nicht besonders, da hat er die Gelegenheit genutzt, mir eins auszuwischen.«

»Warum wischt er Ihnen damit eins aus?«

»Weil nun natürlich früher oder später die Frage nach meinem Auftraggeber auftaucht. Das Gericht wird wissen wollen, was ich bei Abakay zu suchen hatte, und Abakays Anwälte werden ihr Möglichstes tun, mich als Zeugen unglaubwürdig zu machen – von wegen meine Klientin habe mich dafür bezahlt, Abakay mit Dreck zu beschmeißen, und da hätte ich mir eben was ausgedacht. Na ja, kaum ein Klient möchte in einem Strafprozess beim Namen genannt werden – ich nehme an, Sie gehören nicht zu den Ausnahmen –, und kein Privatdetektiv möchte dafür bekannt sein, die Namen seiner Klienten nicht schützen zu können. Darum möchte ich Sie bitten, falls irgendjemand im Zusammenhang mit Abakay auf Sie zukommt, jeden Kontakt zu mir abzustreiten. Wenn Sie meinen Namen irgendwo notiert haben oder meine Visitenkarte bei Ihnen rumliegt, lassen Sie alles verschwinden.«

»Sie meinen, vielleicht bricht jemand bei uns ein?« Ihr Ton blieb unverändert kühl. Vielleicht etwas zu kühl. Als ob ein Einbruch sie nach all den Ereignissen nicht mehr schrecken könne. Aber womöglich war es so. Umso besser.

»Nein, aber ein halbwegs geschickter Privatdetektiv könnte sich als Mann von den Stadtwerken ausgeben und bei Ihnen im Haus herumschnüffeln, oder er lädt Ihre Haushälterin zum Kaffee ein und horcht sie aus, wer in letzter Zeit alles zu Besuch kam. Da wäre es gut, wenn Ihre Haushälterin beim Aufräumen Ihres Papierkrams nicht auf meinen Namen gestoßen ist.«

»Aha ... okay.«

Sie machte eine Pause, und auf einmal kam es mir vor, als wäre ich in eine andere Leitung geraten. Ich hörte ihr Atmen: ein schweres, hastiges, leicht zitterndes um Luft Ringen. So was hatte ich bisher nur bei Leuten während eines Panikanfalls erlebt oder vor einer sehr unangenehmen, sehr wichtigen Begegnung. Der übliche de-Chavannes-Ton ...

»Muss ich mir um Marieke Sorgen machen?«

»Nicht mehr, als Sie sich nach den Ereignissen vermutlich sowieso schon machen. Abakays Anwälte werden versuchen, Entlastungszeugen aufzutreiben, und wenn Marieke mit Abakay tatsächlich nur über Fotokunst und soziale Ungerechtigkeit geredet hat, wäre sie natürlich perfekt.«

»Wenn«, wiederholte Valerie de Chavannes, machte wieder eine Pause, und wieder hörte ich ihr Atmen. Aber es kam mir nicht so vor, als atme sie wegen unseres Telefonats so schwer. Schon einmal hatte ich gedacht, dass hinter Valerie de Chavannes' verschiedenen Masken einfach nur ständige Angst herrschte. Die hochmütige Oberschichtenziege, die Zornige, die Verächtliche, das hilfsbedürftige Weibchen, die Sehnsüchtige, die Dahinschmelzende, das tätowierte Luder oder nun die 007-Mama, die in schwierigen Zeiten kühlen Kopf bewahrte und den Laden zusammenhielt – alles Tarnung und Versuche, weitgehend unverletzt zu bleiben. Und das hatte nichts mit Abakay zu tun, das war schon immer so gewesen oder jedenfalls seit langer Zeit, glaubte ich.

»Sie haben mir immer noch nicht gesagt, was genau Abakay verbrochen hat. War das Ihr Ernst mit ›Mord‹, oder wollten Sie mich nur erschrecken?«

»Beides. Ob er den Mord selbst begangen hat, ist nicht sicher, jedenfalls steckt er in der Geschichte mit drin. Aber das hat nichts mit Marieke zu tun. Abakay ist ein kleiner Straßenköter, der, wo und wann es geht, versucht, ein paar Euro abzugreifen. Natürlich spielen da auch Drogen eine Rolle, wahrscheinlich auch gestohlene Autos, Waffen, falsche Papiere, was weiß ich. Und da gerät man eben schon mal in die Nähe eines Kapitalverbrechens. Trotzdem hat er nebenher diese Fotos gemacht, und das hat ihn mit Marieke verbunden.«

»Sie wissen natürlich, dass ich Ihnen unbedingt glauben möchte.«

»Klar. Aber sagen Sie mir einen Grund, warum ich Sie anlügen sollte.«

Sie zögerte. »Weil Sie mir nicht wehtun wollen.« Sie bemühte sich, den kühlen Ton beizubehalten, aber es klappte nicht ganz. Oder sie tat so, als bemühe sie sich, den kühlen Ton beizubehalten, und ließ ihn absichtlich ins Gefühlige rutschen.

»Ich würde Ihnen tatsächlich nur ungern wehtun, aber ich würde Ihnen deshalb keine Märchen erzählen.«

»Und wie erklären Sie sich Mariekes Verhalten in den letzten Tagen?«

»Tja, ich tippe auf Liebeskummer. Ich habe nicht gesagt,

dass die Fotos alles waren. Und Abakay kann auf eine Sechzehnjährige sicher Eindruck machen. Ich würde jedenfalls darauf achten, dass Marieke in nächster Zeit keine Gefängnisbesuche unternimmt.«

»Um Gottes willen.«

»Na, also seien Sie froh, dass sie den ganzen Tag in ihrem Zimmer hockt. Vielleicht kaufen Sie ihr mal 'ne andere CD.«

Kurz blieb es still in der Leitung, offenbar hatte sich ihr Atmen beruhigt, oder sie hielt den Hörer zur Seite, dann seufzte sie überraschend amüsiert und fragte: »Wie alt sind Sie eigentlich?«

»Dreiundfünfzig. Wieso?«

»Weil sich kein Mensch mehr CDs kauft, sondern alles auf MP3 lädt.«

»Ich hab sogar noch Kassetten.«

»Bestimmt Simply Red oder so was.«

»Nein, Whitney Houston. Aber ich kann sie nicht mehr hören, mein Rekorder ist kaputt.«

»Whitney Houston...«, wiederholte sie und wollte irgendwas sagen, das mich auf den Arm nahm – es war nicht schwierig, etwas zu sagen, das Whitney-Houston-Hörer auf den Arm nahm –, doch dann schien ihr etwas einzufallen, und sie verstummte plötzlich.

Auch ich verstummte. Wahrscheinlich hatten wir beide nur mal so losgelegt, einfach froh, für einen Moment vom Thema Abakay wegzukommen. Doch in null Komma nix waren wir vor einer ziemlich offenen Tür gelandet. Sie zum Beispiel weiter: Whitney Houston – jetzt glaube ich Ihnen die dreiundfünfzig. Was mögen Sie sonst noch? Foreigner?

Münchner Freiheit? Und ich: Sie haben Whitney Houston nie richtig gehört. Morgens um drei, ein paar Bier oder irgendwas anderes drin, offene Kneipenfenster, laue Luft, und dann aus der Musikbox: *Greatest Love of All* – da gehen Sie auf die Knie vor Glück. Und dann sie wieder: Na schön. Ich habe einen Rekorder, der geht noch... Oder so ähnlich. Jedenfalls wussten wir beide, dass es von hier bis zu einem gemeinsamen Whitney-Houston-Abend bei Wein und Kerzenlicht nur noch höchstens drei Sätze waren.

Schließlich sagte ich: »Abgesehen davon, dass meine Whitney-Houston-Zeit vorbei ist.«

Sie räusperte sich, ihr Ton wurde freundlich sachlich: »Na, das hoffe ich – mit dreiundfünfzig.«

»Sie meinen, mit dreiundfünfzig ist man zu alt für Whitney Houston?«

»Zu alt für eine Whitney-Houston-Zeit, denke ich. Hin und wieder einen Song, warum nicht?«

Ich merkte, wie ich die Zähne bleckte. »Ich wette, auf Ihrem MP3-Player haben Sie hin und wieder einen Whitney-Houston-Song.«

Sie zögerte. »Kann schon sein. Ich weiß es nicht. Ich hör schon seit einer Weile keine Musik mehr.«

Es lag mir auf der Zunge: Aber mit Abakay doch sicher die ein oder andere Ballade?

Stattdessen sagte ich: »Das kommt schon wieder. Solche Phasen gibt's.« Und dann noch spröder: »Haben Sie meine Rechnung bekommen?«

»Ja.« Kurze Pause, dann in alter Kühle: »Soll ich die auch verschwinden lassen?«

»Jedenfalls sollen Sie mir das Geld nicht überweisen. Ich hol's mir einfach irgendwann in bar ab.«

Sie sagte nichts.

»Oder vielleicht schicke ich einen Freund, der es abholt.«

»Ja, machen wir's doch so«, sagte sie.

Es ärgerte mich. Dass sie mich so schnell ziehen ließ, wollte ich dann doch nicht. Und es ärgerte mich, dass es mich ärgerte.

»Okay, so machen wir's. Und bitte geben Sie mir sofort Bescheid, wenn Sie jemand nach mir fragt.«

»Kann ich da nicht auch Ihrem Freund Bescheid geben? Wäre das nicht einfacher?«

Ich sah auf meine große Bahnhofsuhr, hinter der sich meine Pistolen, Handschellen, K.O.-Tropfen, mein Pfefferspray verbargen. »Nein, das wäre nicht einfacher. Weil mein Freund keine Ahnung hat, worum es geht.«

»Na schön, ich ruf Sie an. Gibt es sonst noch was zu besprechen?«

Ich verneinte, wir verabschiedeten uns und legten auf. Ich war wütend. Auf sie, auf mich. Nebenbei fragte ich mich, warum ich nach Whitney Houston auf Foreigner und Münchner Freiheit gekommen war. Alles Puffmusik.

Ich saß immer noch nachdenklich am Schreibtisch, als zehn Minuten später Katja Lipschitz anrief.

»Hallo, Herr Kayankaya.«

»Hallo, Frau Lipschitz.«

»Ich habe mit unserem Verleger gesprochen. Wenn Sie nach wie vor bereit sind, würden wir Sie gerne während der

Buchmesse für drei Tage als Leibwächter für Malik Rashid engagieren.«

»Ich bin bereit. Haben Sie Ihrem Verleger meinen Preis genannt? Nicht dass es bei der Bezahlung nachher Schwierigkeiten gibt.«

Ich wusste nicht, warum, wahrscheinlich lag es nur an einem durch billige Fernsehfilme genährten Klischee, aber bei der Buchbranche dachte ich an eine gewisse Schwerfälligkeit beim Erfüllen finanzieller Verpflichtungen.

»Ist alles abgesegnet. Mailen Sie mir Ihren Vertrag.«

»Mach ich sofort. Der Vorschuss beträgt einen Mindesttagessatz, also tausend Euro plus Steuern. Sobald der auf meinem Konto eingegangen ist, guck ich mir Rashids Hotel an. Wie hieß es noch mal?«

»Das ›Harmonia‹ in Niederrad.«

»Wann reist Rashid an?«

»Freitag Mittag. Ist das für Sie in Ordnung, Freitag Mittag bis Montag Mittag, drei Tage?«

»Das ist in Ordnung. Soll ich ihn vom Flughafen oder Bahnhof abholen?«

»Nein, das macht meine Assistentin. Rashid, Sie und ich treffen uns um zwölf im Hotel, um alles zu besprechen. Ab dann würde er sich in Ihrer Obhut befinden.«

»Wunderbar. Dann also bis Freitag um zwölf.«

»Eine Bitte habe ich noch, Herr Kayankaya. Es ist gut möglich, dass während der Messe Journalisten auf Sie zukommen. Rashid und sein Roman werden ein großes Thema sein, da könnte sein Leibwächter auch ein Thema werden. Ob Sie sein Buch gelesen haben, was Sie als Moslem darüber denken und so weiter…«

»Und Sie möchten, dass ich die Klappe halte.«

»Nun, was Sie mir gesagt haben, wie Ihre Einstellung zu Religion ist, und überhaupt, Ihre Art... Verstehen Sie mich nicht falsch, ich fand es sehr... interessant, mit Ihnen zu reden, aber... Sehen Sie, Journalisten neigen nicht zum Komplizierten. Und ein türkischer Leibwächter, der Gott mit warmen Steinen vergleicht und das Objekt seiner Bewachung, einen international renommierten Autor, der nach allgemeinem Dafürhalten ein äußerst wichtiges und höchst brisantes Buch geschrieben hat, möglicherweise nicht ganz ernst nimmt – also, das einigermaßen fair und unvoreingenommen rüberzubringen ist jedenfalls nicht gerade unkompliziert. Und nachher steht dann in der Zeitung: Bestsellerautor vom eigenen Leibwächter verhöhnt oder so was.«

»Machen Sie sich keine Sorgen. Ich hab kein Interesse daran, in die Zeitung zu kommen.«

»Das habe ich mir schon gedacht. Ich wollte Sie nur warnen: Manche Journalisten können recht forsch werden.«

»Danke.«

»Und noch was...«

»Ja?«

»Auf Rashids Tagesplänen werden Sie sehen, an welchen Veranstaltungen er teilnimmt. Unter anderem wird er im Literaturhaus ein Podiumsgespräch mit Herrn Doktor Breitel führen...«

Sie machte eine Pause, ließ mir Zeit zu reagieren, und als ich nichts sagte, fügte sie erklärend hinzu: »Einer der Herausgeber der *Berliner Nachrichten*. Der Titel lautet: ›Die zehn Plagen‹...« Wieder wartete sie kurz auf eine Reaktion.

»Das ist aus der Bibel. Irgendwann hat Gott mal Hitze, Heuschrecken und Hagel und so was übers Land geschickt, um ... Ach, ich weiß auch nicht mehr genau. Jedenfalls bei dem Podiumsgespräch geht es um die verschiedenen Bedrohungen für unsere westliche Gesellschaft: Geburtenrückgang, Zerfall der Familien, Vereinsamung, Übertechnisierung, Internet, noch ein paar Sachen und zuletzt – und mit Malik Rashid als Gast natürlich um das eigentliche Thema: ob hinter all dem nicht ein immer besser organisierter Islam steht, der uns die Bedrohungen, die Plagen also, mit mehr oder weniger Vorsatz bereitet. Da wird es zum Beispiel um die Folgen des Geburtenrückgangs bei, äh ...«

»Uns«, half ich ihr.

»Ja, uns, und der Geburtenzunahme bei ...«

»Migrantenfamilien.«

»Danke. Um so was wird es also gehen. Tut mir leid, das ist kein Thema, bei dem ich mich besonders gut auskenne, und ich finde den Veranstaltungszettel gerade nicht.«

»Wissen Sie noch, was draufstand, wie der Islam uns die Übertechnisierung bereitet?«

»Nun, das war im Zusammenhang mit dem Internet. Ich glaube, die These von Herrn Doktor Breitel lautet: dass das Internet der eigentliche Motor der Zerstörung unserer Gesellschaft ist, weil es – hier hab ich den Zettel, und da steht: ›lauter einsame, frustrierte, entmenschlichte Kreaturen schafft, die zu einer funktionierenden, wehrhaften Gemeinschaft nicht mehr fähig sind.‹ Und unten weiter: ›Wissen wir, wie viel arabisches und persisches Ölgeld im World Wide Web steckt? Aus einer Weltregion, in der die Mehrheit der Bevölkerung kaum Computer besitzt? Sollte das Internet etwa wie eine Droge sein, mit der die Herrscher und Religionsführer des Orients die westliche Welt eindecken, um aus uns eine Masse verblödeter, mit unnötigem Wissen vollgestopfter, pornosatter Stubenhocker zu machen? Ist das Internet vielleicht nichts anderes als intelligente Kriegsführung? Ähnlich wie die Briten im neunzehnten Jahrhundert China mit Opium erst von innen heraus schwächten, um es dann militärisch zu unterwerfen?‹ Und so weiter. ›...Wir freuen uns auf einen kontroversen Abend. Zuschauerfragen sind im Anschluss erlaubt. Aus Sicherheitsgründen bitten wir um Voranmeldung auf unserer Homepage. Für das leibliche Wohl sorgt Driss Mararoufi, Chefkoch im tunesischen Restaurant Medina in Sachsenhausen.‹« Katja Lipschitz machte eine kurze Pause und beschloss dann etwas zu laut, als gelte es den ein oder anderen Zweifel zu übertönen: »Das wird bestimmt ein äußerst interessanter Abend.«

»Bestimmt. Doch was wollten Sie mir eigentlich sagen?«
»Ach so. Nun, Sie haben gehört, aus Sicherheitsgründen werde um Voranmeldung gebeten. Tatsächlich ist es eine geschlossene Veranstaltung, wir wollten das bloß nicht öffentlich machen. Die Leute kaufen sich eher Bücher zu Veranstaltungen, für die sie keine Karten mehr bekommen haben, als zu solchen, bei denen sie als Besucher gar nicht vorgesehen waren. Das Risiko beim Einlass von normalem Publikum wäre einfach zu groß. Die Bürgermeisterin will kommen, vielleicht sogar der hessische Innenminister... Na ja, jedenfalls in dem Zusammenhang wollte ich Sie um... ähm... angemessene Kleidung bitten.«
»Wie meinen Sie das? Turban?«

»Nein, natürlich nicht.« Sie lachte kurz und nervös auf. »Wenn Sie einen Anzug hätten oder zumindest ein Sakko – es wird ein sehr exklusiver Abend, und in Ihrem eigenen Interesse ... Ich nehme an, auch Ihnen wäre es nicht recht, wenn Sie der Einzige in Jeans und Cordjacke wären.«

»Danke für den Hinweis. Ist blauer Nadelstreifen okay?« Ich dachte an Slibulsky, der blaue Nadelstreifenanzüge mal als Kanackenkutte bezeichnet hatte. Aber Katja Lipschitz war diese Assoziation offenbar fremd.

»Wunderbar«, sagte sie erfreut. Dann wurde ihr Ton plötzlich leicht gequält. »Dabei möchte ich Sie noch auf einen Umstand hinweisen, der, nun ja, also für Leute, die ihn nicht kennen und sozusagen branchenfremd sind, überraschend sein kann. Also, ähm ... Herr Doktor Breitel trägt gerne kurze Hosen – auch am Abend und überhaupt, meine ich ...«

»Ach ja? Auch im Winter?«

»Mit Kniestrümpfen.«

»Na, ein Glück, dass Sie mir meine Cordjacke ausgeredet haben. Das wäre ja ein Fauxpas geworden!«

»Äh, ja ...«

»Möchten Sie vielleicht, dass ich auch kurze Hosen trage?«

»Um Gottes willen, nein – das ist Herrn Doktor Breitels Vorrecht, sozusagen. Sein ganz eigenes Kennzeichen, verstehen Sie?«

»Verstehe. Darf man ihm Komplimente machen? Zum Stoff, zum Schnitt, vielleicht zu den Beinen?«

»Nein, nein, bloß nicht. Sie bemerken das gar nicht.«

»Okay.«

»Herr Doktor Breitel ist …«, es war mir sympathisch, wie sie sich offenbar überwinden musste, »… sehr wichtig. Wenn man Bücher verkaufen will, meine ich.«

»Schon klar, Frau Lipschitz. Machen Sie sich keine Sorgen, ich werde mich nicht auffällig benehmen.«

»Vielen Dank, Herr Kayankaya. Es ist manchmal nicht ganz einfach …« Sie suchte nach Worten.

Ich sagte: »Genau so ist es.«

»Ja. Na ja. Jedenfalls: Mit dem unterschriebenen Vertrag schicke ich Ihnen auch die Tagespläne und einen Buchmesseausweis.«

»Und die Drohbriefe.«

»Ach ja, die Drohbriefe. Selbstverständlich.«

»Dann also bis Freitag nächste Woche.«

»Bis Freitag nächste Woche, Herr Kayankaya.«

9

Ende der Woche ging der Vorschuss auf meinem Konto ein, und ich erhielt mit der Post den unterschriebenen Vertrag, Rashids Tagespläne für seinen Aufenthalt in Frankfurt und einen Buchmesseausweis. Keine Drohbriefe. Entweder es handelte sich bei ihnen um reine Erfindung oder um alberne Beschimpfungen, jedenfalls nichts, was Katja Lipschitz mir zeigen konnte oder wollte. Und im Grunde war es ja auch egal. Für Werbezwecke bekam Rashid einen Leibwächter zur Seite. Ein Gregory-Job. So lange der Maier Verlag zahlte.

Am Montag besuchte ich das Hotel Harmonia. Die typische Mittelklasse-Absteige: abgetretener Teppichboden, bunte, billige Sofas, Halogenlämpchen, eine Bar mit Bier, Schnaps, Käsecrackern, an der Wand eine Sammlung Autogrammkarten von mehr oder weniger Prominenten, die mal im ›Harmonia‹ übernachtet hatten. Ich bekam einen schlechten Espresso und ließ mir Hinter- und Notausgänge zeigen. »Wegen meinem Vater. Womöglich wird er nächsten Monat ein paar Tage bei Ihnen wohnen, und er hat große Angst vor Feuer.«

Dienstag sagte ich bei der Polizei offiziell im Fall Abakay aus.

Mittwoch erhielt ich im Büro einen Anruf von einem Mann namens Methat, der sich als Scheich Hakims Sekretär ausgab. Anfangs redete er türkisch, bis er mir einen Augenblick Zeit ließ, ihm zu erklären, dass ich kein Türkisch gelernt hatte. Nach einer ungläubigen Pause, einem türkischen – so hörte es sich jedenfalls an – Fluch und ein paar verächtlichen Schmatzlauten fuhr er schließlich auf Deutsch fort. Er sprach starken hessischen Dialekt, und ich musste dreimal nachfragen, bis ich verstand, dass seine Herrlichkeit mich zu sehen wünsche.

»Wer will mich sehen?«
»Sei Hellischkeit.«
»Helligkeit?«
»Heelliischkeit!«
»Tut mir leid. Heilig, Höllig?«
»Hellisch! Wie hellische Aussicht! Mensch!«
»Ah. Seine Herrlichkeit.«
»Jetz tu bloß net so, du ...!«
»Wer ist seine Herrlichkeit?«

»Isch hab doch gesacht, isch bin dä Sekrätär vom Scheisch Hakim!«

»Okay. Dann richten Sie Scheich Hakim doch bitte aus, wenn er mich sehen will, soll er telefonisch oder per E-Mail – meine Adresse steht im Branchenverzeichnis – einen Termin mit mir abmachen. Ich bin zurzeit viel unterwegs und nur selten im Büro.«

»Du bist wohl net ganz discht?!«

Langsam ging er mir auf den Wecker. »Isch bin suppä discht, Aldä. Awwer isch hab zu schaffe! Also: Termin ausmachen und mir bei der Gelegenheit sagen, um was es eigentlich geht. Jetzt muss ich arbeiten und leider auflegen.«

Ehe er mich weiter beschimpfen konnte, schaltete ich die Verbindung ab.

Es hatte also nur einen Tag gedauert, bis Scheich Hakim von meiner Aussage bei der Polizei unterrichtet worden war. Ich nahm mir vor, Octavian bei Gelegenheit zu sagen, dass er nicht nur »eine Menge Leute kannte, die eine heile Haut der Bestrafung eines Verbrechers vorzogen«, sondern auch mindestens einen im Polizeipräsidium, der eine Stange Geld, eine Tüte Heroin, freien Bordellbesuch oder sonst irgendwas im Bereich von Hakims oder Abakays Möglichkeiten »der Bestrafung eines Verbrechers vorzog«. Ich glaubte fest, dass Octavian nicht wusste, wer der- oder vielleicht diejenige war, der oder die Scheich Hakim auf dem Laufenden hielt. Nicht ganz so fest glaubte ich, dass er alles dransetzen würde, ihn oder sie als Spitzel zu enttarnen. Es kam wohl darauf an, auf welcher Höhe er oder sie sich in der Präsidiumspyramide befand. Als Octavian mich am Tag zuvor nach meiner Aussage zum Ausgang gebracht hatte, waren seine leisen Abschiedsworte gewesen: »Du machst das hier auf eigene Gefahr, das ist dir hoffentlich klar. Wenn alles vorbei ist, können wir uns wieder sehen, aber bis dahin lieber nicht. In den nächsten Wochen entscheidet sich, ob ich befördert werde.«

»Weißt du was, Octavian? Dann sehen wir uns am besten gar nicht mehr.«

»Ach, komm mir nicht so! Ich würde 'nen Tausender mehr im Monat kriegen, und ich habe Verwandtschaft in Rumänien, die ich unterstützen muss.«

»Wer hat die nicht«, sagte ich.

»Du hast die nicht«, erwiderte er kühl.

»Ich hab die Mädchen in Abakays Katalog gesehen, das ist meine rumänische Verwandtschaft.«

»Werd nicht kitschig.«

»Dass mir schlecht wird, wenn Dreizehnjährige zum Ficken angeboten werden, ist kitschig? Dass ich den Typ, der sie anbietet, festnageln will? Du warst zu lange bei der Sitte, Octavian, das verdirbt.« Und damit wandten wir uns grußlos voneinander ab und gingen davon.

Donnerstag versuchte Valerie de Chavannes, mich auf dem Handy zu erreichen. Ich saß bei Deborah in der Weinstube, aß Kuttelwurst, trank Rotwein, las den Sportteil und drückte beim ersten Anruf das Klingeln weg. Auch beim zweiten, dann kam eine SMS: *Bitte sobald wie möglich zurückrufen! Dringend! Gefahr!* Ich aß die Wurst auf, trank mein Glas leer, ging in den kleinen Hof hinter der Weinstube und rief zurück.

Valerie de Chavannes nahm sofort ab.

»Herr Kayankaya! Endlich!« Ihre Stimme zitterte und

klang nasal, als habe sie geweint. Zwischendurch hörte ich wieder ihr schweres, um Luft ringendes Atmen.

»Was gibt's, Frau de Chavannes?«

»Vorhin hat ein Mann namens Methat angerufen! Ob ich einen Privatdetektiv auf Abakay angesetzt hätte!«

»Und was haben Sie geantwortet?«

»Wie Sie's mir aufgetragen haben: dass ich nicht wüsste, wovon er spreche.«

»Hat er's geglaubt?«

»Keine Ahnung. Er hat mir gedroht!« Sie rang nach Luft. »Er hat gesagt, falls ich Sie doch engagiert hätte, sollte ich Sie schleunigst davon überzeugen, dass Sie Ihre Aussage gegen Abakay zurückziehen, sonst sei das Leben meiner Tochter in Gefahr!«

Vielleicht lag es daran, dass ich mir den Satz aus Methats Mund vorstellte: Lebbe in Gefah – jedenfalls nahm ich die Drohung nicht so ernst, wie ich es gegenüber Valerie de Chavannes wohl hätte tun sollen. Ich sagte: »Ach ja?«

»Was heißt hier: ach ja?! Ich habe Ihnen prophezeit, dass Abakay auch im Gefängnis gefährlich bleibt!«

»Nun, da müssen Sie sich entscheiden: Entweder Sie wollen ihn im Gefängnis oder draußen.«

»Sie wissen genau, wo ich ihn haben will!«

Sie rief es aus tiefstem Herzen, wütend, nachtragend von wegen: Ich hab Ihnen doch gesagt, Sie sollen ihn umlegen!

»Immer langsam. Wir sprechen hier am Telefon, das kann abgehört werden – immerhin bin ich Zeuge in einem Mordfall –, darum drücken Sie sich bitte nicht missverständlich aus. *Ich* weiß natürlich, dass Sie ihn *im Gefängnis* haben wollen...«

Pause, schweres Atmen.

Ich glaube nicht wirklich, dass die Polizei mich oder Valerie de Chavannes abhörte, aber bei dem Gedanken an einen Telefonmitschnitt – *Sie wissen genau, wo ich ihn haben will!* – wurde mir für einen Augenblick doch ziemlich flau im Magen.

Nach einer Weile sagte sie einigermaßen beherrscht: »Und wie geht's jetzt weiter? Was machen wir?«

»Na ja, *wir*, Frau de Chavannes, machen gar nichts. Erinnern Sie sich? Sie haben mich beauftragt, Ihre Tochter nach Hause zu bringen.«

»Ach, und nun ziehen Sie sich feige aus der Affäre!«

»Sie können mich gerne fragen, ob ich für Sie einen weiteren Auftrag übernehme – Ihre Tochter zu schützen oder Sie oder beide. Aber ich bin überzeugt, das Beste und dazu auch noch Billigste, was ich im Moment für Sie tun kann, ist, mich nicht in Ihrer Nähe zu zeigen.«

»Das haben Sie das letzte Mal schon gesagt!«

»Weil es letztes Mal schon gestimmt hat. Ich schlage Ihnen Folgendes vor: Sie melden Marieke in der Schule für eine weitere Woche krank und bleiben mit ihr zu Hause. Wenn Methat noch mal anruft oder die Polizei oder sonst wer, lassen Sie sich nichts einreden: Niemand außer Ihnen und mir weiß von unserer Verbindung. Selbst Marieke kennt nur einen Polizisten namens Magelli. Wenn jemand an der Haustür klingelt, machen Sie nicht auf, und wenn der Jemand nicht weggeht, rufen Sie mich an. Falls Sie in einer Woche noch belästigt werden, kümmere ich mich darum.«

Wieder holte sie Luft, als liege ein Sack Gips auf ihrer Brust, ehe sie vorsichtig fragte: »Das versprechen Sie mir?«

»Das verspreche ich Ihnen.«

»Bitte, Herr Kayankaya… Ich habe wirklich große Angst, und ich bin völlig allein…«

»Ich habe gesagt, ich kümmere mich darum. Aber die eine Woche müssen Sie schon durchhalten. Ich bin sicher, Abakays Leute stochern im Moment nur so ein bisschen auf gut Glück herum. Vermutlich hat Abakay eine Liste mit Personen zusammengestellt, denen er auf die ein oder andere Art übel mitgespielt hat und von denen er zu Recht annimmt, dass jeder von ihnen einen Privatdetektiv beauftragt haben könnte, ihm die Beine wegzutreten. Sie waren wahrscheinlich nur ein Name von vielen. Darum noch mal: Leugnen Sie, jemals von mir gehört zu haben, und ich wette, in ein paar Tagen lässt man Sie in Ruhe.«

Sie seufzte. »Mein Gott, Herr Kayankaya, in was für eine Geschichte bin ich da bloß geraten.« Und nach einer Pause: »Es tut mir leid, ich falle Ihnen zur Last, nicht wahr?«

»Ach, es geht so.«

Sie hielt kurz inne, dann lachte sie leise, vertraut, fast behaglich, als seien wir langjährige Freunde, und sie freue sich, in mir noch den alten Rabauken zu haben.

»Darf ich Sie was fragen?«

»Klar.«

»Glauben Sie…« Sie zögerte. Oder sie tat, als zögere sie. Oder beides. Wahrscheinlich wusste Valerie de Chavannes selber nicht mehr, was ihr absichtslos passierte und was Masche oder Kalkül war. Jedenfalls gab das Zögern der Frage jene Eindeutigkeit, die sie ihr anschließend durch einen möglichst sachlichen, ein wenig schnippischen Ton wieder nehmen wollte. Oder vorgab, nehmen zu wollen. Dazu eine kaum merkliche Prise mädchenhafter Aufgeregtheit. »Glauben Sie, wir wären uns auch ohne diese Geschichte mal begegnet?«

Diesmal war ich es, der eine Pause entstehen ließ.

»Bevor ich Ihnen die Frage beantworte, möchte ich Ihnen noch schnell den Namen des Freundes nennen, der in den nächsten Tagen mein Honorar bei Ihnen abholen wird. Er heißt Ernst Slibulsky, ihm machen Sie die Tür dann bitte auf.«

»Ernst Slibulsky, okay.«

»Vielleicht sind wir uns ja schon mal begegnet«, fuhr ich fort, machte wieder eine Pause und meinte, den angehaltenen Atem am anderen Ende der Leitung zu spüren. Es war ein Schuss ins Blaue, aber seit unserer ersten Begegnung ließ mich die Ahnung nicht los. Nicht dass ich glaubte, dass wir uns wirklich kennengelernt hätten, aber vielleicht hatten wir uns zur selben Zeit in derselben Gegend herumgetrieben.

»Sie sind mit sechzehn von zu Hause weg, und in Frankfurt gibt es nicht viele Orte, an denen man sich als junge Ausreißerin irgendwie durchschlagen kann. Wie alt sind Sie?«

Sie gab keine Antwort. Aber wohl nicht, weil sie mir ihr Alter verheimlichen wollte, sondern weil sie Gefahr witterte.

»Na, kommen Sie. Sie sehen aus wie Mitte dreißig, aber das sind Sie nicht. Mitte vierzig?«

Einen Augenblick dachte ich, sie hätte den Hörer weggelegt, dann hörte ich ihr Atmen.

»... Also um die vierzig. Marieke ist sechzehn, und so

blöd waren Sie nicht, dass Sie sich zu früh ein Kind machen ließen. Erst so mit Ende zwanzig, nehme ich an, als die wilden Zeiten langsam zu Ende gingen. So gerechnet standen Sie also vor ungefähr fünfundzwanzig Jahren mit einer Tasche oder einem Rucksack am Ende der Zeppelinallee an der Bockenheimer Warte. Vielleicht folgten ein paar Wochen bei Freunden oder ein Ferientrip nach Südfrankreich oder so was, aber irgendwann gingen die Freunde wieder in die Schule, und Ihr Geld war alle. Natürlich hätten Sie sich eher den Arm abgehackt, als Ihre Eltern um finanzielle Unterstützung zu bitten oder gar nach Hause zurückzukehren. Na ja, ich war damals sowohl beruflich wie privat viel im Bahnhofsviertel unterwegs ...«

Sie unterbrach die Verbindung. Vielleicht empfand sie die Vermutung einfach nur als Beleidigung, oder ich hatte ins Schwarze getroffen. Man musste wohl eine gewisse norddeutsche Gleichmut und Flaches-ödes-Land-Härte besitzen, um wie Deborah angesichts ihrer durchstandenen Jahre in den Sex-Clubs und Strip-Bars des Bahnhofsviertels nicht frei von Stolz zu sein. Für eine Bankierstochter und Künstlergattin dürfte ein Lebensabschnitt in der bekanntesten und – jedenfalls damals – tiefsten Gosse Frankfurts wahrscheinlich kein Thema sein, über das sie sich gerne ausließ.

Dabei kam mir plötzlich ein unangenehmer Gedanke: Wie alt war eigentlich Abakay? Mitte dreißig, nahm ich an, das haute nicht hin. Aber zumindest symbolisch dürfte er Valerie de Chavannes Geister der Bahnhofsviertel-Vergangenheit, falls es sie denn gegeben hatte, heraufbeschworen haben. Und vielleicht war ihr das anfangs gar nicht unangenehm gewesen. Inzwischen über vierzig, verheiratet, Kind, Villa, Wellness-Wochenenden, Sushi-Abendessen, Woody-Allen-Filme – da erinnerte man sich doch ganz gerne mal an die eigene Jugend, und sei sie noch so schräg verlaufen. Aber dann wurde aus der Erinnerung Gegenwart, der Zuhälter kommt ins Haus, lernt die sechzehnjährige Tochter kennen...

Ich wollte schnell zurück in die Weinstube zu meiner unsentimentalen jüdischen Friesin. Deborah nahm das Leben als Lerntreppe. Hatte sie eine Stufe durch, erklomm sie die nächste, und niemals ging sie zurück. Wozu etwas zweimal lernen? Einen Zuhälter hätte sie auf den ersten Blick durch alle Fotografen- und Weltverbessererkostüme hindurch erkannt und mit dem Besen übern Deich gejagt. Valerie de Chavannes Hilfsbedürftigkeit machte mich nervös.

»Hey, da bist du ja. Kannst du mal bitte zwei Zwölferkartons *Foulards Rouges* aus dem Keller holen?«

Deborah kniete im kurzen Jeansrock hinter der Theke und ging die Kühlschrankvorräte durch. Es war kurz vor fünf, bald würde sich die Weinstube füllen.

Ich betrachtete ihre nackten Beine. »Leeren wir eine Flasche davon?«

Sie sah auf, musterte mich kurz, ob ich vielleicht betrunken war, dann lächelte sie gekonnt sündig, ohne einen Zweifel zu lassen an: Ey, Alter, ich bin hier am Arbeiten. Und aus Spaß: »Bei dir oder bei mir?«

»Bei dir, mein Herz. Du weißt doch, meine Frau...«

»Ja, die nervt natürlich. Wenn die dann mitten in der Nacht kommt und noch erzählen will, wie der Tag in der

Kneipe war, und dann aber eigentlich sofort aufm Sofa oder Sessel einpennt, und dann muss man sie ausziehen und ins Bett schaffen. Aber weißt du, mein Typ ist auch 'ne Qual. Seit er nicht mehr raucht, geht er immer früher ins Bett. Und wenn unsereins noch schön kuscheln oder wenigstens die Tagesthemen gucken will, schnarcht er einem schon die Ohren wund.«

Ich schüttelte den Kopf. »So ein Mist. Na, kann man nichts machen. Aber ...«, ich deutete mit dem Kinn auf ihre Beine, »geiler Rock.«

»Danke. Holst du mich nachher ab?«

»Ich stell mir 'n Wecker.«

»Und ich trink 'n doppelten Espresso vorm Gehen.«

Sie zwinkerte mir zu und wandte sich wieder zum Kühlschrank. Auf dem Weg über den Hinterhof und eine feuchte Backsteintreppe hinunter in den Keller dachte ich über die Geister der Vergangenheit nach, die Valerie de Chavannes bei mir heraufbeschwor. Und wie verführerisch diese Geister sein konnten. Ich war nicht Deborah, ich wusste, ich konnte die Treppe jederzeit wieder runtergehen, ganz runter bis zum Fuß, und dann mit dreiundfünfzig alles noch mal von vorne: die Schnäpse, die Kippen, die durchwachten Nächte, die Wut und das Leuchten am Horizont.

Ich nahm mir vor, mein Versprechen nicht zu halten. Ich wollte mich für Valerie de Chavannes nächste Woche um nichts und niemanden kümmern, selbst wenn Scheich Hakims gesamte Glaubensbrüderschaft die Zeppelinallee auf Knien hinaufrutschen sollte. Und die Gefahr, dass man mich des – im wahrsten Sinne des Wortes – danebengegangenen Auftragsmords verdächtigte? Nun, ich glaubte inzwischen zu wissen, wer Rönnthaler umgebracht hatte. Noch fehlten mir die Beweise, aber die würde ich schon noch finden. Und dann konnte Valerie de Chavannes der Polizei erzählen, was sie wollte.

Statt um sie wollte ich mich um Deborah und unsere Weihnachtsferien kümmern. Über die Feiertage war die Weinstube für sieben Tage geschlossen, und Slibulsky hatte mir von einem Wellnesshotel im Elsass erzählt.

So läuft das!, dachte ich und hob die zwei Kartons an. Vierundzwanzig Flaschen *Foulards Rouges, Frida,* mein Lieblingswein, und nicht nur meiner, eine feine Sache. Ich hatte von Deborah über Weine, und nicht nur darüber, viel gelernt. Aber ich wusste auch noch: Bier mit Korn und Whitney Houston aus der Musikbox konnten eine Menge Spaß machen.

10

Freitag traf ich Malik Rashid und Katja Lipschitz inmitten eines trostlosen Farbenreigens. Die Lounge des Hotels Harmonia war mit gelbrosa Schachbrettmuster-Teppichboden ausgelegt, Rashid saß auf einem lindgrünen Baumwollsofa, Katja Lipschitz in einem ausgebleichten blauen Ohrensessel. Vor ihnen stand ein schwarzer Tisch mit Metallgestell, darauf befanden sich orangene Halblitertassen, aus denen weißer Milchschaum ragte.

Katja Lipschitz, die Beine übereinandergeschlagen, die Arme verschränkt, saß zurückgelehnt und hatte den Kopf fast waagerecht zur Seite gelegt, als wollte sie so den Größenunterschied zwischen sich und Rashid vertuschen. Vielleicht war sie aber auch einfach nur am Wegdösen.

Rashid, aufrecht, die Beine gespreizt, redete gestikulierend auf sie ein. Er trug leuchtend weiße Turnschuhe, Jeans und ein beiges T-Shirt, auf dem stand: *Die alten Wörter sind die besten und die kurzen die allerbesten.* Er hatte ein schmales, feines Gesicht mit flinken, lebhaften Augen und einem amüsierten Ausdruck, als wollte er sagen: Ja, mein Schatz, so eine verrückte, wirre Welt, ein Glück, dass es Kerle wie mich gibt, die da noch durchblicken.

Als ich ein paar Meter vor ihnen stehen blieb, schaute zuerst Rashid auf, und sein amüsierter Ausdruck bekam schlagartig etwas Widerwilliges. Vielleicht glaubte er, ich sei vom Personal.

»Ja?«

»Guten Tag, mein Name ist Kayankaya.«

»Oh«, sagte Katja Lipschitz und hob den Kopf. Nun überragte sie Rashid deutlich. »Ich habe Sie gar nicht kommen sehen.«

Und Rashid rief: »Ach so!«, schaltete augenblicklich auf strahlend, erhob sich vom Sofa und breitete theatralisch die Arme aus. »Mein Beschützer! Ich grüße dich!«

Katja Lipschitz schien unschlüssig, ob sie ebenfalls aufstehen sollte. Einerseits war da die Höflichkeit mir, andererseits wohl die Rücksicht Rashid gegenüber. Obwohl sie, wie ich gleich bemerkt hatte, flache Absätze trug, musste Rashid, wenn sie sich dicht neben ihm aufrichtete, immer noch wie ein Gnom wirken. Oder sie wie eine Riesin – vielleicht war es eher das, was sie vermeiden wollte.

»Bleiben Sie ruhig sitzen«, sagte ich zu Katja Lipschitz

und streckte Rashid meine Hand entgegen. »Freut mich, Herr Rashid.«

»Ah!« Er ließ die Arme sinken und spielte ironisch den Enttäuschten. »So förmlich, mein Freund! Wie sollen wir es denn da drei Tage Borste an Borste miteinander aushalten?!«

Ich warf einen kurzen Blick zu Katja Lipschitz, die lächelte, als hätte ihr Chef ihr ein Pupskissen auf den Stuhl gelegt.

Ich ließ meine Hand ausgestreckt. »Borste an Borste?«

Er grinste, froh über seinen kleinen Coup. »Na, sind wir nicht alle irgendwo tief in uns drinnen kleine Schweine? Manchmal auch große? Vielleicht essen wir darum keine, es wäre ja quasi Kannibalismus.« Er grinste noch ein bisschen froher, ehe er sich entschuldigend Katja Lipschitz zuwandte: »Verzeihung, Katja, mit ›wir‹ meine ich uns Orientalen. Dabei habe ich überhaupt nichts dagegen, wenn Schweinefleisch gegessen wird, aber *ich* esse es nun mal nicht. Und das hat nichts mit Religion zu tun. Die Juden – und die Juden sind Orientalen, nicht wahr? Ein Brudervolk. Und was sind die blutigsten Kriege?« Er deutete fragend mit dem Zeigefinger auf mich. Ich nahm meine ausgestreckte Hand zurück und schob sie in die Hosentasche.

»Die Bruderkriege! Jedenfalls: Die Juden essen auch kein Schwein. Und auch die Christen im Orient – und ich habe viele christliche Freunde«, er lachte. »Also, Eisbein habe ich da noch nie aufgetischt bekommen!«

Katja Lipschitz fiel in sein Lachen ein, ob aus Professionalität oder weil sie es wirklich komisch fand, konnte ich nicht beurteilen.

Ich sagte: »Herr Rashid, ich soll für drei Tage Ihr Leibwächter sein. Wir werden vermutlich einige Male miteinander im selben Restaurant, vielleicht am selben Tisch sitzen. Falls es Sie stören sollte, wenn ich Bratwurst bestelle, sagen Sie mir das bitte.«

Für einen Moment blieb sein Blick auf mir liegen, als frage er sich, ob das mit mir als Leibwächter wirklich so eine gute Idee gewesen war.

Dann gab er sich einen Ruck, sein Mund ging in die Breite, und mit einem Mal wieder mein neuer bester strahlender Freund: »Ich habe schon gehört, dass du deine eigene Position hast und diese auch...«, er nickte beifällig, »...auf originelle Art vertrittst.«

Wieder warf ich einen kurzen Blick zu Katja Lipschitz. Diesmal lächelte sie, als hätte der Chef ihr ein Nagelbrett auf den Stuhl gelegt.

»Nun, Herr Rashid, wenn Bratwurstessen eine Position ist – ja, dann habe ich eine Position. Wollen wir den weiteren Verlauf des heutigen Tages besprechen? Ich nehme an, Sie müssen bald auf die Messe zu Ihren Fans und Terminen.«

Er lachte hüstelnd, ironisch. »Ach, meine Fans! Ich bin doch nur ein kleiner Schreiberling. Hans Peter Stullberg hat Fans oder Mercedes García...« Und mit beiläufig interessiertem Ton und einem Blick über die bunten Sitzmöbel und den Schachbrettmuster-Teppich in Richtung Katja Lipschitz: »In welchem Hotel wohnen die eigentlich?«

Katja Lipschitz schien einen Moment lang in Gefahr, rot zu werden. Dann fing sie sich gerade noch, setzte ein gutmütiges Lächeln auf und erklärte: »Um Mercedes García kümmert sich ihr spanischer Verlag, ich glaube, sie wohnt im Gästezimmer des Instituto Cervantes. Und für Hans Peter Stullberg haben wir im letzten Moment zum Glück noch ein Zimmer im ›Frankfurter Hof‹ bekommen. Der Rohlauf-Verlag hat uns freundlicherweise eins aus seinem Kontingent überlassen. Wegen seines Alters und seiner Rückenbeschwerden kann Hans Peter Stullberg keine weiten Wege mehr gehen.«

»Ach, der Arme.« Rashid verzog mitfühlend das Gesicht.

»Ja, er hat es gerade wirklich nicht leicht. Außerdem«, fuhr Katja Lipschitz fort, und ich meinte, ein winziges listiges Blitzen in ihren Augen zu sehen, »wäre der ›Frankfurter Hof‹ für dich aus Sicherheitsgründen sowieso nicht in Frage gekommen. Da gehen während der Buchmesse jeden Abend, jede Nacht tausende von Leuten ein und aus.« Mir erklärte sie: »Die Bar des ›Frankfurter Hofs‹ ist nach zweiundzwanzig Uhr sozusagen der inoffizielle Mittelpunkt der Messe. Da treffen sich alle: Autoren, Verleger, Journalisten, Agenten, Verlagsmitarbeiter.«

»Abgesehen davon«, sagte Rashid, ebenfalls an mich gewandt, »ist der ›Frankfurter Hof‹ als Hotel natürlich völlig überschätzt. Als ich das letzte Mal während der Buchmesse dort gewohnt habe...« Plötzlich hielt er inne. Vielleicht spürte er, wie Katja Lipschitz plötzlich ziemlich erschöpft zu Boden sah. »Ach, ist ja auch egal. Mittelmäßiges Essen, unfreundlicher Service – so ist das ja meistens bei den sogenannten ersten Häusern am Platz. Haben es eben nicht mehr nötig, sich Mühe zu geben. Wollen wir uns setzen, mein Freund?«

»Gerne«, sagte ich.

»Möchten Sie etwas trinken?«, fragte Katja Lipschitz.
»Ein Wasser, bitte.«

Während sie dem Barmann ein Zeichen gab, nahm Rashid den Faden noch mal auf: »Es gibt natürlich Ausnahmen. Letztes Jahr beim Literaturfestival in New York –«

»Herr Rashid«, unterbrach ich ihn. »Es ist halb eins, und um ein Uhr dreißig haben Sie laut Tagesplan Ihren ersten Termin auf der Messe. Ich würde vorher gerne noch ein paar Details mit Ihnen durchsprechen.«

»Verstehe.« Er lachte. »Mein guter deutscher Kemal – Dienst ist Dienst, und Schnaps ist Schnaps!« Er lachte weiter. Dabei schien er froh zu sein, dass ich ihm das Hotelthema weggenommen hatte.

Ich sagte: »Es handelt sich in erster Linie um die technischen Abläufe während unseres Zusammenseins. Ich würde zum Beispiel gerne, wenn wir uns durch die Messehallen bewegen, je nach Situation und Menschenaufkommen entscheiden dürfen, ob ich hinter oder vor Ihnen gehe. Wenn Kameras oder Fotoapparate auf Sie gerichtet sind, werde ich mich selbstverständlich im Hintergrund halten.«

Vielleicht war es die Vorstellung von klickenden Kameras, vielleicht die Erinnerung, dass ich nicht wegen meiner sozialen Qualitäten vom Verlag engagiert worden war, sondern um sein Leben vor verrückten Fanatikern zu schützen – jedenfalls wurde sein Gesichtsausdruck mit einem Mal geradezu beflissen. Er nickte und sagte: »Du machst das natürlich alles, wie du es für richtig hältst.«

Katja Lipschitz bekräftigte: »Herr Kayankaya ist für die nächsten drei Tage unser Sicherheitschef, und wir alle sollten seinen Anweisungen Folge leisten.«

Rashid nickte erneut. Das gefiel ihm: Sicherheitschef. Dabei war ich überzeugt, auch Katja Lipschitz glaubte nicht, dass auf Rashid größere Gefahren lauerten als ein mittelloser Kollege, den die Beobachtungen von Abnutzungserscheinungen bei Luxushotels womöglich dazu reizten, Rashid ein Glas Bier ins Gesicht zu schütten, oder eine Tischnachbarin, die seine Hand von ihrem Schenkel schlug.

Doch der Maier Verlag sollte für sein Geld ruhig einen ernstgenommenen Autor kriegen.

Ich fuhr fort: »Sollte es zu kritischen Situationen kommen, bitte erschrecken Sie nicht, ich trage eine Waffe, die ich bei Bedarf ziehen werde. Falls ich Sie zu Boden reißen oder sonstwie in Deckung bringen muss, werde ich versuchen, Ihnen so wenig wie möglich wehzutun.«

»Aha.« Er runzelte die Stirn. Entweder dachte er wie ich, dass das eine hübsche Vorlage war, falls ich mal Lust bekam, ihn in die nächste Besenkammer zu rempeln, oder ihm wurde tatsächlich ein bisschen mulmig.

»Bei Interviews und Kontakten mit Ihren Lesern bleibe ich so unauffällig wie möglich, allerdings muss ich darauf bestehen, falls mir ein Verdacht kommt – und oft ist das reine Intuition –, den- oder diejenige einem kurzen Check auf Waffen und Sprengstoff zu unterziehen. Außer natürlich, die Person ist Ihnen oder Frau Lipschitz gut bekannt.«

»Okay ...«, sagte er zögernd.

Vielleicht hatte er sich meine Aufgabe nicht so konkret, nicht so handgreiflich vorgestellt. Der Entschluss, einen Leibwächter zu engagieren, hatte vermutlich ganz praktische, sachliche Gründe gehabt: echte Sorge um die Sicherheit und das Streben nach einem möglichst wirkungsvollen

Messeauftritt. Das Bild vom Leibwächter selber und von seiner Arbeit war dabei wohl eher poetisch geblieben. Eine Mischung aus heiterem Kumpel, Ritter Eisenherz und irgendeinem Hollywood-spring-aus-dem-Hubschrauber.

Nachdem der Barmann mir das Mineralwasser gebracht hatte, fragte Katja Lipschitz: »Was machen wir bei Demonstrationen?«

»Demonstrationen?«

»Nun, wir haben Hinweise, dass es zu Protesten moslemischer Gruppen am Verlagsstand kommen könnte.«

»Stand das in den Drohbriefen?«, fragte ich freundlich.

»Wir haben anonyme Anrufe erhalten.«

»Tja ...« Ich trank einen Schluck Wasser. »Entweder ist es möglich, mit den Leuten zu reden, oder Herr Rashid und ich gehen eine Rindswurst essen und warten, bis die Demonstration vorbei ist. Sind die anonymen Anrufe auf Ihrem Anrufbeantworter festgehalten?«

»Meine Sekretärin hat sie entgegengenommen.«

»Na, zwischen einem anonymen Anruf und einem öffentlichen Auftritt mit Gesichtzeigen und möglicher Ausweiskontrolle durch die Polizei liegt eine Menge Zeit, in der der Anrufer immer wieder dem verlockenden Gedanken ausgesetzt ist, am Tag X doch lieber einfach gemütlich auf dem Sofa liegen zu bleiben und die nächste DVD reinzuschieben. Anonymen Anrufen folgen nur selten Taten.«

»Und was ist mit Sprengstoffkoffern?«, fragte Rashid.

»Ich nehme an, die Besucher der Buchmesse werden an den Eingängen kontrolliert.«

»Na ja ...« Katja Lipschitz machte eine vage Geste. »Es sind keine sehr gründlichen Kontrollen.«

»Tja, da werden wir alle nach einsamen Tüten und Taschen Ausschau halten müssen. Und wenn wir ...«, ich lächelte ihnen launig zu, »die eine Tasche übersehen, dann standen wir wenigstens im Dienst von Literatur und Aufklärung.«

»Ja, hm, sehr schön«, sagte Rashid, während Katja Lipschitz ein Gesicht zog, als hätte ich einen Blondinenwitz erzählt.

»Na, machen Sie sich mal keine Sorgen«, fuhr ich fort. »Was habe ich neulich gelesen? Das Risiko, bei einem Sprengstoffanschlag umzukommen, ist in Europa hundertmal geringer, als an einem Mini-Mozzarella zu ersticken. Passen Sie also in den nächsten Tagen bei den kalten Büfetts auf.«

Rashid suchte Augenkontakt mit Katja Lipschitz. Der Blick, den er ihr zuwarf, als sie endlich zu ihm rübersah, sagte so was wie: Kannst du das hier gefälligst sofort wieder in vernünftige Bahnen lenken! Dann nahm er seine Halblitertasse Milchkaffee und verschwand hinter dem unverändert aufragenden Schaumberg. Vielleicht fixierten sie den mit Haarspray. Ohne Schaumberg, hatte Deborah neulich gesagt, gehe ja kaum mehr was im deutschen Kaffeegeschäft. Der Milchschaum auf dem Kaffee habe den Bierschaum als deutschen Schaum Nummer eins klar abgelöst. Ich überlegte, ob ich es lustig fände, Rashid vor den Gefahren einer zu kompakt geschäumten Milch zu warnen, als Katja Lipschitz die Pause schließlich beendete.

»Herr Kayankaya, ich verstehe, dass Sie auf Grund Ihrer Arbeit und Ihrer Erfahrung einer solchen Situation gelassener begegnen als wir. Aber vergessen Sie bitte nicht: Malik Rashid ist Schriftsteller, seine Welt ist der Schreibtisch. Dass nun ein literarischer Text – noch dazu ausgerechnet einer, mit dem Malik offen für mehr Toleranz und gegen jede Form von Ausgrenzung und Unterdrückung eintritt –, dass also ausgerechnet ein Text, der die Welt besser und friedlicher machen will, dazu geführt hat, dass Malik um seine körperliche Unversehrtheit, wenn nicht gar sein Leben fürchten muss, ist ein Schock, der bei uns allen im Verlag, aber natürlich ganz besonders bei Malik anhält und bestimmt noch lange anhalten wird. Für ein wenig Sensibilität im Umgang damit wären wir Ihnen sehr dankbar.«

Ehe ich nicken und so was wie »Tut mir leid« sagen konnte, tönte es zornig hinter dem Schaum hervor: »Das ist Quatsch, Katja! Ich will nicht die Welt besser machen, sondern, wenn überhaupt irgendetwas, dann die Literatur! Sag doch gleich: die Welt verändern! Dann habt ihr euren netten, kleinen UNESCO-Schreiberling! Und ab damit in die Taschenbuchreihe ›Afrika erzählt‹!«

Katja Lipschitz war erstarrt. Ich kratzte mich am Kinn und überlegte, was ich nun möglichst Sensibles anstellen könnte. Rashid ließ den Becher sinken und feuerte wutentbrannte, verächtliche Blicke auf mich ab: »Und du solltest gefälligst mein Buch lesen! Arbeitest hier für mich und hast keine Ahnung! Mit eurer verwöhnten Mini-Mozzarella-Welt hat mein Roman jedenfalls nichts zu tun!«

»Gut, dass Sie das sagen, Herr Rashid. Ich hatte vorhin doch einen Augenblick die Sorge... Na ja, weil Sie sich mit First-Class-Hotels so gut auskennen, und wenn ich mich recht erinnere, ist Ihre Hauptfigur, na ja, sexuell unentschieden – und da kam mir kurz der Gedanke, ob Ihr Roman vielleicht im Flugbegleitermilieu oder im Bereich der Innenausstattung ... Verstehen Sie? Die Richtung. Aber wissen Sie«, fuhr ich schnell fort, ehe er seinen Cappuccinobecher nach mir werfen konnte, »ich bin Leibwächter. Ich habe nicht studiert, und meine Lektüre, muss ich zu meiner Schande gestehen, beschränkt sich schon seit viel zu langem auf das tägliche Fernsehprogramm. Darum bin ich froh, nun von Ihnen einen so persönlichen Anstoß erhalten zu haben. Gleich nachher werde ich mir Ihr Buch vornehmen, und ich bin ungeheuer gespannt. Allerdings ...«

Ich hielt inne. Beide starrten mich an, die Münder leicht geöffnet, als ob sie einer Zirkusakrobatik beiwohnten. Würde ich mir gleich das Genick brechen? Würden sie es mir brechen?

»Na ja, weil ich mich doch in den nächsten Tagen meistens in Ihrer Nähe aufhalten werde, da frage ich mich, ob es Ihnen vielleicht unangenehm wäre, wenn ich da immer Ihr Buch bei mir trage? Ich meine, womöglich kommen die Leute auf die Idee, als Ihr Leibwächter müsse ich das, sei sozusagen ...«, ich lachte kurz auf, »... dazu verdonnert. Darum: Ich kann's auch einfach in der Nacht lesen. Bis Sonntag krieg ich das durch, und dann würde ich mich wahnsinnig gerne mit Ihnen darüber unterhalten. Wann hat man schon mal die Chance, mit einem Autor persönlich über sein Werk zu sprechen?«

Rashid starrte mich noch einen Moment lang fassungslos an, dann sah er vor sich auf den schwarzen Plastiktisch und sagte in einem Ton, als überkäme ihn plötzlich große Müdigkeit: »Ich muss jetzt auf die Toilette. Und dann, denke ich, ist es das Beste, wir fahren zur Messe.«

»Eine Sache würde ich gerne noch klarstellen, Herr Rashid...«

Rashid stand vom Sofa auf und fragte, von mir abgewandt: »Und die wäre?«

Ich bemerkte, wie Katja Lipschitz' Finger sich in die Sessellehnen krallten.

»Ich schätze es sehr und nehme es als großes Kompliment, dass Sie mich duzen und mir gleich eine persönliche Beziehung anbieten. Ich habe nur über viele Jahre die Erfahrung gemacht, dass ein zu vertrauter Kontakt mit der zu schützenden Person zu Unaufmerksamkeiten bei der Arbeit führen kann. Darum habe ich mir ein paar Regeln aufgestellt, eine davon ist, die zu schützende Person bis zum Ende des Auftrags zu siezen. Danach...«, ich lächelte Rashids Hinterkopf an, »... würde ich Ihr Du wahnsinnig gerne erwidern.«

Rashid warf mir über die Schulter einen kurzen, ausdruckslosen Blick zu. »Von mir aus.« Und ging langsam, fast schleppend Richtung Toilette.

Ich überlegte, ob ich ihn begleiten sollte, beschloss dann aber, dass meine Arbeit erst auf der Buchmesse begann. Dass Rashid auf der Toilette Gefahr drohte, hielt ich für ausgeschlossen.

Ich trank einen Schluck Wasser und wandte mich an Katja Lipschitz. Sie saß unverändert angespannt im Sessel, die Finger in die Lehnen gekrallt, den Blick zu Boden gerichtet.

»War das sensibel genug?«

Sie sah auf und musterte mich, als frage sie sich – und zwar genau in diesen für sie ungewohnten, aber nun einzig befriedigenden Worten –, welche verfluchte Hure mich auf die Welt gebracht hatte? Dann sagte sie: »Sie wissen ganz genau, dass Sie entlassen wären, wenn es eine Möglichkeit gäbe, in der nächsten halben Stunde Ersatz für Sie zu finden. Was fällt Ihnen ein, so mit unserem Autor umzuspringen?!«

»Was fällt Ihrem Autor ein, mich zu duzen und zu behandeln wie einen Trottel? ›Mein Beschützer‹!«

»Das war ein Zeichen der Zuneigung!«

»Er kannte mich doch gar nicht. Zuneigung zu was? Zum Orientalen?«

Sie holte tief Luft. »Vielleicht habe ich das bei unserem letzten Treffen nicht deutlich genug gemacht: Malik Rashid ist ein großer, phantastischer, weltweit anerkannter und gefeierter, ganz besonderer Autor. Wenn Ihnen sein Verhalten oder seine Art nicht immer gleich nachvollziehbar erscheint, dann mag das daran liegen, dass Sie nur selten mit Künstlern und Intellektuellen zu tun haben.«

Ich erinnerte mich an Valerie de Chavannes' Worte bezüglich ihres Mannes: »Nun, vielleicht erlaubt Ihnen Ihr Beruf nicht allzu viele Erfahrungen mit Leuten, deren Haltung zum Leben nicht den üblichen Gesetzmäßigkeiten folgt.« Offenbar wirkte ich auf die Damen des gehobenen Frankfurter Mittelstands nicht gerade als Mann von Welt.

Katja Lipschitz fuhr fort: »Die Gedankengänge bei kreativen Geistern sind oft verschlungener und ihr öffentliches Betragen manchmal kantiger, ungelenker als bei unsereinem. Weil sie zu viel nachdenken!«

Was man von Ihnen weiß Gott nicht behaupten kann, sagte ihr Blick.

»Weil sie die Dinge in ihrer ganzen Komplexität zu erfassen versuchen! Und sie dadurch mitunter auch komplizierter machen, als sie tatsächlich sind. Ich bin sicher, Malik hat sich viele und ernsthafte Gedanken gemacht, wie er Ihnen begegnen soll. Wissen Sie, was er mir vor zwei Tagen am Telefon gesagt hat?«

Ich antwortete nicht, mir fiel nichts Sensibles ein.

»Wie unangenehm ihm die Situation sei! Einem erwachsenen Mann Anweisungen bezüglich intimster Angelegenheiten zu geben. Zum Beispiel, dass er gleich auf die Toilette begleitet werden müsse. Oder andersrum, von Ihnen Anweisungen zu erhalten. Dass er nicht irgendwohin gehen oder irgendwas nicht machen dürfe. Wahrscheinlich hat er hundertmal hin und her überlegt, was die Situation mehr entspannt: ein seriöses ›Sie‹ oder ein freundschaftliches ›Du‹.«

»Sie hätten ihm verraten sollen, dass man ein ›Du‹ unter Erwachsenen anbietet.«

»Jetzt tun Sie mal bloß nicht so etepetete!«

»Sie meinen, als Orientale …«

»Ach!«

Sie beugte sich wütend vor, nahm ihren Kaffee und verschwand wie Rashid hinter einem Milchschaumberg.

»Tja«, sagte ich, »ich denke, soweit hätten wir dann alles geklärt.«

Katja Lipschitz blieb hinter dem Milchschaum verborgen.

»Bleibt mir nur noch, auf gute Zusammenarbeit zu hoffen.« Ich hob mein Wasserglas: »Auf drei möglichst ereignislose Tage.«

Sie ließ die Tasse so weit sinken, dass wir uns in die Augen sehen konnten. »Machen Sie bitte einfach nur so gut wie möglich Ihre Arbeit. Die Situation ist, wie sie ist, und Malik Rashid ist Malik Rashid. Ich bin sicher, Sie sind Profi genug, das ab jetzt zu akzeptieren. Wenn es noch mal Unstimmigkeiten oder vermeintliche Probleme geben sollte oder sonst irgendwas, was Sie loswerden wollen, wenden Sie sich bitte direkt an mich. Ich bin in den nächsten drei Tagen Ihr Ansprechpartner – und zwar nur ich. Malik braucht seine Kraft für die Messe, und kommen Sie bloß nicht auf die Idee, unsere Verlagsmitarbeiter zu …«

Sie suchte nach dem passenden Wort. Ich half ihr: »Zu behelligen?«

Sie nahm einen Schluck Kaffee. »Sie wissen, was ich meine.«

»Keine Sorge. Ich werde mich so unsichtbar wie möglich machen.«

»Gut, Herr Kayankaya, das freut mich.«

Sie stellte den Cappuccinobecher ab und sagte: »Entschuldigen Sie mich, es ist Messezeit, ich habe zu tun.« Dann tippte sie eine SMS in ihr iPhone und checkte E-Mails. Die Zeit verging, Rashid blieb verschwunden. Ich fragte mich, ob er unter Durchfall litt, und stellte mir vor, wie wir in den nächsten Tagen alle halbe Stunde gemeinsam zur Toilette zuckelten.

Als er schließlich zurückkam, hatte sich seine Laune merklich verbessert. »Gut, Herr Kayankaya«, sagte er versöhnlich. »Machen wir's, wie Sie's für richtig halten.«

Katja Lipschitz schaute erleichtert.

Auf dem Weg zur Messe kam im Taxi dann mit einem Mal sogar richtig gute Stimmung auf. Rashid erkundigte sich bei Katja Lipschitz, wer noch alles käme, Lutz Dingsbums vielleicht oder der »witzige Bodo«, wie viele Interviewtermine er habe, wo man vor der Veranstaltung am Abend noch schnell was essen könne, und schien sich zu freuen wie ein Kind, auch wenn er zwischendurch immer wieder stöhnte: »Gott, wird das anstrengend!«

Zu mir sagte er: »Sie werden sehen, die Buchmesse, das ist die Hölle!« Und strahlte dabei übers ganze Gesicht.

11

Die Buchmesse war nicht die Hölle, sie roch nur ein bisschen so. In den riesigen Hallen breiteten sich über mehrere Stockwerke, jedes mit einer Fläche von etwa zwei Fußballfeldern, Stellwand an Stellwand gefühlte Millionen Verlagsstände bis in die letzte Ecke aus. Dazwischen schob sich durch Gänge und Stände, über Rolltreppen, in Toiletten und durch Eingangstüren pausenlos ein schwitzendes, ungewaschenes, parfümiertes, alkoholgetränktes, verkatertes, mit Haargel beschmiertes Menschengewühl. Aus Würstchen-, Pizza-, Chinapfannen-, Thaicurry- und Bratkartoffelbuden zog Fettdampf über die Köpfe, unsichtbare Heizungen schienen bis zum Anschlag aufgedreht – vielleicht produzierten aber auch nur die vielen Körper die Wärme –, und für Frischluft sorgten ausschließlich die paar wenigen auf- und zuschlagenden Eingangstüren.

Dazu drangen aus der kleinen Verpflegungskammer des

Maier Verlags schräg hinter mir die Ausdünstungen von auf der Wärmeplatte vor sich hin schmorendem Filterkaffee, verschmähten Ei- und Harzer-Käse-Brötchen, deren Aromen sich im Laufe des Tages immer deutlicher hervortaten, sowie einem selbstgebackenen Kokos-Bananen-Kuchen, den ein junger US-amerikanischer Autor den Verlagsmitarbeitern mitgebracht hatte, *»For you, guys, for all the amazing work you do!«*, und der aus Bountys und faulem Obst zu bestehen schien.

Der Stand des Maier Verlags war ungefähr fünfundzwanzig Meter lang und fünf Meter breit. An den Wänden hingen Autorenporträts und Plakate von Buchumschlägen, in mehreren Regalen lagen stapelweise Neuerscheinungen, zum Sitzen gab es einfache Holzbänke und -stühle, dazu kleine runde Tische, auf jedem zwei Schalen mit Keksen und Salzgebäck. Ein etwa fünf Meter breites Wandstück in der Mitte des Stands sowie der Tisch und die vier Stühle davor unterschieden sich vom Rest der Einrichtung. Hier schmückten die Wand ein Fischernetz, zwei Plastikhummer, ein Plastiktintenfisch, eine Glasflasche mit Flaschenpost, eine kleine Boje und fünf ins Netz gehängte Exemplare des neuen Romans von Hans Peter Stullberg: *Eine okzitanische Liebe*. Der Tisch war ein klassischer französischer Bistrotisch mit Eisenfuß und Marmorplatte, die Stühle waren Gartenklappstühle aus Holz in den Farben Rot und Gelb. »Die Farben Okzitaniens«, wie uns Katja Lipschitz erklärte.

Rashid hatte bei unserer Ankunft die besondere Präsentation von Stullbergs Roman trocken mit »wegen der Rückenbeschwerden« kommentiert.

Mit seinem eigenen Roman *Die Reise ans Ende der Tage* war ein ganzes Regal vollgestellt, darüber ein Zitat aus *Le Monde:* »Selten sind inhaltliche Relevanz und formaler Ausdruck eine so vollendete Symbiose eingegangen.«

»Ein toller Satz«, sagte Katja Lipschitz.

»Tja, *Le Monde* ist eben immer noch *Le Monde*«, pflichtete Rashid bei.

Und ich sagte: »Man bekommt sofort Lust zu lesen.«

Katja Lipschitz warf mir einen ausdruckslosen Blick zu, ehe sie in die Ecke neben der Verpflegungskammer deutete. »Da, haben wir uns gedacht, sitzen Sie. Von dort haben Sie den ganzen Stand gut im Blick und bleiben relativ unauffällig. Malik wird seine Interviews mit Journalisten und Gespräche mit Lesern und Buchhändlern an dem Tisch vor Ihnen führen.«

»Wunderbar«, sagte ich und stellte meine Tasche mit gebügeltem Hemd und Nadelstreifenanzug für die Abendveranstaltung mit Herrn Doktor Breitel neben den mir zugedachten Stuhl. Rashid schob seinen schwarzglänzenden Rucksack mit einer kleinen aufgenähten kanadischen Stoffflagge und der roten Aufschrift *Vancouver International Writers Festival* unter den Tisch, erklärte uns, er gehe mal kurz guten Tag sagen, und begann eine Runde über den Stand, um die Verlagsmitarbeiter zu begrüßen; die weiblichen mit Umarmung und Küsschen rechts, Küsschen links, die männlichen mit kräftigem Handschlag. »Tolles Buch, Malik!« – »Ungeheuer berührend!« – »Ganz wichtiger Text.« – »Mein Favorit dieses Jahr.«

Während Katja Lipschitz sich abwandte, um zu telefonieren, sah ich mich nach Möglichkeiten um, notfalls mit

Rashid in Deckung zu gehen. Vor uns der Gang mit dem ständigen, gleichmäßigen Strom von Buchmessebesuchern, rechts die Tische des Maier Verlags, an denen Verlagsmitarbeiter mit Geschäftspartnern Verkaufszahlen, Buchmarktentwicklungen, Personalien, gemeinsame Veranstaltungen und den jüngsten Buchmesseklatsch besprachen – »Gretchen Love!« – »Nächste Woche soll sie auf der Sachbuchbestsellerliste sein.« – »Ein Wahnsinn!« – »Ein Skandal!« –, und gleich links neben uns die Stellwand zum Nachbarverlag. Daran Rashids Werberegal mit ungefähr dreihundert Exemplaren seines Romans, dem groß ausgedruckten *Le-Monde*-Zitat und einem Foto, auf dem Rashid den Kopf in drei Finger stützte und so amüsiert und überlegen guckte wie bei meinem Eintreffen in der ›Harmonia‹-Lounge.

Blieb als mögliche Deckung nur die Verpflegungskammer. Bis wir allerdings die Schiebetür hinter uns auf- und zugekriegt und uns zwischen Brötchentabletts und Wasserkästen geschmissen hätten, wäre ein halbwegs entschlossener Attentäter mit einem vom nächsten Pizzawagen entwendeten Messer längst mit Rashid fertig und wieder im Besuchergewühl untergetaucht gewesen.

Neben der Abendgarderobe befanden sich in meiner Tasche noch ein Baseballschläger, Pfefferspray und Handschellen. Ich zog den Reißverschluss auf und legte den Griff des Baseballschlägers so auf die Taschenkante, dass ich ihn möglichst schnell zu fassen bekam. Außerdem nahm ich meine Pistole aus dem Rückenholster und schob sie in die rechte Seitentasche meiner Cordjacke. Niemand würde die Waffe sehen, und ich konnte durch die Jacke schießen.

»Sie werden damit hoffentlich vorsichtig sein.« Katja

Lipschitz trat vor mich und deutete auf meine Jackentasche. »Ich habe Sie beobachtet. Ich meine, es gibt auch überschwengliche Fans, die wollen Malik vielleicht umarmen ...«

»Tja, da haben sie Pech gehabt. Ich knall ganz gerne 'n bisschen rum, wissen Sie. Gerade hier am Besuchergang, irgendwen erwischt man da immer. Übrigens: Haben Sie die Drohbriefe dabei?«

Wir sahen uns an.

Nach einer Pause fragte Katja Lipschitz: »Haben Sie eigentlich eine Frau?«

»Sie meinen, ob ich schwul bin?«

»Nein, ich meine, ob jemand mit Ihnen zusammenlebt?«

»Sie werden staunen: seit über zehn Jahren in festen Händen, gemeinsame Wohnung, keine Affären, jedenfalls, was mich betrifft – darum bin ich ja so ausgeglichen, leicht genießbar, ein Mann umhüllt von weiblicher Nestwärme. Tut mir leid, falls Sie Interesse hatten.«

Katja Lipschitz lachte kurz auf.

»Was ist jetzt mit den Drohbriefen?«

»Würden die Briefe an Ihrer Vorgehensweise irgendwas ändern?«

»Ja. Ich würde wissen, ob ich mich auf die Informationen meiner Auftraggeberin verlassen kann.«

Wieder machte sie eine Pause. Von einem der Nebentische des Maier Verlags hörte ich: »Hier, die SMS: Platz 1!« – »Ich fass es nicht!« – »Also ehrlich gesagt, ich hätte nichts dagegen, auch mal so eine Gretchen Love im Programm zu haben, kann man doch als Kunst verkaufen.« – »*Spermaboarding* als Kunst? Ich weiß nicht.« – »Das ist der Titel? *Spermaboarding?*« – »Ja, und noch irgendwas dazu.«

Schließlich sagte Katja Lipschitz: »Malik hat vor ein paar Wochen erzählt, er habe solche Briefe bekommen. Leider hat er sie bisher nicht mitgebracht. Ich habe ihn mehrere Male darum gebeten.« Sie betrachtete mich herausfordernd. »Zufrieden?«

Ich zuckte mit den Achseln. »Ist mir völlig egal, was Ihr Leute anstellt, um den Buchverkauf anzukurbeln. Aber es gehört nun mal zu meinem Job, einigermaßen genau einzuschätzen, wie groß die Gefahr ist, in der sich die zu schützende Person und ich befinden. Nun gehe ich noch mehr davon aus, dass wir einen eher ruhigen Nachmittag verbringen werden.«

Es kostete sie einen Augenblick Überwindung, dann sagte sie: »Schön, dass Sie das so entspannt sehen. Tut mir leid, die Arbeit mit Autoren...«, sie zögerte, »... na ja, ist nicht immer frei von Eigenheiten, Überraschungen – verstehen Sie?«

»Klar – weil die Kerle zu viel nachdenken.«

Sie lächelte müde. »Na, dann ist ja gut«, und sah auf die Uhr. »Ich muss jetzt wieder ans Telefon. Wenn Sie irgendwas brauchen, wenden Sie sich bitte wie besprochen an mich. Bis später.«

Kurz darauf ließ sich Rashid am Tisch vor mir nieder und bekam von der jungen, in einen adretten blauen Hosenanzug gekleideten Assistentin von Katja Lipschitz eine Tasse vor sich hingeschmorten Filterkaffee und ein Stück Kokos-Bananen-Kuchen serviert.

»Danke, mein Schatz.« Er zwinkerte ihr zu. »Mhmm, riecht der gut. Hoffentlich schreibt der junge Kollege so gut wie er backt.«

»O ja«, sagte die Assistentin freundlich lächelnd, »ein tolles Buch, sehr berührend. Wenn Sie noch irgendwas brauchen, sagen Sie bitte Bescheid. Der Mann von der *Bamberger Allgemeinen* kommt in fünf Minuten.«

»Was ist mit dem *Wochenecho*-Interview?«

»Wir sind immer noch dran, Herr Rashid. Katja macht, was sie kann. Das Problem ist: Der Redakteur, mit dem das Interview vereinbart war, musste aus gesundheitlichen Gründen kurzfristig absagen. Tut mir leid. Sobald es Neuigkeiten gibt, bekommen Sie Bescheid.«

Sie wandte sich zu mir: »Darf ich Ihnen auch ein Stück Kuchen bringen?«

»Danke, nur ein Glas Wasser bitte.«

Während die Assistentin das Glas Wasser aus der Verpflegungskammer hinter mir holte und mich eine Wolke Harzer-Käse-mit-Banane-Geruch aus der offenen Tür umfing, drehte sich Rashid zu mir um, mit Blick zur Verpflegungskammer: »Süß, nicht wahr?« Danach hielt er die Kuchengabel wie ein kleines Schwert in die Höhe. »*Wochenecho*-Interview! Wenn das klappt, dann geht die Auflage ...« Er beschrieb mit der Gabel einen steil ansteigenden Strich.

»Prima«, sagte ich.

Wenig später brachte Katja Lipschitz' Assistentin den Journalisten der *Bamberger Allgemeinen* an Rashids Tisch. Ein fülliger, unrasierter, ungekämmter, gemütlich wirkender Mittvierziger in ausgetretenen Schuhen und einem so zerknitterten Regenmantel, als hätte er darin die Nacht verbracht. Er ließ seine anscheinend schwere Umhängetasche auf den Boden plumpsen und begrüßte Rashid überschwenglich: »... Ist mir eine große Ehre ... Freue mich sehr ... Begeistert ... Was für ein mutiges Buch ... Danke für die Zeit, die Sie mir opfern ...«

Rashid bemühte sich, die Komplimente so weit wie möglich zurückzugeben: »... Freue mich auch sehr ... Danke für *Ihre* Zeit ... *Bamberger Allgemeine*, tolle kleine Zeitung ...«

Dann hob der Journalist ein altertümliches Aufnahmegerät aus seiner Umhängetasche – »Tja, zu modernerer Technik reicht's bei der *Bamberger Allgemeinen* noch nicht« –, brauchte fünf lange Minuten, um das Gerät zum Laufen zu bringen, und fing schließlich an, seine auf einen kleinen Zettel voller Essensflecken notierten Fragen zu stellen.

Es war Rashids erstes Interview, dem ich beiwohnte, es sollten noch acht an diesem Nachmittag folgen – mit dem *Rüdesheimer Boten*, dem *Storlitzer Anzeiger*, der Studentenzeitung *Randale*, mit *Radio Norderstedt* und noch irgendwem –, und so wenig sympathisch mir Rashid war, so sehr sollte er mir trotzdem spätestens nach dem dritten, vierten Interview leidtun.

»Lieber Malik Rashid«, fuhr der Mann aus Bamberg nach ein paar belanglosen Fragen zu Rashids Geburtsort und Biographie fort, »ich pack den Stier jetzt mal gleich bei den Hörnern: Ist der meisterhafte, aufwühlende Roman *Die Reise ans Ende der Tage* nicht vor allem das subtile Coming-out eines nordafrikanischen Mannes, der lange genug in Europa gelebt hat, um sich der religiösen und traditionellen Ketten seiner Heimat nun auch öffentlich und sozusagen stellvertretend für viele gleich- ... ich sag mal ... -gepolte Männer zu entledigen?«

»Bitte ...?« Rashids Mund blieb offen. Er schien tatsächlich völlig überrascht. Bestimmt hatte er damit gerechnet, dass das Thema von Journalisten angesprochen würde. Dass es der Kern nicht nur seines Auftakt-, sondern auch aller weiteren Interviews an seinem ersten Buchmessetag werden sollte, darauf war er ganz offensichtlich nicht vorbereitet gewesen. Da konnte er noch so viel erklären, dass die homosexuelle Liebe seiner Hauptfigur zu einem Strichjungen einem Gemisch aus sexueller Frustration, Sehnsucht nach Freiheit, Lust am Verbotenen und höchstens zu einem geringen Anteil natürlicher Veranlagung entsprang und dass er, Rashid, sich als Schriftsteller einfach einen Konflikt ausgedacht habe, mit dem er den aktuellen Zustand der marokkanischen Gesellschaft beschreiben könne – das Einzige, was die meist eher unvorbereitet wirkenden und preiswert gekleideten Männer und Frauen aus Bamberg und Storlitz interessierte, war: BEKENNT SICH DER MOSLEMISCHE AUTOR ÖFFENTLICH ZU SEINER HOMOSEXUALITÄT?

Kurz nach sechzehn Uhr rief mich Scheich Hakim auf dem Handy an. Ich stand zum dritten Mal an diesem Nachmittag bei den Waschbecken der Herrentoilette und wartete auf Rashid. Vielleicht lag es am verbrühten Filterkaffee, den er während der Interviews Tasse um Tasse in sich hineinkippte, vielleicht an den Interviews selber, jedenfalls ließ sein Durchfall nicht nach. Während ich neben dem Raum voller vorwiegend urinierender Männer stand und möglichst unbeteiligt zu Boden sah, bekam ich durch deren Gespräche mit, dass es auf der Buchmesse an diesem Tag offenbar drei beherrschende Themen gab. Erstens, Gretchen Loves in einem großen renommierten Verlag erschienener zukünftiger Bestseller *Spermaboarding, oder wie hundert*

Männer gleichzeitig auf mich kamen, eine Art Erfahrungsbericht über den Selbstversuch eines Berliner Pornostars. Zweitens, der außer mir allen Besuchern der Herrentoilette – wie man am allgemeinen Interesse und manchem Gelächter erkennen konnte – bekannte *Wochenecho*-Journalist Lukas Lewandowski, der behauptete, im ICE zwischen Hannover und Göttingen auf dem Weg zur Buchmesse eine Marien-Erscheinung gehabt zu haben, und daraufhin alles Weltliche inklusive seiner Arbeit erst mal ruhen ließ, um sich ganz diesem Erlebnis zu widmen. Drittens, ein wohl ziemlich mächtiger Literaturkritiker, dessen Name nicht fiel, der nur ein paarmal »Blondi« genannt wurde – ob nach der Popband, Hitlers Schäferhund oder einfach wegen seiner Haarfarbe, war zumindest mir nicht klar – und der unter Pseudonym einen Roman veröffentlicht hatte mit dem Titel *O mein Herz, mein Herz, so schwer, so leicht.* Am Morgen war sein angeblich streng geheimes Pseudonym in mehreren Zeitungen gelüftet worden, und »Blondi« war auf der Messe zu einem der verantwortlichen Redakteure gelaufen und hatte ihn geohrfeigt. »Wahrscheinlich eher bespuckt und gekratzt, die kleine Klemmschwuchtel!«, tönte es aus der Ecke. »O mein Herz, mein Herz, so schwer!« Alle lachten.

In dem Augenblick klingelte mein Handy.

»Guten Tag, mein Bruder.«

»Guten Tag. Meines Wissens habe ich keinen Bruder. Wer spricht?«

»Scheich Hakim.«

Wieder wurde über den Urinalen über irgendwas gelacht.

»Warten Sie, es ist etwas laut hier.«

Ich stellte mich draußen auf den Gang neben den Toiletteneingang.

»Herr Hakim?«

»Kemal Kayankaya«, stellte er zufrieden fest. Er betonte den Namen türkisch.

»Ja, Sie haben die richtige Nummer gewählt.«

»Kein sehr christlicher Name.«

Sein Sprachrhythmus war monoton, ähnlich einem elektrischen Küchengerät, und er hatte einen starken Akzent, doch grammatikalisch war sein Deutsch einwandfrei. Oft wirkten seine Sätze wie auswendig gelernt. Als sei Deutschsprechen für ihn eine Arbeit, die er wie ein pflichtbewusster Beamter oder eine bessere Hure perfekt verrichtete, die ihn aber kaum interessierte.

»Für mich einfach nur mein Name.«

Er lachte hüstelnd.

»Warum wehren Sie sich gegen die Tatsache, dass Sie als Moslem auf die Welt kamen?«

»Ich wehre mich nicht dagegen, aber ich bejubel's auch nicht. Ich hab's mir nicht ausgesucht. Rufen Sie deshalb an – um über die religiösen Traditionen im Heimatland meiner Eltern zu sprechen?«

Wieder das hüstelnde Lachen.

»Mein Sekretär hat versucht, ein Treffen mit Ihnen auszumachen.«

»Er hat mir gesagt, dass Sie mich zu sehen wünschen, und ich habe ihm geraten, einen Termin zu vereinbaren. Ich bin nicht oft im Büro.«

»Ich seh's.«

»Was sehen Sie?«

»Nun, ich sitze gerade in Ihrem Büro, und es wirkt tatsächlich nicht so, als würden Sie hier viel Zeit verbringen.«

Ich bemühte mich, ruhig weiterzusprechen. »So? Habe ich vergessen, abzuschließen?«

Wieder das Lachen. Es war mechanisch und gefühlsleer wie sein Deutsch und hatte nichts mit irgendeiner Art von Amüsiertsein zu tun.

»Wissen Sie, was interessant ist?«, sagte er, ohne auf meine Frage einzugehen.

»Eine Menge Sachen auf der Welt, Herr Hakim. Aber ich nehme an, Sie meinen etwas, auf das ich jetzt so schnell nicht komme.«

»Soweit ich Ihr Büro überschaue, gibt es hier keine Schlafmöglichkeit. Verzeihen Sie, aber ich hatte noch nie die Gelegenheit, den Arbeitsplatz eines echten Privatdetektivs zu sehen, und es hätte ja sein können, dass es sich wie in den Filmen verhält: dass Sie gerade genug Geld für Schnaps und ein Klappbett hinterm Schreibtisch verdienen. Jedenfalls gehe ich deshalb davon aus, dass Sie irgendwo noch eine Privatwohnung besitzen. Das Merkwürdige ist nun: Methat hat Ihr Büro, sämtliche Schubladen und Aktenordner peinlichst genau durchsucht, aber nirgendwo fand sich eine Adresse, die diese Annahme bestätigt hätte. Verstehen Sie? Als hätten Sie eine Situation wie die heutige einkalkuliert und wären darauf bedacht gewesen, in Ihrem Büro möglichst keine Spuren zu hinterlassen, die zu Ihrem Privatleben führen. Vielleicht weil es in Ihrem Privatleben eine geliebte Frau, eventuell Kinder gibt?«

»Herr Hakim, ich weiß, dass Sie auf dem Feld der Andeutungen und undurchsichtigen Rede tätig sind, aber ich liege wohl nicht falsch in der Annahme, dass es Ihnen gerade nicht um Religion geht. Wenn Sie über Ihren missratenen Neffen sprechen wollen, schießen Sie los. Wenn Sie weiter um den heißen Brei reden möchten, lege ich auf. Außerdem: Verlassen Sie gefälligst sofort mein Büro!«

Hüstelndes Lachen. Neben mir trat Rashid mit bleichem Gesicht aus dem Toiletteneingang. Ich bedeutete ihm zu warten.

»Sehr gerne möchte ich konkreter werden, aber das machen wir besser nicht am Telefon.«

»Warum nicht? Ich habe nichts zu verbergen – oder: ein reines Gewissen, wie man bei Ihnen sagt. Wie steht's um Ihr Gewissen, Herr Hakim?«

»Wo sind Sie jetzt? Ich kann sofort zu Ihnen kommen.«

»Tut mir leid, aber ich bin bei der Arbeit. Vor Montag Nachmittag habe ich keine Zeit.«

»So lange kann ich nicht warten.«

Ich dachte an seine Drohung, Deborahs und meine Wohnung ausfindig zu machen. »Na schön, wenn Methat ordentlich wieder aufräumt und das Türschloss ersetzt, falls es bei Ihrem Eintritt gelitten hat, können wir uns morgen spätabends an irgendeinem öffentlichen Ort kurz sehen.«

»Wie wär's bei mir in der Moschee?«

»Nach meinem Verständnis, Scheich, ist das doch eher ein intimer Ort, nämlich um mit dem lieben Gott Zwiesprache zu halten. Ich schlage den ›Haxen-Herbert‹ am Bahnhof vor. Falls Sie noch Hunger kriegen, es gibt auch Salat.«

Er verstummte. Ich meinte, sein Kopfschütteln zu spüren.

Schließlich sagte er, und seine Stimme besaß mit einem Mal einen eisigen Ton: »Treib es nicht zu weit, Kemal Kayankaya. Also gut, morgen Abend, ›Haxen-Herbert‹ – so um elf?«

»Ganz hinten im Saal gibt es links eine Nische, dort können wir ungestört reden. Ich lasse sie für uns reservieren. Bis morgen Abend also.«

Ich beendete die Verbindung und wandte mich an Rashid. »Tut mir leid, dass Sie warten mussten. Wie geht's?«

»Ach, na ja.« Er seufzte. »Ich muss mir wohl irgendwas eingefangen haben. Vielleicht war mit dem Eiersalat gestern Abend etwas nicht in Ordnung.«

»An Ihrer Stelle würde ich die Finger von dem Filterkaffee am Verlagsstand lassen und auch keinen Bananen-Kokos-Kuchen mehr essen.«

»Hab ich ja eh nur ein kleines Stück. Aber selbstgebackener Kuchen von einem Verlagskollegen – aus Höflichkeit muss man den wenigstens mal probieren.«

»Auch wenn Hans Peter Stullberg ihn gebacken hätte?«

Rashid hob seinen leicht trüben, angekränkelten Blick vom Boden und sah mich an. »Der hätte wohl eher Sangria gekocht und uns dazu was vorgetanzt. Leider erlaubt das sein Rücken nicht.«

Ich grinste, und wir machten uns auf den Weg zurück zum Verlagsstand.

»Ich bin übrigens froh«, sagte Rashid, »dass ich Ihren Ton heute Mittag nicht persönlich nehmen muss.«

»Wie meinen Sie das?«

»Na, als Sie eben mit Ihrem Klienten telefonierten, da klangen Sie genauso mürrisch.«

»Hm. Sagen Sie, das Interview für das *Wochenecho,* sollte das Lukas Lewandowski führen?«

»Ja. Ich hab's auf der Toilette auch gehört. Der Verlag hat von ›gesundheitlichen Gründen‹ gesprochen.«

»Das wären es, falls die Geschichte stimmt, ja auch.«

Kurz vor dem Stand des Maier Verlags kam uns im Gang die Assistentin von Katja Lipschitz entgegen: »Malik! Wir haben dich überall gesucht. Die Dame vom *Radio Norderstedt* wartet schon seit zehn Minuten.«

Rashid, eben noch bleich wegen erhöhter Darmtätigkeit und in nachdenklicher Stimmung, verwandelte sich in null Komma nix in die Ein-Glück-dass-es-Kerle-wie-mich-gibt-Werbekampagne zurück. Farbe trat in sein Gesicht, und seine Schultern spannten sich.

»Wir waren nur schnell ein bisschen Luft schnappen. Bin schon bereit.«

An seinem Tisch erwartete ihn eine junge attraktive Rothaarige mit großen grünen Augen, rotgeschminkten Lippen, kurzem Rock, nackten Beinen und hochhackigen Stiefeln. In regelmäßigen Abständen befiel ihre Lippen ein nervöses Zucken, was sie verletzlich wirken ließ. Man konnte sehen, wie Rashid sich innerlich die Hände rieb.

Und dann sagte die Frau vom *Radio Norderstedt* nach der Begrüßung: »Ich komme von der Sendung ›Andersrum‹, und erst mal möchte ich Ihnen sagen, wie froh ich bin, endlich mal einen bekennenden schwulen Moslem in der Sendung zu haben.«

Auf dem Weg ins Literaturhaus zur Podiumsdiskussion mit Herrn Doktor Breitel rief ich aus dem Taxi Deborah an.

»Alles in Ordnung?«

»Volles Haus, viel zu tun, sag schnell.«

»Wartest du nach Feierabend bitte auf mich? Ich hol dich von der Weinstube ab.«

»Gerne. Ist irgendwas?«

»Jemand ist in mein Büro eingebrochen, und ich möchte nicht, dass du alleine in die Wohnung gehst.«

»Und ich dachte, es sei was Romantisches.«

»Ich klau dir auf dem Nachhauseweg 'ne Rose. Bis später.«

Der weitere Abend im Literaturhaus und in der Bar des ›Frankfurter Hofs‹ verlief bis auf wenige Ausnahmen mit jener mir nach einem Nachmittag am Verlagsstand schon fast vertrauten nervösen Ereignislosigkeit, die der Grundton der Buchmesse zu sein schien. Die Leute redeten und tranken viel, hatten aber vor lauter Menschen, Freunden, Bekannten, Kollegen, mit denen sie reden und trinken wollten, fast nie Zeit, mit einer Person ein Thema oder manchmal auch nur einen Satz zu Ende zu führen. Als hätte man einen Raum mit sich drehenden Kreiseln überfüllt, die immer nur kurz zusammenstießen, dadurch die Richtung änderten, gleich darauf mit dem nächsten zusammenstießen und immer so weiter.

Außergewöhnliches Ereignis Nummer eins: Herr Doktor Breitel, der mit seinen grauen Flanellknickerbockern, breiten, ledernen Hosenträgern, einem leuchtenden, blaurot-gestreifen Hemd und einer gelben Fliege aussah wie eine Mischung aus dickem Hitlerjungen und Lady Gaga, dabei das übliche Zeug von der »drohenden Islamisierung Europas« redete und trotzdem von fast allen Anwesenden auf eine Art ernst genommen wurde, als spräche auf der Bühne Kant im grauen Dreiteiler.

Außergewöhnliches Ereignis Nummer zwei: Gretchen Love, die in einem blauen hautengen Nonnenkleid und mit leuchtend blonden Pippi-Langstrumpf-Zöpfen gegen elf den Saal der ›Frankfurter-Hof‹-Bar betrat und schätzungsweise siebenhundert Männerkinnladen zum Fallen brachte.

Außergewöhnliches Ereignis Nummer drei: ein betrunkener junger Kollege von Rashid, der sich offenbar an Katja Lipschitz ranmachen wollte und unsere Runde eine Weile mit gutgelaunter Lästerei über andere Kollegen und anderes Verlagspersonal unterhielt. Wie so oft an diesem Abend ging es irgendwann auch um Lukas Lewandowski und das vorerst abgesagte *Wochenecho*-Interview. Rashid und Katja Lipschitz waren sich mit betroffenen Mienen zum gefühlten hundertsten Mal einig, dass dieses Interview vielleicht/wahrscheinlich/hundertprozentig der Startschuss zu einer unerwarteten Verkaufswelle der *Reise ans Ende der Tage* und am Ende sogar der Eroberung eines Bestsellerplatzes gewesen wäre. Der betrunkene Autor versiebte seine Chancen bei Katja Lipschitz mit einem Scherz, den ich zur Abwechslung mal wenigstens zur Hälfte verstand. Rashid solle doch froh sein: Lewandowski mit seinem inhaltlich hand- und fußlosen, dabei stets höchst eloquenten Geschwätz sei schließlich eine Gefahr für Autoren. Weil seine unsinnigen Sätze so gut klängen, ließen sich viele, die es besser wissen müssten, immer wieder auf Lewandowskis Gedankenkonstruktionen aus dem Kokainreich ein. Für ihn sei Lewandowski der Cristiano Ronaldo des deutschen Feuilletons, unglaublich talentiert, »aber nicht sehr helle. Ich meine: Marien-Erscheinung.«

Vielleicht lag es daran, dass Katja Lipschitz die Hälfte, die ich verstand, nämlich die mit dem Fußballer Ronaldo, nicht verstand. Oder daran, dass sie selbst nachts um zwölf auf einer zunehmend ausgelassenen Party – zumindest vor Fremden wie mir – keinen Zweifel an ihrer Berufswelt zuließ und Lewandowski offenbar eines der Kraftzentren im Literaturbetrieb war. Jedenfalls schloss sie überraschend scharf die Reihen: »Das ist dummes Zeug. Lukas Lewandowski ist einer unserer wichtigsten Literaturförderer. Ich möchte solche Schmähreden nicht hören.« Wenig später verabschiedete sich der merklich ernüchterte Autor. Immerhin, als Rashid und ich gegen eins die Bar des ›Frankfurter Hofs‹ verließen, entdeckte ich ihn im Kreis von Gretchen Love, und nach seinen Gebärden und den lachenden Gesichtern um ihn herum zu schließen, schien er als unterhaltsames Lästermaul schon wieder gut in Form.

Ansonsten drehten sich die Kreisel in eindrucksvoller Gleichmäßigkeit: »Hey, du! Wir haben uns ja ewig nicht gesehen ... Ich freu mich total ... Dein Interview/Kleid/Beitrag zur *Berliner-Nachrichten*-Debatte gefällt mir sehr ... Oh, da ist Dings, muss mal kurz guten Tag sagen ... Bin gleich wieder da.«

Für mich gab es nichts zu tun, außer zu lächeln und hin und wieder Hände zu schütteln. Obwohl Alkohol während eines Leibwächterjobs grundsätzlich tabu war, spielte ich an diesem Abend einige Male mit dem Gedanken, mir doch ausnahmsweise mal ein Bierchen zu gönnen. Die Gefahr eines Attentats erschien mir ebenso gering wie die Möglichkeit, dass Rashids Roman ohne die Schlagzeile »Autor von religiösem Fanatiker im ›Frankfurter Hof‹ erstochen« auf die Bestsellerliste kam.

Um zwanzig nach eins lieferte ich Rashid mit dem Taxi vor dem Hotel Harmonia ab, zehn Minuten später stieg Deborah zu, ließ ihre Handtasche auf den Boden fallen und legte ihren Kopf an meine Schulter.

»Und, schön was gelesen?«, murmelte sie.

»Was gelesen?«

»Na, Buchmesse.«

Auch der Taxifahrer lachte leise. Dabei bemerkte ich im Rückspiegel ein Paar Scheinwerfer, die uns folgten. Auf der Bockenheimer Landstraße bat ich den Taxifahrer, den Wagen für zwanzig Euro Trinkgeld abzuhängen.

»Was ist los?!«, schreckte Deborah von meiner Schulter hoch, als wir plötzlich mit Vollgas in die Mendelssohnstraße einbogen.

»Jemand verfolgt uns.«

Zum Glück war sie zu müde, um sich Sorgen zu machen.

Wir jagten noch um zwei weitere Ecken und über eine rote Ampel, dann waren wir die Verfolger los.

Zu Hause schlief Deborah augenblicklich auf dem Sofa ein, während ich Slibulsky anrief.

»Hey, weißt du, wie viel Uhr es ist?«, flüsterte er.

»Tut mir leid, ich brauche dringend deine Hilfe morgen.«

»Das passt aber schlecht. Ich habe mittags die monatliche Besprechung mit meinen Filialleitern, und abends wollte Lara mit mir auf eine Lesung gehen. Ist doch gerade Büchermesse, weißt du?«

»Ich weiß. Buchmesse.«

»Oder so. Jedenfalls liest uns da einer aus seinem Buch vor, na ja. Warte mal ... Alles okay, Süße, schlaf weiter. Es ist Kemal.« Ich hörte einen Kuss und Gemurmel. Lara mochte mich nicht besonders, weil ich mir keine Mühe gab, ihren Religionsstick ernst zu nehmen. Slibulsky nahm ihn auch nicht ernst, aber er gab sich Mühe.

»Ich geh mal kurz in die Küche ... So«, fuhr er in normaler Lautstärke fort, »also, wie gesagt, der liest uns was vor. Was Philosophisches, aber verständlich und humorvoll, sagt Lara. Aussehen tut der Typ, wie *Monty Python* sich einen französischen Schlagersänger vorgestellt hätten. So lange weiche Haare und blasierte Rasierwasser-Reklame-Fresse.«

»Lara scheint ihn ja wirklich zu mögen.«

»Sie findet ihn supersüß und wahnsinnig intelligent, und mir kommt's bei seinem Anblick hoch.«

»Na, da will ich euch den Abend mal nicht verderben, ich find schon jemand anderen.«

»Sehr lustig. Ich weiß nur nicht, wie ich es Lara sagen soll. Außerdem, wenn sie alleine geht, dann versucht der Philosoph bestimmt, sie sich zu krallen.«

Lara war zwanzig Jahre jünger als Slibulsky, sah aus wie Christina Ricci und wusste sich stets so zu kleiden, dass ihr hübscher Hintern und Busen sehr vorteilhaft zur Geltung kamen. Das verstand ich. Was ich nicht verstand: Warum Slibulsky, obwohl sie inzwischen seit über vier Jahren in seinem Haus und als selbständige Schmuckdesignerin mehr oder weniger von seinem Geld lebte, immer noch zu befürchten schien, er könne sie jederzeit verlieren und damit die Chance seines Lebens verpassen. Dabei liebte Lara ihn meiner Einschätzung nach sehr, wenn auch auf zickige Art, aber so war sie eben.

»Vielleicht kann Deborah es ihr erklären.«

Lara verehrte Deborah, seit sie erfahren hatte, dass Deborahs Großmutter jüdisch gewesen war. Einmal war sie freitagabends mit Hefezopf und Kerzen bei uns aufgetaucht und wollte Sabbat feiern. Mich hatte sie mit den Worten »Guck ruhig weiter Sportschau, das ist bestimmt nichts für dich!« im Sofa sitzen lassen. Es war allerdings auch nichts für Deborah, die zwar Laras mehr oder weniger regelkonformes Ritual dieses Mal freundlich mitmachte, anschließend jedoch erklärte, dass sie ab nächster Woche freitagabends Sommelierkurs habe, was beinahe stimmte, der Kurs fand donnerstags statt.

»Was erklären?«, fragte Slibulsky.

»Dass ich dich morgen an Deborahs Seite brauche. Jemand will mir ans Leder, und ich mach mir Sorgen, dass er das über Deborah versucht.«

»Und wo bist du?«

»Ich hab den ganzen Tag Leibwächterjob. Kannst du die Filialleiterbesprechung in der Weinstube abhalten?«

»Kein Problem.«

»Okay, dann ruft Deborah Lara morgen früh an. Und was die Lesung betrifft, ich kenn da einen Autor, der liest nächste Woche im Literaturhaus: ›Eine okzitanische Liebe‹, Südfrankreich, Lavendelfelder, älterer Mann, junges Mädchen, ›sehr einfühlsam erzählt, augenzwinkernd, leicht, ohne den großen Fragen des Lebens aus dem Weg zu gehen…‹.«

»Bist du betrunken?«

»Is'n Zitat vom Werbeplakat. Ich arbeite zurzeit für einen Verlag auf der Buchmesse, und der Autor, Hans Peter Stullberg, ist einer der Stars dort. Ich treff ihn morgen, und dann versuch ich, euch eine persönliche Einladung zu besorgen. Ich bin sicher, das würde Lara ziemlich schick finden.«

»Älterer Mann, junges Mädchen ... Ich weiß nicht.«

Ach, du lieber Himmel! »Was soll das denn jetzt?«

»Laras Ex war vorgestern hier. Der ist so alt wie sie, angehender Rockstar – weißt du, mit klugen Texten, der Scheiß –, und ich kam mir vor wie meine Oma. Hey, nicht auf den Teppich aschen, bitte, und: Assam oder Darjeeling? Es war zum Kotzen.«

»Hm.«

Zum Glück hörte ich in dem Moment Lara nach ihm rufen. Sie schätzte es nicht, wenn Slibulsky zu lange mit mir redete.

»Na, ist ja auch egal. Ich geh mal wieder ins Bett. Also, Deborah meldet sich morgen früh?«

»Ja«, sagte ich und »schlaf gut«, und wir legten auf. Ich dachte daran, dass Slibulsky früher als Drogendealer, Rausschmeißer und auch mal eine Weile als Geldeintreiber und Handlanger für einen der größten Zuhälter Frankfurts gearbeitet hatte. Das Leben war eine wundervolle Sache.

Dann zog ich Deborah aus und ihr ein Nachthemd über und trug sie ins Bett.

12

Am nächsten Morgen telefonierte Deborah mit Slibulsky und Lara, und sie verabredeten, dass Slibulsky sie um zehn Uhr von zu Hause abholen, zum Fleischer begleiten, anschließend in die Weinstube bringen und den restlichen Tag dort verbringen würde. Lara wollte am Nachmittag, wenn die Filialleitersitzung vorbei war, dazukommen.

»Für die ausgefallene Lesung darfst du dir ein Gericht wünschen, Kätzchen«, sagte Deborah. Wenig später verabschiedete sie sich und legte auf.

»Was hat sie sich gewünscht?«

»Salat mit Hühnerbrust.«

»Wow.«

»Na ja, was Leichtes eben, und das gibt's bei uns ja wirklich nicht oft.«

»Und für uns?«

»Ich dachte, du musst arbeiten?«

»Ich werde versuchen, mit Rashid später vorbeizukommen. Nach zwei Tagen Buchmesse brauche ich mal wieder was Vernünftiges zu essen.«

»Soll ich Rinderzungen kaufen?«

»Ich liebe dich!«

Als Slibulsky eintraf, gab ich ihm noch schnell Valerie de Chavannes' Adresse und Telefonnummer und bat ihn, wenn er in den nächsten Tagen bei ihr in der Nähe sei, mein restliches Honorar zu kassieren.

Dann fuhr ich als Erstes ins Büro. Die Tür war wie erwartet eingedrückt, ansonsten schien alles mehr oder weniger an seinem Platz. In der Mitte des Schreibtischs lag ein

Minibuch-Koran, wahrscheinlich eine Art *Best of*. Innen war eine handschriftliche Widmung auf Deutsch: *Für meinen vermissten Bruder. Es ist nie zu spät für die Weisheit des Propheten.*

Ich stellte das Büchlein ins Regal, rief einen Schreiner an, der mir die Tür in Ordnung bringen sollte, und fuhr anschließend ins Hotel Harmonia.

Mein zweiter Buchmessetag verlief mehr oder weniger wie der erste. Rashid gab Interviews und Autogramme, ich saß hinter ihm in Verpflegungskammergerüchen – diesmal gab es kalte Schinken-Ruccola-Pizza, Teewurst- und Camembert-Brötchen –, und ungefähr alle eineinhalb Stunden zuckelten wir zur Toilette. Rashid hatte zwar keinen Durchfall mehr, aber während eines Interviews trank er mindestens einen Liter Wasser. Am Abend gab Herr Thys, der schlanke, gutaussehende, ungefähr fünfundfünfzigjährige Chef des Maier Verlags für Autoren und höhere Angestellte des Verlags ein Essen im ›Frankfurter-Hof‹-Restaurant. Thys saß in der Tischmitte, rechts von ihm Hans Peter Stullberg, links Mercedes García; Rashid war am Tischende platziert zwischen dem Vertriebschef und einer Kusine von Thys. Ich saß alleine am Nebentisch und kaute auf dem vom Verlag für alle bestellten, erstaunlich trockenen Rehrücken in Mango-Waldbeeren-Soße herum.

Thys entsprach kaum einem der üblichen Bilder, die sich ein Buchbranchenfremder von einem Verleger machte. Eher denen eines Immobilienmaklers oder Räuberbankiers. Prada-Anzug, dicke Sportuhr, etwas zu lange, etwas zu sorgfältig verstrubbelte Haare und ein leicht unheimliches, glattes, meist ins Ironische, manchmal ins Hinterhältige kippendes Lächeln. Gerne brachte er Oscar-Wilde-Zitate an und erwähnte Bekanntschaften mit Berühmtheiten. Zum Trinken gab es den bei solchen Anlässen wohl üblichen »guten Bordeaux«, aber erstens war mein Arbeitstag noch nicht beendet, und zweitens hatte Deborah mir das holzfassige Mixgetränk mit ihren frischen, fruchtigen Weinen ein für alle Mal abgewöhnt.

»... In Manhattan muss man heutzutage abends natürlich in Chelsea ausgehen. Neulich war ich dort mit Brandon Subotnik unterwegs ...« Thys machte eine kurze Pause und lächelte gerissen in die Runde, ehe er zufrieden fortfuhr: »Dessen nächster Roman übrigens mit großer Wahrscheinlichkeit bei uns erscheint ...« Thys hielt abermals inne, und es dauerte einen Augenblick, bis alle begriffen, wofür die erneute Unterbrechung gedacht war. Dann begann ein allgemeines, beifälliges Auf-den-Tisch-Geklopfe.

Nachdem ihr linker Tischnachbar ihr die Neuigkeit übersetzt hatte, rief Mercedes García temperamentvoll mit starkem spanischem Akzent: »*I love the work from Subotnik!*«

»*Yes*«, sagte Thys, »*love is the right word when it comes to Subotnik! What an amazing author and character. We have been best friends for years and for example: he never misses sending birthday cards to me, my wife or even my children. With all his success he is still the same kind and attentive person he always was.* Und was für ein Stilist, was für ein Arbeiter! Und schon wieder fällt mir Oscar Wilde ein: *I was working on the proof of one of my poems all the morning, and took out a comma. In the afternoon I put it back again ...!*«

Allgemeines Gelächter. Hans Peter Stullberg, vom Bordeaux schon etwas mitgenommen, knurrte: »Wunderbar!«

Gegen zehn begann sich die Tischgesellschaft langsam aufzulösen. Manche wollten zu irgendwelchen Partys, andere zu einer späten Lesung, wieder andere einfach nur so schnell wie möglich in die ›Frankfurter-Hof‹-Bar.

Rashid war während des Essens von Thys nur einmal angesprochen worden: »Mein lieber Malik, es tut mir so leid, so ein phantastischer Wein – möchtest du ihn nicht wenigstens mal probieren?«

»Danke, Emanuel, aber du weißt ja: kein Alkohol.«

»Ich weiß, mein Lieber, ich weiß. Und trotzdem: Cola zu Rehrücken ...«

Ansonsten war ihm entweder vom Vertriebschef das neue Lager- und Auslieferungssystem des Verlags erklärt worden, oder Thys' Kusine hatte ihm von Marokko vorgeschwärmt.

»Marrakesch, Agadir, die Berge, das Meer, die Kliffs – was für ein wunderschönes Land. Und so nette Menschen, und das Essen! Mein Mann und ich haben schon überlegt, uns an der Küste irgendwas Kleines zu kaufen.«

Rashid blieb die ganze Zeit wortkarg, sagte meistens nur »Aha«, oder »Na ja« oder »Das sehe ich anders«, und nur einmal sprach er, soweit ich es mitbekam, zwei Sätze hintereinander: »Verzeihen Sie, aber ich habe mehrere Romane über Marokko geschrieben. Ich würde mich sehr freuen, wenn Sie mal die Klappentexte lesen könnten.«

»Aber weiß ich doch! Und habe ich doch! Über einen homosexuellen Kommissar. Ganz toll, und so mutig!«

Für Rashid war der bisherige Abend also eher unbefriedigend verlaufen, und das, hoffte ich, gab mir die Möglichkeit, die Verabredung mit Scheich Hakim einzuhalten.

Während Thys' Kusine sich in die kleine Schlange aus Verlagsangestellten einreihte, die sich zu Stullbergs Verabschiedung um den halben Tisch herum gebildet hatte, und der Vertriebschef die Rechnung prüfte, beugte ich mich zu Rashid. Er löffelte eine Mousse au chocolat. Wie alle anderen Autoren war er sitzen geblieben.

»Darf ich Sie kurz sprechen?«

»Sehr gerne«, sagte er und meinte es wohl auch so.

»Ich habe um elf einen geschäftlichen Termin, der dauert höchstens eine halbe Stunde. Ich könnte ihn platzen lassen, aber das wäre mir unangenehm. Wenn Sie Lust haben, sich einen Moment von der Messe auszuruhen, vielleicht noch eine Kleinigkeit – und zwar eine ausgezeichnete – zu essen oder einen kräftigenden Ingwersaft oder Tee zu trinken, dann würde ich Sie schnell ins Restaurant meiner Frau bringen. Dort sitzen auch ein paar Freunde von mir, die passen alle gut auf Sie auf, und in einer halben Stunde bin ich zurück und begleite Sie in die ›Frankfurter-Hof‹-Bar oder wohin Sie wollen.«

»Ihre Frau hat ein Restaurant?«

Ehe ich antworten konnte, trat Katja Lipschitz zu uns und sagte: »Verzeihung, Malik, aber Hans Peter geht jetzt, und ihr werdet euch morgen nicht mehr sehen.«

Rashid erhob sich halb aus dem Stuhl und winkte zu Stullberg hinüber. »Tschüss, Hans Peter! Und gute Besserung!«

»Danke, Malik! Viel Glück für dein neues Buch! Tolle Kritiken! Ich hoffe, die Leser ziehen nach!«

Rashid setzte sich wieder. Seine Laune schien sich noch mal um eine Spur verschlechtert zu haben. Ohne mich anzusehen, sagte er: »Mal einen Moment von hier wegzugehen ist vielleicht eine gute Idee.«

Kurz bevor wir das Restaurant verließen und während Rashid seinen Mantel aus der Ecke holte, bat ich Katja Lipschitz, mir eine Einladung für zwei Personen für Stullbergs Lesung im Literaturhaus zu besorgen.

Überrascht fragte sie: »Sie mögen Stullbergs Bücher?«

»Nun ... Sagen Sie bitte Rashid nichts davon.«

»Natürlich nicht.« Sie lächelte verständnisvoll.

Die ersten fünf Minuten fuhren wir stumm. Ich lenkte meinen Opel über die Kurt-Schumacher-Straße, an der Konstabler Wache vorbei rechts in die Zeil. Niemand folgte uns. Rashid sah die ganze Zeit düster aus dem Fenster. »Ich hoffe, die Leser ziehen nach« – damit schien ihn der Bestsellerautor Stullberg für diesen Abend ausgeknockt zu haben.

Schließlich fragte Rashid, wie um das Thema zu wechseln: »Wie heißt eigentlich Ihre Frau?«

»Deborah.«

»Deborah?« Er wandte den Kopf zu mir. »Ist sie jüdisch?«

»Ihre Großmutter war's.«

»Spielte das bei Ihrer Heirat keine Rolle?«

»Wir sind nicht verheiratet. Ich nenne sie meine Frau, weil sie das nun mal ist, auch ohne Papiere.«

»Aha!« Er beugte sich im Beifahrersitz vor und grinste mich übertrieben an. Wahrscheinlich hatte er beschlossen, dass Stullberg ihm verdammt noch mal nicht den Abend verdarb. Rashid also auf einmal witzig: »Wie die Deutschen, was? Verheiratet, nicht verheiratet, Hauptsache ...«, er blinzelte mir zu. »Ich kenne kein anderes Land, wo so viele Leute unverheiratet zusammenleben.«

»Was heißt hier ›wie‹? Wollen Sie meinen Ausweis sehen?«

»Ein Ausweis ist auch nur ein Stück Plastik, Herr Kemal Kayankaya.« Er machte eine Pause und wartete auf meine Erwiderung. Ich ließ ihn warten.

Schließlich wechselte er das Thema, blieb allerdings im Bereich Völkerkunde: »Ich bin Araber, ja. Aber wissen Sie was? Ich liebe die Juden.«

»Alle?«

»Ach, Sie ...!«

Ich war froh, im nächsten Moment vor Deborahs Weinstube angekommen zu sein. Sollte er sich über solchen Quatsch doch mit Lara unterhalten.

Auf der Straße sah ich mich schnell und unauffällig nach Beschattern um, entdeckte aber niemanden.

Der kleine Saal war rappelvoll, es roch nach Essen, es war laut, der Kellner trug schwitzend einen Stapel Teller in die Küche. An einem Sechsertisch saßen Slibulsky, Lara, Tugba vom ›Mister Happy‹, Raoul, ein alter Freund und Besitzer des Restaurants Haiti Corner, Benjamin, ebenfalls ein alter Freund und Leiter einer Flüchtlingsberatungsstelle, und Deborah, die eine Pause machte und eine Scheibe Rinderzunge mit Kartoffeln und Mayonnaise aß. Später wollte ich auch so was.

Alle schienen schon ziemlich betrunken und bester Laune zu sein. Rashid wurde begrüßt, der Kellner brachte einen weiteren Stuhl, ich gab Deborah einen Kuss und sagte ihr ins Ohr: »Ich bin in etwa einer halben Stunde wieder da. Pass auf, dass Slibulsky deinem neuen Gast keine reinhaut.«

Deborah sah zu Rashid hinüber, der offensichtlich Mühe hatte, seinen Blick von Laras Dekolleté zu lösen.

»Bis gleich.«

Auf der Straße sah ich mich erneut und diesmal gründlicher nach Beschattern um. Das heißt: Eigentlich hielt ich nur Ausschau nach Scheich Hakims Sekretär. Ich war mir ziemlich sicher, dass es Methat gewesen war, der uns am Abend zuvor verfolgt hatte. Aber ich entdeckte nur einen kleinen Lieferwagen, der an der nächsten Straßenecke in zweiter Reihe stand. Im Führerhäuschen saßen ein älterer Mann und ein Mädchen. Vater und Tochter, dachte ich.

Schließlich stieg ich zurück in den Opel und fuhr ins Bahnhofsviertel.

Scheich Hakim saß an dem von mir reservierten Tisch. Vor sich ein Glas Wasser. Er hatte keine Leibwächter dabei. Oder jedenfalls sah ich keine. Vielleicht vertraten sie sich draußen die Beine.

Um diese Uhrzeit hielten sich im ›Haxen-Herbert‹ nur noch wenige Gäste auf, die meisten tranken still ihr Bier. Ausgenommen zwei alte Männer in feinen Tweedanzügen, die sich lautstark redend und lachend über die Fleischberge auf ihren Tellern und eine Flasche Schnaps hermachten. Kellner waren keine zu sehen, vermutlich standen sie im Hof und rauchten. Eine Putzfrau hatte angefangen, den Boden zu wischen, und der Geruch des Putzmittels mischte sich mit dem der Spezialität des Hauses. Den ›Haxen-Herbert‹ gab es seit über vierzig Jahren, und die Vorhänge und

Sitzpolster waren meines Wissens nie gewechselt worden. Selbst wenn nicht den ganzen Tag gegrillte oder gekochte Haxen serviert worden wären, hätte es aus jeder Pore des Gastraums nach Schweinefett gerochen. Dass ich Scheich Hakim hierherbestellt hatte, war ein Nazischerz.

»Nett hier«, sagte er, nachdem wir uns begrüßt hatten.

»Ich wusste, dass es Ihnen gefallen würde.«

Im Vergleich zu den Fotos, die ich von ihm im Internet gesehen hatte, wirkte Scheich Hakim älter, dünner, eingefallener, grauer – ein unscheinbarer kleiner, fast kahler Mann im schwarzen Anzug. Wahrscheinlich richteten sie ihn für Fotos und öffentliche Auftritte mit Schminke her. Ich meinte sogar, mich zu erinnern, dass er auf manchen, auch jüngeren, Fotos volles, dichtes Haar besaß. Trug er zu öffentlichen Anlässen ein Toupet?

»Vielen Dank für das heilige Büchlein.« Ich zog meine Jacke aus und setzte mich ihm gegenüber. Er betrachtete mich mit kaltem Lächeln.

»Bin schon fast am Ende und sehr gespannt, wie es ausgeht.«

Er lachte hüstelnd, wie ich es vom Telefon kannte, das Lächeln wurde ein wenig breiter, aber kein bisschen wärmer. »Es liegt ganz in Ihren Händen, wie es ausgeht.«

»Das Büchlein?«

Er antwortete nicht. Im selben Moment kam ein Kellner aus der Küche, erblickte mich und kam zu unserem Tisch.

»Für mich auch ein Wasser, bitte.«

Als der Kellner gegangen war, fragte ich: »Oder Methats Beschattungsversuche?«

Ohne den Blick von mir zu nehmen, griff er behutsam

nach seinem Glas und nahm einen kleinen Schluck, ehe er es ebenso behutsam wieder zurückstellte. Mit der Zunge leckte er sich über die Oberlippe.

»Wenn ich ihn in die Finger kriege, kann er jedenfalls was erleben.«

Diesmal war sein Lachen ziemlich natürlich. Vermutlich maß Methat an die zwei Meter und verbrachte viel Zeit im Fitnessraum. Um meine Bürotür eindrücken zu können, musste er eine Menge Kraft besitzen.

»Herr Kayankaya«, sagte Hakim schließlich, »lassen wir das Gerede. Ich möchte, dass Sie die Aussage gegen meinen Neffen zurückziehen. Und zwar gleich morgen. So wie ich die Anwälte meines Neffen verstanden habe, ist das nicht zuletzt in Ihrem eigenen Interesse. Ihre Behauptungen bezüglich dessen, was sich an dem Vormittag in der Wohnung meines Neffen abgespielt haben soll, seien vor Gericht so unhaltbar, dass Sie, nach den Worten der Anwälte, wegen Falschaussage höchstwahrscheinlich selber im Gefängnis landen würden. Noch ist Zeit, das Ganze einer momentanen Verwirrung oder zum Beispiel...«, er machte eine kurze Pause, »... der Eifersucht zuzuschreiben.«

»Der Eifersucht?«

»Nun, die Anwälte hegen den starken Verdacht, dass Sie an dem Morgen im Auftrag von Frau de Chavannes unterwegs waren...«

»De Chavannes? Nie gehört.«

Er betrachtete mich ausdruckslos, dann zuckte er mit den Achseln. »Ist ja auch egal, Sie werden schon irgendeine Entschuldigung finden. Wie wir alle wissen, verfügen Sie über ausreichend Phantasie.«

»Danke.«

Der Kellner brachte mein Wasser, und ich trank einen Schluck. Hakim sah mir zu. Vielleicht war es nur Theater, aber er schien sich seiner Sache sehr sicher zu sein. Hatte er eine Überraschung für mich? Wartete um die Ecke vom ›Haxen-Herbert‹ eine Gruppe Gotteskrieger, die mir, falls ich mich weigerte, die Aussage zurückzuziehen, die ungläubige Seele aus dem Leib prügelte? Oder hatten sich Methat und seine Helfer, während wir hier sprachen, wie normale Gäste in die Weinstube gesetzt und warteten darauf, dass Deborah vor die Tür gehen und eine Zigarette rauchen würde? Zack, eins übern Kopf und ab nach Praunheim. Plötzlich fiel mir der kleine Lieferwagen wieder ein. Und wenn das Mädchen dazugehörte? Ich hatte sie auf höchstens vierzehn geschätzt, allerdings aus zehn Meter Abstand und im schwachen Licht der Straßenlaterne.

»Wissen Sie, was ich gerne begreifen würde? Warum Sie sich für eine kleine Drecksau wie Abakay so ins Zeug legen. Ich habe gehört, Sie bessern Ihre Predigerkasse mit Heroingeschäften auf, und ich kann mir gut vorstellen, dass Abakay als Schmuggler oder Dealer eine gewisse Hilfe ist – aber ein wirklich wichtiger Mann? Sie sind doch nicht so naiv, einem wie Abakay zu vertrauen.«

Er verzog keine Miene, nur sein Blick wurde ein wenig nachdenklich.

»Und als Geistlicher... Ich meine, Abakay schickt Minderjährige auf den Strich. Ist das im Sinne des Herrn?«

In dem Moment klingelte sein Handy. »Entschuldigen Sie.« Er zog es aus der Hosentasche, klappte es auf und sagte: »Ja?« Dann sagte er eine Weile nichts mehr, schließlich nur: »In Ordnung«, schloss das Handy und legte es auf den Tisch. Ich war mir sicher, dass am anderen Ende der Verbindung türkisch gesprochen worden war und Hakim nur für mich auf Deutsch geantwortet hatte. Ich sollte mitkriegen, wie er kurze Telefonate führte, bei denen ihm über irgendwas – eine genau geplante und nun anlaufende Aktion? – berichtet wurde.

Ich merkte, wie mein Mund trocken geworden war, und trank einen Schluck Wasser. Sollte ich Deborah anrufen? Slibulsky? Durfte ich Hakim zeigen, dass es ihm gelang, mir Angst zu machen?

Ehe ich mich entschließen konnte, sagte er: »Erstens ist Erden Abakay mein Neffe. Haben Sie Familie, Herr Kayankaya?«

Ich trank noch einen Schluck. »Gestern habe ich von einem Halbbruder erfahren. Wahrscheinlich das Ergebnis eines Seitensprungs meines Vaters.«

Er schenkte mir nun nicht einmal mehr sein hüstelndes Lachen, sondern verzog nur kurz den Mund wie über ein vorwitziges Kind.

»Zweitens: Erden hat den Mann nicht umgebracht, schon gar nicht mit einer Nadel fein zwischen die Rippen ins Herz. Vielleicht mit einer Pistole, oder er hätte ihm den Schädel eingeschlagen. Das wissen Sie so gut wie ich. Und eins ist ganz sicher nicht im Sinne des Herrn: einem Unschuldigen einen Mord anzuhängen.«

»Unschuldig ist kein Wort, das mir zu Abakay einfallen würde. Unter uns: Eins der Mädchen, das er anbot, war höchstens zwölf – das schockiert mich mehr als der Tod eines Freiers, der so ein Mädchen missbrauchen wollte.«

»Interessant. Sie stellen also Ihre eigenen Regeln über die der Allgemeinheit, wissen besser, was Recht und Unrecht ist?« Diesmal mischte sich echtes, leicht hämisches Vergnügen in sein Lächeln. »So was nennt man einen Fanatiker, nicht wahr? Tut mir leid, Herr Kayankaya, aber wir sprechen hier nicht über moralische Ansichten, sondern über festgeschriebene Gesetze und eine langjährige Gefängnisstrafe.«

»Ich dachte, meine Behauptungen seien vor Gericht unhaltbar. Wahrscheinlich kommt Abakay mit ein paar Jahren davon.«

»Schwach, ganz schwach – so kann man nicht argumentieren. Sie wollen meinem Neffen, weil Sie ihn nicht mögen, einen Mord anhängen, Punkt.«

Ich sagte nichts. Es gab nichts zu sagen. Der Scheich hatte recht.

»Außerdem kann man immer das Pech haben, an einen Richter zu geraten, bei dem die Vorurteile schwerer wiegen als die Tatsachen. Ich weiß, Sie möchten das gerne vergessen, aber für viele von denen bleiben wir einfach nur Türken.«

»Ich vergesse es nicht, Scheich, aber ich richte mich nicht danach. Wissen Sie, warum Sie Abakay aus dem Gefängnis holen müssen?«

»Wie gesagt, weil er unschuldig ist und der Sohn meiner Schwester.«

»Nein, weil er Sie erpresst. Wenn Sie ihn nicht rausholen, lässt er Sie und Ihre Drogengeschäfte hochgehen.«

Erneut klingelte sein Handy. Hakim hielt es ans Ohr, hörte eine Weile zu, murmelte dann irgendwas auf Türkisch, klappte es zusammen und schob es in die Hosentasche. Dann beugte er sich zu mir über den Tisch und sagte leise: »Hören Sie mir gut zu: Die Lage hat sich verändert, wir haben eine Geisel. Wenn Sie bis morgen Abend Ihre Aussage gegen Erden nicht zurückziehen, beginnen wir, ihr Körperteile abzuschneiden: Zehen, Finger, Ohren und so weiter. Wenn Sie die Polizei verständigen, verschwindet die Geisel für immer. Haben Sie meine Nummer von meinem Anruf gestern noch auf Ihrem Handy?«

Ich hörte mich mit tonloser Stimme antworten: »Ja.«

»Gut. Ich erwarte Ihren Anruf morgen. Die Polizei ist manchmal etwas langsam. Bis Erdens Anwälte die Neuigkeit erfahren, könnten ein paar Tage vergehen. Aber ich vertraue Ihnen. Wenn Sie mir versichern, dass Sie meiner Forderung nachgekommen sind, lassen wir die Geisel unverletzt. Sobald Erden aus der Untersuchungshaft entlassen wird, kommt auch die Geisel frei. Verstanden?«

»Verstanden. Wer ...?«

Ohne meine Frage zu beachten, wandte er sich ab und stand auf. Nachdem er einen dünnen schwarzen Regenmantel vom Kleiderhaken genommen hatte, trat er noch mal dicht an den Tisch, beugte den Kopf vor, sah mir ernst in die Augen und sagte mit leiser, eindringlicher Stimme: »Lesen Sie im Koran. Lernen Sie, einem Bruder wie Erden zu verzeihen. Lernen Sie, sich selber zu verzeihen. Es ist nichts Schlimmes daran, ein Moslem zu sein, im Gegenteil. Seien Sie stolz auf sich. Freuen Sie sich. Allah liebt die Glücklichen.« Er lächelte mir aufmunternd zu. »Bis morgen.«

Ich sah ihm nach, wie er zur Tür ging und auf die Straße trat. Sobald er verschwunden war, riss ich mein Handy aus der Tasche und tippte mit zitternden Fingern Slibulskys Nummer. Als Erstes hörte ich Kneipenlärm, dann Slibulskys fröhliche Stimme: »Hey, wann kommst du endlich?«

»Wo ist Deborah?«

»Äh, warte mal... Hinter der Theke, Flaschen aufmachen. Willst du sie sprechen?«

Ich sackte erleichtert zusammen. »Nein, nein, schon gut. Fehlt sonst irgendjemand am Tisch?«

»Nö. Nur der Superschriftsteller ist gerade mit 'ner Kleinen raus, wahrscheinlich zum Fummeln, der geile Bock.«

»Ach, du Scheiße.«

»Warum? Ich bin froh. Der Typ hat nacheinander Lara, Deborah, Tugba und dann noch irgendwelche Mädels am Nebentisch angemacht. Sehr unangenehm. Der will's heute Abend wissen. Jetzt hat er eine gefunden, ist doch schön.«

»Kannst du bitte schnell nach draußen gehen und gucken, ob er noch da ist.«

Eine Tür ging auf und zu, der Kneipenlärm verstummte, dann wieder Slibulsky: »Tja, die scheinen sich irgendein Eckchen gesucht zu haben.«

»Okay. Ich bin gleich da.«

Ich schob das Handy in die Tasche und winkte dem Kellner. »Einen doppelten Korn, bitte!«

13

»Ich weiß auch nicht, auf einmal stand sie bei uns am Tisch. Achtzehn, neunzehn, würde ich schätzen. Ziemlich aufgedonnert – feuchter Lippenstift, sexy Hippiekleidchen, bunte Plateau-Schuhe – und 'n Buch in der Hand. Von deinem Monsieur-Isch-liebe-die-Frauen.«

»Hat er das gesagt?«

»Er hat 'ne Menge so 'n Scheiß gesagt.« Slibulsky seufzte. »Vor allem, nachdem er was getrunken hatte.«

»Alkohol?«

»Ja«, sagte Deborah. Sie stand hinter der Theke und wischte die Spüle. »Dabei hat er nicht aufgehört, uns zu erzählen, dass er eigentlich nie trinken würde. Aber bei dem Zug, den er draufhatte. Fast 'ne ganze Flasche in 'ner halben Stunde. Ich wette, der ist so 'n Alle-paar-Monate-Vollsuff-Typ.«

Tugba räusperte sich. »Er hat überhaupt 'ne Menge geliebt. Die Türkinnen: mich. Die Jüdinnen: Deborah. Das Schmuckhandwerk: Lara...«

»Aber ob das Schmuckhandwerk ihn liebt«, brummte Benjamin mit halb geschlossenen Augen. »Daraufhin hat er erst mal beleidigt die Klappe gehalten und sich dann an die Boutiquen-Tussis vom Nebentisch gewandt. ›Ich liebe Kleider!‹ Also, ich bin jetzt ziemlich blau, aber der war noch viel blauer.«

»Na ja«, nahm Slibulsky den Faden wieder auf. »Und dann stand eben plötzlich Titti-Maus vor ihm, hat sich als Fan ausgegeben und wollte eine Widmung ins Buch. Natürlich ist der abgegangen wie 'ne Rakete. Ehrlich gesagt...« Slibulsky warf einen kurzen Blick zu der Bank, auf der Lara eingeschlafen war. »Wenn ich 'n Buch geschrieben hätte und plötzlich so 'n Fan vor mir stehen würde – also, ich kann schon verstehen, dass das ein großer Schriftstellermoment ist.«

»Allein die Schuhe«, brummte Benjamin mit inzwischen ganz geschlossenen Augen, »mit so *Pril*-Blumen drauf – wow!«

»Zahlen, bitte«, rief ein Mann in der Ecke. Er und seine weibliche Begleitung waren die letzten Gäste.

Eine Stunde später lagen Deborah und ich im Bett. Während ich ihr die Ereignisse der letzten Tage in groben Zügen beschrieb, fielen ihr die Augen zu, und am Ende war ich sicher, sie schlief. Doch plötzlich sagte sie mit geschlossenen Lidern und mit vom Wein belegter Stimme: »Was fiel dir ein, ihm den Mord in die Schuhe zu schieben?«

Und auf einmal lag ich neben Scheich Hakim.

Ich dachte noch mal über den Moment nach, als ich Abakays Brust mit dem Messer bearbeitet hatte. Und an den, als ich gegenüber Octavian nicht mehr bei Vermutungen geblieben war, sondern behauptet hatte, es gäbe keine andere Möglichkeit, als dass Abakay der Mörder sei.

Schließlich erklärte ich: »In dem verriegelten, schalldicht gemachten Zimmer lag ein zitterndes sechzehnjähriges Mädchen, das sich den Finger in den Hals gesteckt und sich mit seiner Kotze eingerieben hatte, damit ein besoffener Fettsack es nicht vergewaltigt. Ich möchte nicht wissen, wie viele Mädchenleben Abakay auf diese Weise aus der Bahn getreten hat, und das, fand ich, sollte er nie wieder können.«

Deborah reagierte eine Weile nicht, dann schlug sie die Augen auf, drehte sich zu mir und schob sich ein Kissen unter den Kopf.

»Du weißt ja hoffentlich noch, mit wem du dein Bett teilst? Das sind Nuttenschicksale. Nicht für alle, aber für manche. Ich hatte Glück, aber ich habe einige Mädchen kennengelernt, die das nicht hatten. Und du auch, du hast es nur vergessen. Heute kommt dir das, was der Tochter deiner Klientin passiert ist, wie der schlimmste Alptraum vor, aber damals – weißt du nicht mehr, wie wir morgens um fünf in irgendwelchen Kneipen saßen – kaputt, pleite, betrunken – und nur darauf hofften, noch einen Kunden zu kriegen, kein Aids zu haben oder irgendeinen Blöden zu finden, der 'ne Runde ausgibt? Du, ich, Tugba, Slibulsky und wie sie alle hießen. Manche sind heute schon lange beerdigt, andere leben im Westend. Du bist alt geworden, mein Süßer, und weich, und das ist gut so – aber morgen rufst du Octavian an und ziehst die beknackte Aussage zurück.«

Ich sagte nichts. Ich dachte an das Triumphgefühl, das Abakay empfinden würde.

»Hast du eine Ahnung, wer der Mörder sein könnte?«

Ob er es wagen würde, noch mal bei de Chavannes aufzutauchen?

»Ich hab dich was gefragt.«

»Ich weiß nicht«, antwortete ich abwesend.

»Ach komm, Süßer.« Sie stupste mir einen Finger in den Bauch. »Du bist nur ein ganz bisschen alt und ein ganz bisschen weich, und im Westend wohnst du auch nur wegen deiner aufstiegsgeilen Freundin. Und jetzt mach bitte dein Licht aus.«

Am nächsten Morgen rief ich Octavian an. Es war Sonntag, und er saß bei irgendeiner rumänischen Verwandtschaft beim Frühstück.

»Bitte, was?!«

»Ja, ich nehme Teile meiner Aussage zurück. Ich habe bei meinem Eintreffen in Abakays Wohnung fälschlicherweise angenommen, dass Abakay Rönnthaler umgebracht hat. Leider habe ich Abakay keine Zeit gelassen, sich zu erklären, sondern ihn im Glauben, ich befände mich in akuter Lebensgefahr, sofort überwältigt. Na ja, den Rest kennst du, ich habe ihn verschnürt und geknebelt.«

»Du hast doch wohl... Und die Schnittwunden in Abakays Brust?!«

»Keine Ahnung.«

Es entstand eine Pause. Aus der Küche hörte ich Deborah, wie sie Orangen auspresste. Aus dem Telefon drang Octavians aufgeregter Atem.

»Du weißt, dass wir Abakay damit freilassen müssen?«

»Er ist immer noch Zuhälter und Drogendealer. Ihr habt nur mich nicht mehr als Zeugen.«

»Ach, papperlapapp! Kayankaya, du bist wirklich ein solcher Idiot! Wie steh ich denn jetzt da?!«

»Mach's gut, Octavian, mehr habe ich nicht zu sagen.«

»Warte! Das wird Konsequenzen haben! Man wird dir die Hölle heißmachen, und es würde mich nicht wundern, wenn du deine Lizenz verlierst!«

»Man? Oder du?«

»Du kannst dich jedenfalls darauf verlassen, dass ich für dich keinen Finger mehr krumm mache!«

»Schade, dabei habe ich gerade auf deine Unterstützung gehofft, mein Freund.«

»Arschloch!«

Wir legten auf, und ich rief Scheich Hakim an.

»Ich habe meine Aussage zurückgezogen.«
»Sehr gut, Herr Kayankaya. Alles Weitere wie besprochen.«
»Wie geht es der Geisel?«
»Es fehlt ihr an nichts. Machen Sie sich keine Sorgen. Sie hören von mir. Gott sei mit Ihnen.«
Zur Abwechslung hoffte ich das auch mal.

Um elf hätte ich mit Rashid auf der Buchmesse sein sollen. Laut Tagesplan las er um elf Uhr dreißig mit Ilona Lohs zum Thema »Verlorenes Zuhause« unter der Überschrift »Süße Heimat, wunde Seele«. Ilona Lohs war in der DDR geboren, und laut einer kurzen Inhaltsangabe auf dem beiliegenden Flyer verarbeitete sie in dem Roman *Mondkind,* in dem die achtzehnjährige Hauptfigur Jenny Türmerin aus der DDR fliehen will, autobiographische Erlebnisse. Malik Rashid vermisste – ebenfalls laut Flyer – »das alte multikulturelle Marokko, in dem Moslems, Christen und Juden Haus an Haus gelebt hatten«, und beschrieb in seinem neuen Roman *Die Reise ans Ende der Tage* »nicht zuletzt die Folgen der zunehmenden ethnischen Einfalt: die Verdummung und Verrohung einer ganzen Gesellschaft und den Verlust von Phantasie und Träumen«.

Ich war nervös, als ich Katja Lipschitz anrief.
»Guten Morgen, Herr Kayankaya, alles in Ordnung?«
Im Hintergrund hörte ich das inzwischen auch mir bekannte Buchmessebrausen. Alle Geräusche in der riesigen Halle mischten sich wie zu einer einzigen meterhohen, ununterbrochen rollenden Ozeanwelle.
»So kann man's nicht sagen. Rashid ist entführt worden.«

»Was?!«

»Nun, offenbar war an den Drohbriefen und Anrufen doch was dran.«

»An den Anrufen?!« Ihre Stimme wurde laut. »Es gab keine Anrufe! Das habe ich doch nur erzählt! Und die Briefe ...! So ein Quatsch! Um Gottes willen! Sind Sie sicher, dass er nicht nur einfach irgendwohin gefahren ist, eine Frau kennengelernt hat, was weiß ich ...?!«

»Tut mir leid, die Entführer haben mich angerufen.«

»Was fordern sie?!«

»Im Moment noch nichts. Aber sie haben den Namen ihrer Gruppe genannt: ›Die zehn Plagen‹.«

»Aber ... das ist ja genau der Titel von Herrn Doktor Breitels Vortrag!«

»Tja, vielleicht lesen die Kerle die *Berliner Nachrichten,* oder Breitel hat den Namen bei seinen Recherchen auf irgendwelchen einschlägigen Internetseiten gefunden.«

»Ich fass es nicht, Herr Kayankaya! Nicht im Traum hätte ich daran geglaubt, dass Malik wirklich ... Der Arme! Er tut mir so leid!«

»Sie müssen jetzt ruhig bleiben, Frau Lipschitz. Melden Sie Rashid krank, schwere Halsentzündung oder so was. Und rufen Sie auf keinen Fall die Polizei! Ich werde alles versuchen, ihn so schnell wie möglich da rauszuholen.«

»Aber unseren Verleger muss ich informieren. Was passiert denn bei Geldforderungen? Oder wenn die wollen, dass Rashids Roman eingestampft wird? Wie bei Rushdie, wissen Sie?«

»Warten Sie, bevor Sie mit Ihrem Verleger sprechen. Ich hatte nicht den Eindruck, dass die Entführer es auf Geld abgesehen haben. Es geht ihnen wohl mehr darum, ein Exempel zu statuieren: Seht her, wie wir euch mitten in eurem Land Angst einjagen können. Eine Machtdemonstration, verstehen Sie? Oder Befriedigung der Eitelkeit – das ist bei Terroristen ja meistens schon der ganze Beweggrund. Vielleicht ist es mit einer einfachen Pressemitteilung, bei der der Name der Gruppe genannt wird, getan.«

»Ich hoffe von ganzem Herzen, dass Sie recht haben. Aber was soll ich denn nun machen?«

»Wie gesagt, Rashid krankmelden und sonst nichts. Ich rufe Sie an, sobald ich Neuigkeiten habe.«

»Wissen Sie was? Diese angeblichen Männer Gottes! Ich werde für Rashid beten!«

»Das ist eine gute Idee, Frau Lipschitz, etwas Besseres können Sie nicht tun. Bis bald.«

14

Abakay wurde am Mittwoch freigelassen. Am Donnerstag erhielt ich einen Anruf von einem Mitarbeiter Scheich Hakims.

»Kennen Sie das Café im Türmchen oben im Grüneburgpark gegenüber vom Koreanischen Garten?«

»Ja.«

»Heute Abend um zehn können Sie Ihren Mann da in Empfang nehmen.«

Um halb zehn lief ich zwischen Bäumen und Sträuchern den Weg zum Türmchen hinauf. Der Grüneburgpark war um diese Uhrzeit und bei leichtem Nieselregen menschenleer. Einmal roch ich Zigarettenrauch, wahrscheinlich von einem Obdachlosen, der sich irgendwo unters Gebüsch gelegt hatte.

Das Türmchen war dunkel, nur von der ungefähr fünfzehn Meter entfernten schmalen Straße leuchtete schwaches Laternenlicht herüber. Dort, wo tagsüber die Cafészthle und -tische im Kies standen, ragte nun einsam ein mit einer Langnese-Reklamepappe behängter Mülleimer in die trübe Nacht. Ich hatte zwei Pistolen dabei: Meine offizielle, registrierte im Rückenholster und eine inoffizielle, nicht registrierte – jedenfalls nicht auf mich –, die ich vor ein paar Jahren während einer Wohnungsdurchsuchung bei einem mit Crack dealenden Banker hatte mitgehen lassen.

Ich blieb eine Weile ans Türmchen gelehnt stehen und beobachtete den Platz davor, die Büsche drumherum, die Straße und den Eingang zum Koreanischen Garten. Nichts bewegte sich, und irgendwann ging ich zum Mülleimer und legte schnell die nicht auf mich registrierte, geladene Waffe darunter. Für alle Fälle, und falls Gott doch nicht mit mir war.

Einen Moment lang hatte ich Slibulsky bitten wollen, mich zu begleiten, um mir zur Not Rückendeckung zu geben. Aber erstens hatte ich keine Lust auf Laras Rumgezicke, und zweitens glaubte ich nicht, dass Hakim falschspielen würde. Schließlich war er, soweit ich es beurteilen konnte, kein Geistlicher, sondern ein professioneller Gangster. Es gab eigentlich nur einen Fall, dessen möglicher Eintritt mir Sorgen machte: ein auf Rache sinnender Abakay.

»… Kemal Fotzensohn! Komm raus, du Penner! Kleine Pipischwuchtel! Hol dir deinen scheiß Dichter! … Hey!«

Ich nahm an, es war derselbe weiße Lieferwagen, der am Samstagabend vor der Weinstube gestanden hatte. Abakay hatte ihn vor kaum zwei Minuten mit Schwung über den Bordstein und auf den Kiesplatz gefahren. Nun stapfte er mit breiten, wütenden, leicht torkelnden Schritten auf und ab, rauchte mit der linken Hand hektisch eine Zigarette und brüllte in die Nacht. Die rechte Hand steckte in der Seitentasche seiner Lederjacke, und er gab sich keine Mühe, zu verbergen, dass sie eine Pistole hielt, so spitz stach der Lauf heraus.

Ich wartete, ob noch jemand Weiteres aus dem Lieferwagen stieg, doch Abakay wollte anscheinend allein mit mir abrechnen. Rashid, nahm ich an, lag gefesselt und geknebelt im Laderaum.

»… Kemal ohne Eier, wo bist du, du feige Sau! Willst deine kleine Schriftsteller-Heulsuse nicht mehr?!«

Vermutlich hatte er sich mit Koks ordentlich in Angriffslaune geschnupft. Beim Fußball hätte man gesagt, er wirkte übermotiviert.

Schließlich trat ich aus dem Schatten des Türmchens. Meine rechte Hand steckte ebenfalls mit Pistole in meiner Jackentasche.

»Hallo, Abakay. Der elegante Ausdruck – man merkt doch gleich, dass man es hier mit einem sozial engagierten Feingeist zu tun hat. Was macht die Fotokunst?«

Er war stehen geblieben, stutzte, dann mit übertrieben aufgerissenem Mund und wegwerfender Handbewegung: »Ach, du Pisser!«

»Wo ist Rashid?«

»Na, wo soll er schon sein? Hinten im Wagen. Hat sich vor Angst vollgeschissen, ist das ein Gestank!«

Wir standen etwa zehn Meter voneinander entfernt. Abakay schnippte seine Zigarette in den Kies, schwankte dabei, schimpfte: »Total widerlich!«, und zog geräuschvoll die Nase hoch. Er machte einen ziemlich desolaten Eindruck, wahrscheinlich hatte er zum Koks jede Menge getrunken, und ich beging den Fehler, zu glauben, ihm nüchtern geistig wie körperlich überlegen zu sein. Nicht mal die Pistole in seiner Jacke machte mir wirklich Angst. Der Lauf zeigte überall hin, nur nicht auf mich. Abakay wirkte, als würde er jeden Moment zusammenbrechen.

Ich hatte zu lange nicht mehr in üblen Absteigen verkehrt. Jede zweite Kneipenschlägerei lief nach diesem Muster: Der sturzbetrunkene Typ fiel fast vom Barhocker, und irgendjemand sagte: Komm, Alter, zisch ab, du hast genug. Und plötzlich konnte der Betrunkene mit dem Barhocker Dinge anstellen… Ihn zum Beispiel dem Nächstbesten auf den Kopf dreschen oder ihn ins Flaschenregal hinter der Theke schleudern. Und dann warfen sich vier oder fünf Männer auf ihn und mussten feststellen, dass sie den Betrunkenen in seiner unbändigen Wut nicht unter Kontrolle bekamen.

Und genau das passierte mir. Ich hatte vergessen, dass noch so viel Koks und Alkohol nicht dazu führten, dass einer zu keiner Explosion mehr fähig war. Und Abakay explodierte! Auf einmal sprang er schreiend mit wilden, großen Schritten auf mich zu, riss dabei die Pistole aus der Jacke und schoss in die Luft, und ehe ich meine Pistole auch nur in seine Richtung bewegen konnte, knallte mir sein Knauf mitten ins Gesicht. Ich fiel hintenüber und spürte, wie mir das Blut aus der Nase schoss. Im gleichen Moment trat mir Abakay mit seinen schwarzen Cowboystiefeln erst die Pistole aus der Hand und dann mit zwei angedeuteten Tanzschritten Anlauf mit voller Wucht in den Magen. Ich kotzte.

»Hey, Kayankaya, altes Sackgesicht! Nicht mehr der Schnellste, was?! Weißt du, was ich jetzt mache? Ich mach dich so fertig, wie du mich fertiggemacht hast – fair, oder? Nicht mehr und nicht weniger. Weißt du, wie meine Brust aussieht? Wie 'ne scheiß geometrische Zeichnung!«

Ich lag gekrümmt im Kies und konnte den Blick gerade so weit heben, dass ich das Messer sah, das er aus dem Stiefel zog.

»Nein!« Ich wollte schreien, aber es kam nur ein Röcheln.

»Nein? Was heißt hier nein, du Wichser...?« Diesmal trat er mir in den Unterleib, und ich schrie gleichzeitig auf und pinkelte mich voll.

»Na, na, na – weißt du nicht? Bevor man aus dem Haus geht, immer noch mal besser schnell auf die Toilette. Und das war noch gar nichts – weißt du, dass meine Eier immer noch geschwollen sind? Der Krankenhausdoktor befürchtet bleibende Schäden... Hörst du? Bleibende Schäden! Und die wird dein Doktor auch befürchten – darauf kannst du dir schon mal noch 'ne Runde in die Hose pissen!«

»Abakay... lass es...«

»Na, jetzt wo du's sagst. Gut, geh ich eben wieder nach Hause...«

Er lachte. Dann beugte er sich herunter und hielt mir das Messer vor die Nase. »Mein geometrischer Zeichenstift...«

Diesmal war es meine Absicht, zu röcheln und so kläglich wie möglich zu klingen: »Nein, bitte... hör auf...«

Dabei kroch ich von Abakay weg. Es sollte wie ein Akt purer Verzweiflung wirken. Ich hatte nicht die geringste Chance zu fliehen. Sobald Abakay wollte, konnte er mir einfach den Stiefel ins Genick treten oder mir in die Beine schießen oder sonst was antun. Und in genau diesem Gefühl absoluter Macht sah er mir grinsend dabei zu, wie ich mich auf allen vieren mit vom Kinn tropfender Kotze dem Mülleimer näherte.

»Sehr tapfer! Weißt du, was ich mir gerade überlege, wo ich dich so Arsch-hoch sehe? Was mehr bleibende Schäden hinterlässt: so 'n trockener Tritt von hinten mit hochgezogener Stiefelspitze, oder von vorne mit dem Absatz voll ins Weiche...«

»Abakay, lass es... Glaub mir, du hast keine Chance...«
»Bitte?«

Ich kroch weiter, immer weiter.

»Geh nach Hause, es ist das Beste...«

»Du bist 'n Komiker, was? Soll ich dir was sagen? Ich geh nach Hause – und zwar sobald deine Eier Matsch sind. So, genug gelabert...«

Ich war noch etwa einen halben Meter vom Mülleimer entfernt, als er mir erneut in den Magen trat. Ein weiterer Strahl Kotze, dann wurde mir schwarz vor Augen.

Als ich wieder zu mir kam, saß Abakay rittlings auf mir und schnitt mein Hemd und mein T-Shirt auf.

»Ah, guten Morgen... Wir sind gleich so weit... Ich dachte, wir fangen mal mit Bauklötzen an, dann Kreise und am Ende noch 'n paar schöne gerade Striche, das wird bestimmt hübsch.«

»Lass es...«, flüsterte ich, »...bitte!« Ich erbat es in dem Moment ebenso sehr für mich wie für ihn. Aber das verstand er natürlich nicht.

Er äffte mich nach: »Bitte, bitte, bitte! Lieber Erden, ich habe dich zugerichtet wie ein Schwein, aber jetzt tu mir bitte, bitte nicht weh!«

Er hielt meine Arme mit seinen Knien auf den Boden gedrückt, wie es Kinder bei Schulhofkämpfen machen. Meine rechte Hand war immer noch ungefähr einen halben Meter vom Mülleimer entfernt.

»So«, rief er schließlich, als meine Brust nackt und schwer atmend vor ihm lag, und schwang sein Messer übermütig wie einen Zauberstab durch die Luft. »Gut aufpassen, damit's nicht ins Auge geht!«

Er lachte noch, als ich ihn mit einem heftigen Aufbäumen zur Seite warf. Er landete im Kies, das Messer erhoben, und lachte weiter. »Na, endlich, bisschen Action!« Noch hätte er mich mühelos abstechen können. Er sah mir zu, wie ich mich umdrehte und weiterkroch.

»Na, wohin soll's denn gehen?« Mit amüsiertem Ausdruck stützte er den Ellbogen in den Kies und legte den Kopf in die Hand. »Willst dich gleich selbst in den Müll werfen?«

Ich bekam die im Schatten verborgene Pistole zu fassen.

Am liebsten wäre ich liegen geblieben. Jede Faser meines Körpers verlangte danach, in dem weichen, warmen, gemütlichen Kies einen Augenblick zu verschnaufen.

»Und jetzt, du Arschloch?«

»Jetzt ist Schluss mit Geometrie«, flüsterte ich, drehte mich um, schoss ihm erst ins Gesicht und dann zur Sicherheit noch in die Brust.

Ich brauchte ungefähr zwanzig Minuten, um auf die Beine zu kommen. Ich steckte meine Pistole ein, wankte zum Türmchen, hob die zweite Pistole auf und blieb schwer atmend stehen. Ich betrachtete eine Weile die düstere Szenerie: Abakay, den Nieselregen, den Mülleimer, die Langnese-Reklamepappe. Ich hatte keine Wahl gehabt. So wie Abakay in Stimmung gewesen war, hätte er es kaum beim Brustaufschlitzen und einem Tritt zwischen die Beine belassen. Er hätte mich auf die eine oder andere Art zum Krüppel gemacht.

Schließlich gab ich mir einen Ruck und wankte zum Lieferwagen.

Der Schlüssel steckte. Vom Laderaum hinten hörte ich Rashid gegen das Autoblech wummern. Ich ließ den Motor an, und Rashid jaulte auf. Bestimmt hatten sie ihm die Freilassung angekündigt, und jetzt glaubte er, etwas sei schiefgegangen.

Vorsichtig fuhr ich die Straße hinunter und durchs Westend, dann an der alten Oper vorbei und zum ›Frankfurter Hof‹. Ich parkte den Lieferwagen in einer nahen Seitenstraße, wischte meine Fingerabdrücke vom Lenkrad und vom Gangschaltungsknüppel, stieg aus und öffnete die Tür zum Laderaum. Rashid stank tatsächlich noch mehr als ich. Er war mit Klebeband verpackt wie eine Mumie, nur seine Nasenlöcher lagen frei. Mit Hilfe meines Taschenmessers löste ich als Erstes das Klebeband über seinen Ohren.

»Keine Angst. Ich bin's, Kayankaya. Sie sind in Sicherheit.«

Er versuchte, irgendwas zu sagen. Mit einem Ruck riss ich ihm das Band vom Mund. Hautfetzen und Bartstoppeln kamen mit runter, und an mehreren Stellen sickerte Blut aus den Wangen. Er stöhnte auf vor Schmerz und fing an zu weinen.

»Danke ...«

»Tut mir leid, Ihre Augen muss ich noch einen Moment verbunden lassen. Zu Ihrer eigenen Sicherheit. Sie sollen den Wagen nicht sehen, mit dem wir hergekommen sind. Es ist der Wagen der Entführer. Je weniger Sie wissen, desto besser.«

Und zwar für mich.

Dann begann ich, seinen Körper auszuwickeln. Anfangs konnte er Arme und Beine nur mühsam bewegen. Anschließend führte ich ihn die Straße hinunter zu einer Hofeinfahrt, dort löste ich behutsam das Klebeband von den Augen.

Er blinzelte, »O mein Gott!«, und schaute sich verwirrt um. Dann breitete sich ein Lächeln über sein Gesicht, plötzlich lachte er auf, fiel mir um den Hals, küsste mich auf die Wangen und rief: »Danke, vielen, vielen Dank! Es war die Hölle! Diese Schweine!«

Er drückte mich fest. Als er von mir abließ, lächelte er

immer noch, guckte aber auch leicht verunsichert. »Entschuldigung, aber – stinken Sie so oder ich?«

»Ich denke, wir brauchen beide eine Dusche. Einer der Entführer hat mir zum Spaß ein paarmal in den Magen getreten.«

»Und ins Gesicht geschlagen, das sieht ganz schön geschwollen aus.«

»Hm-hm. Wie hat man Sie behandelt?«

»Ach…« Er hob die Schultern. »Also, misshandelt hat man mich nicht, jedenfalls nicht körperlich. Bis auf den Schlag bei der Entführung vor dem Restaurant Ihrer Frau natürlich. Ich hatte genug zu essen, zu trinken, ein Bett, einen Fernseher. Allerdings… Die Männer waren vermummt, und wenn sie was gesprochen haben, dann nur auf Türkisch. Da habe ich ihnen noch so oft erklären können, dass ich ihre scheiß Sprache nicht spreche – 'tschuldigung.«

»Kein Problem.«

»Und dann die Gebete. Dafür kamen sie jedes Mal in mein Zimmer, und ich musste mitmachen. Einmal, als ich mich geweigert hatte, mit vorgehaltener Pistole! Das war alles so gruselig! Dabei… Also, ich hatte nie das Gefühl, dass es ihnen wirklich um Religion ging. Verstehen Sie? Ich meine, um irgendeine Art religiöser Umerziehung. War natürlich mein erster Gedanke wegen des Romans. Aber dann… In den ganzen fünf Tagen hat keiner mit mir über meine Arbeit gesprochen. Jedenfalls nicht in einer Sprache, die ich verstehe. Dabei haben sie mich doch wohl nur deshalb entführt…« Er schien kurz zu überlegen, dann schüttelte er den Kopf und sagte laut und voller Verachtung: »Solche Arschlöcher!«

Ich klopfte ihm auf die Schulter. »Sie haben's geschafft. Ich habe Frau Lipschitz heute Morgen angekündigt, dass, wenn alles gutgeht, Sie heute Abend freigelassen werden. Sie hat Ihnen ein Zimmer im ›Frankfurter Hof‹ gebucht und wartet dort mit Ihrem Verleger auf uns. Ist gleich um die Ecke. Wollen wir hingehen?«

Er schaute ein bisschen erstaunt. »Das ist aber nett.«

Auf dem Weg sagte ich: »Im Hotel müssen wir noch schnell den Text besprechen, der an die Presse geht.«

»Welchen Text?«

»Das war die Bedingung für Ihre Freilassung. Die Gruppe, die sie entführt hat, will wohl erst mal nur aller Welt zeigen, dass es sie gibt. Sie nennen sich ›Die zehn Plagen‹.«

»Was?! Wie bei Breitel!«

»Tja.«

»Das ist ja ein Ding! Und ich war sicher, er hat den ganzen Kram bloß erfunden.« Er überlegte. »Aber jetzt, wo ich frei bin ... Ich meine, warum sollten wir die Forderungen der Entführer jetzt noch erfüllen?«

»Denken Sie mal drüber nach.«

Das tat er, und wir gingen stumm nebeneinander her.

Kurz vorm Eingang zum ›Frankfurter Hof‹ sagte er: »Wissen Sie, was ich nicht verstehe? Das Mädchen, der Lockvogel – wie kommt eine streng religiöse Gruppe an so eine Super-Lolita.«

»Na ja, wahrscheinlich gemietet.«

»Sie meinen, eine Hure?«

Ich nickte.

»Eine Hure! Verdammt! Ich schreibe zwar über solche Milieus, aber ehrlich gesagt: Ich hasse ...«

»Vorsicht«, unterbrach ich ihn, »beleidigen Sie meine Frau nicht.«

»Was ...? Wieso ...?«

Wir erreichten die Eingangstreppe. Die zwei uniformierten Empfangspagen betrachteten uns entgeistert: zwei Männer mit vollgemachten Hosen, nach Kotze stinkend, der eine mit blutig aufgerissenen Wangen, der andere mit dick geschwollener Nase.

»Guten Abend«, sagte ich, »wir sind verabredet. Maier Verlag, Emanuel Thys.«

15

Die folgende Woche wartete ich. Auf die Polizei, auf Hakims Leute, auf irgendwen, der eins und eins zusammenzählte und sich sagte: Wenn Abakay wegen einer Falschaussage Kayankayas in den Knast gewandert war, dann wollte er sich vermutlich rächen; und Kayankaya würde sich vermutlich wehren – fragen wir ihn doch mal, wo er sich Donnerstagabend aufgehalten hat. Aber offenbar wollte keiner eins und eins zusammenzählen. Die Polizei war froh, dass die Festnahme Abakays im Nachhinein doch nicht so unbegründet schien – Zeitungen und Lokalfernsehen hatten sich schnell darauf geeinigt, dass Abakay im Zusammenhang mit Drogengeschäften auf der Strecke geblieben war. Und Hakim sah sich eines – Familie hin oder her – lästigen Mitwissers und Erpressers entledigt.

Am Ende hatten von Abakays Tod wohl zu viele etwas, als dass es zu ernsthaften Nachforschungen gekommen wäre. Und auch der Fall Rönnthaler schien damit für die Polizei fürs Erste erledigt zu sein. Wahrscheinlich schoben sie ihn im Präsidium inzwischen doch Abakay in die Schuhe. Allein schon für eine bessere Aufklärungsquote.

Am Samstag erschien in mehreren Zeitungen, begleitet von Kommentaren und Leitartikeln, die Mitteilung des Maier Verlags: *Malik Rashid, Autor des Romans* Die Reise ans Ende der Tage, *ist nach fünftägiger Entführung von einer Gruppe, die sich »Die zehn Plagen« nennt, wieder freigelassen worden. Die Gruppe begründet ihre Aktion damit, dass Rashids Roman Menschen muslimischen Glaubens beleidige. »Die zehn Plagen« wollten ein Zeichen setzen. Die Entführung ging Donnerstagabend unblutig zu Ende.*

In einem Kommentar hieß es: *Der Name der Gruppe gibt allerdings zu denken. Ist er nur ein eher zufälliger Schabernack, oder verbirgt sich dahinter etwa ein kluger Kopf? Haben wir es hier mit einer muslimischen Kampfgruppe zu tun, die Breitel liest? Damit wäre zu erklären, warum die Entführung vergleichsweise glimpflich ablief: intellektuelle gläubige junge Männer, vermutlich Studenten, die wegwollen vom Bild des primitiven, blind mordenden Bin-Laden-Jüngers. Kommt da eine Mischung aus Spaßguerilla und ernsthaftem Diskurs auf uns zu?*

Und so weiter. »Die zehn Plagen« beschäftigten erst den Nachrichtenteil, dann das Feuilleton, und fast überall erschienen Interviews mit Rashid.

Montag kam Slibulsky vorbei und brachte mir das Geld von Valerie de Chavannes.

»Mann, was 'ne Lady!«

»Hm-hm.«

»Ich soll dir ausrichten, dass sie dich unbedingt sehen will.«

»Ist ihr Mann zurück?«

»Keine Ahnung. So 'n großer Schwarzer?«

»Groß, weiß ich nicht.«

»Der ging hinten im Flur vorbei. Er wurde mir aber nicht vorgestellt.«

»Danke, Slibulsky.«

»Sag mal«, er betrachtete mich neugierig, »läuft da was mit der?«

»Bin ich wahnsinnig?«

»Die kann es einen jedenfalls machen, denke ich.«

Dienstag rief Octavian an.

»Du hast ja wahrscheinlich gehört oder gelesen, dass dein Freund Abakay kurz nach seiner Freilassung erschossen wurde.«

»Hab's in der *Hessenschau* gesehen.«

»Aha – wusste gar nicht, dass das in der *Hessenschau* kam...«

»Hättest du's auch gerne gesehen?«

Er seufzte. »Hör zu: Zwischen Abakay und seinem Mörder ist es vor den tödlichen Schüssen sehr wahrscheinlich zu einem Kampf gekommen. Um die Leiche war überall Erbrochenes verteilt, und das stammte nicht von Abakay.«

»So? Wie interessant.«

»Nun, die Kollegen sind sich ziemlich einig, dass Abakay wegen irgendwelchen Streitigkeiten im Drogenmilieu abserviert wurde, und vieles spricht ja auch dafür, und mir soll's recht sein. Aber ich habe mir dann aus reiner Neugierde mal die Liste geben lassen mit den Bestandteilen des Erbrochenen.«

»Ach ja?« Ich begann leicht zu schwitzen.

»Und danach habe ich in der Weinstube angerufen und gefragt, was letzten Donnerstag als Tagesgericht serviert wurde: Ziegenragout mit weißen Bohnen.«

Ich sagte nichts. Da gab es nichts zu sagen.

»Na, ich wollte dir nur raten, in nächster Zeit keinen Lärm in der Stadt zu machen. Am besten, die Kollegen vergessen, dass es dich gibt.«

Es entstand eine Pause. Es kostete mich Überwindung. »Danke, Octavian.«

Als wir aufgelegt hatten, ging ich in die Küche und trank einen Schnaps.

Freitag besuchte ich Edgar Hasselbaink.

16

Es war kurz nach sieben Uhr abends, als ich an der Gartenpforte klingelte. Aus den Fenstern der Villa de Chavannes schien gelbes warmes Licht, und ein schwacher Duft von gebratenen Zwiebeln zog durch den Vorgarten.

Es dauerte ein paar Minuten, bis die Haushälterin in weißer Küchenschürze die Haustür öffnete, mich kurz beäugte, dann einen Knopf drückte, der die Gartenpforte aufspringen ließ.

»Guten Abend«, wünschte ich, als ich vor ihr stand.

»Guten Abend«, erwiderte sie ohne jede Freundlichkeit. »Wen darf ich melden?«

Ich lächelte sie an. »Schön, dass Sie da sind. Kayankaya mein Name. Ich war vor zweieinhalb Wochen das erste Mal bei Ihnen, und es gibt seitdem eine Frage, die mir nicht aus dem Kopf geht.«

»Ich bin beim Abendessenkochen.«

»Wie gesagt, eine Frage. Ich bin sicher, Sie können sich an den Tag meines Besuchs erinnern. Es war der Mittwoch, an dem Marieke zurückkam.«

Sie hob abfällig die Augenbrauen. »Wie oft kommt sie zurück.«

»Sie meinen, wie oft ist sie verschwunden?«

»Das Essen, Herr...«

»Kayankaya. Ganz schnell: An dem Vormittag vor zweieinhalb Wochen – warum waren Sie, als Sie mich gehen sahen, so überrascht, dass ich noch da war?«

Sie stutzte, runzelte die Stirn, schaute widerwillig. »Warum sollte ich überrascht gewesen sein?«

»Weil Sie zuvor gehört hatten, wie die Eingangstür ging. Und weil Sie glaubten, außer mir und Frau de Chavannes sei niemand im Haus...«

»So. Tut mir leid, ich kann mich weder an den Vormittag noch an Ihre Person erinnern – auch wenn das für Sie unvorstellbar sein mag...« Ein feines, böses Lächeln huschte kurz über ihre Lippen. »Hier gehen so viele Leute ein und aus.«

»Sie meinen, im Gegensatz zu früher, als das mit den Eltern de Chavannes noch ein ruhiges, anständiges Haus war?«

»Ich meine gar nichts.«

»Na schön«, beschloss ich, »wenn Sie mich dann bitte Herrn Hasselbaink melden würden.«

Im selben Moment ging die Tür zum Wohnzimmer auf, und Valerie de Chavannes trat in den Flur. Sie blieb überrascht stehen, und man konnte es nicht anders beschreiben: Ihr Gesicht erstrahlte vor Freude. Sie warf einen kurzen Blick zurück ins Wohnzimmer, wo der Fernseher lief, schloss die Tür und kam auf uns zu.

»Herr Kayankaya!«, sagte sie gerade so laut, dass es nur im Flur zu hören war. Ein rotes, leichtes Sommerkleid floss an ihr herunter, und ihr fester Körper drückte sich deutlich durch den dünnen Stoff. Sie war barfuß. Ohne den Blick von mir zu lassen, sagte sie zur Seite: »Ist gut, Aneta, ich kümmere mich um Herrn Kayankaya.«

Die Haushälterin sah kurz zwischen Valerie de Chavannes und mir hin und her: »Das Abendessen ist gleich fertig«, und verschwand in die Küche.

Valerie de Chavannes trat nah an mich heran, sah mir in die Augen und sagte mit leiser, fast flüsternder Stimme: »Hallo.«

»Hallo, Frau de Chavannes. Eigentlich bin ich hier, um Ihren...«

Sie legte mir die Fingerspitzen auf den Mund und machte ein zärtliches »Schschsch«, wie um ein Kind zu beruhigen. Dann nahm sie meinen Arm und führte mich in den Vorgarten.

»Gehen wir spazieren?«, fragte ich.

Sie antwortete nicht, lachte nur kurz und leise auf. War sie betrunken? Aber sie roch nicht nach Alkohol. Andere Drogen?

Im Schatten eines Buschs nahm sie meinen Kopf in beide Hände, sah mir erneut tief in die Augen und näherte sich meinem Mund mit ihren vollen dunklen Lippen. Es war ein ebenso weicher wie entschiedener, inniger, feuchter Kuss, die Zunge spielte leicht hervor, und ich musste mich zusammenreißen, um nicht augenblicklich über sie herzufallen.

Als sie den Kuss beendete, glitten ihre Hände zu meinen Hüften herunter, und seufzend sagte sie: »Ich wusste es. Ich wusste gleich beim ersten Mal, dass Sie mir helfen würden.«

»Dass Sie mir helfen würden.« Ich hatte mal gelesen, dass Oberschichtfranzosen, sogar wenn sie verheiratet waren, sich nicht selten siezten. Beim Lesen hatte ich das für ziemlich verrückt gehalten. Beim Küssen, im Bett, danach? Nun merkte ich, dass mich das ganz schön anmachte.

»Ich bin Ihnen so dankbar.« Sie ließ die Hände noch ein wenig weiter heruntergleiten. »Sie sind großartig. Ich ... Wenn ich irgendwas für Sie tun kann ...«

Irgendwas – du lieber Himmel.

»Entschuldigen Sie, Frau de Chavannes, das ist alles sehr reizend, aber worum geht's eigentlich? Ihre Tochter habe ich Ihnen ja nun schon vor einer Weile zurückgebracht.«

Sie schaute mich mit großen Augen an. »Um Abakay natürlich.« Ihre Stimme bebte. »Sie haben es für mich getan, oder?«

Ich brauchte einen Augenblick, um die Sätze mit ihrem ganzen Gewicht im Gehirn ankommen zu lassen, dann musste ich plötzlich lachen. Ich hörte mir dabei zu: ein trockenes, ungläubiges, hartes Lachen. Tatsächlich bekam ich Angst. Das wäre eine Wendung gewesen: dass man mich über diesen Umweg doch noch wegen des Mords an Abakay drankriegte.

»Ich hoffe, Sie haben diese völlig verrückte Geschichte nicht schon irgendwelchen Tennisclub-Freundinnen erzählt?«

»Bitte...?« Ihr eben noch verführerisches, alles versprechendes Strahlen erlosch, und sie wirkte ehrlich wie vor den Kopf gestoßen. Sie trat einen Schritt zurück. »Was meinen Sie damit?«

»Ich meine, dass Sie ziemlich einsam sein müssen, um sich so was Irrsinniges auszudenken.«

»Wieso irrsinnig? Ich habe es in der Zeitung gelesen, und nach allem, was zwischen uns war...«

»Nach allem?« Es war schwer zu glauben, aber nichts deutete darauf hin, dass sie es nicht ernst meinte. »Wir haben ein bisschen geflirtet, Frau de Chavannes.«

»Geflirtet«, wiederholte sie ungläubig.

»Ja, so nennt man das. Ich wollte Sie weder heiraten noch mit Ihnen nach Südamerika abhauen.«

Ich sah von den Büschen zur Villa und auf den Zaun zur Straße. »Ist das Ihr geheimes Plätzchen für den speziellen Gästeempfang?« Und als sie nicht antwortete: »Haben Sie sich hier mit Abakay verabredet? Zum Fotosangucken bei ihm zu Hause?«

»Sie...! Halten Sie den Mund!«

Ich nickte. »Okay. Wenn Sie mir versprechen, dass Sie keine romantischen Märchen über uns in die Welt setzen. Abakay ist im Zusammenhang mit Drogengeschäften erschossen worden. Freuen Sie sich, wenn Sie wollen. Und jetzt hätte ich gerne Ihren Mann gesprochen.«

Sie sah irritiert auf. »Meinen Mann?« Und plötzlich ängstlich: »Was wollen Sie von ihm?«

»Ein Freund von mir ist Galerist und würde ihn gerne kennenlernen.«

»Und dafür kommen Sie extra hierher?«

»Ich war gerade in der Nähe.«

Sie starrte mich an. Mit einem Mal sah sie sehr müde aus, mager, geradezu ungesund. Sie hatte die Arme verschränkt und stand leicht gekrümmt, ihr Körper hatte jegliche Spannung verloren.

»Sie brauchen mich nicht reinzubringen, ich finde den Weg alleine. Wenn Sie noch ein bisschen nachdenken möchten …«

Sie zögerte, dann sagte sie in höhnischem Ton: »Ja, ich möchte noch ein bisschen nachdenken.«

Ich hob die Hand zum Gruß. »Machen Sie's gut, Frau de Chavannes.«

Sie rührte sich nicht. Sie schaute zu Boden, und es sah aus, als betrachte sie ihre hübschen nackten Füße im Gras. Diese hübschen Füße und Beine und überhaupt alles an ihr – es war ein Jammer. An der Haustür drehte ich mich noch mal um. Valerie de Chavannes stand unverändert im Schatten der Büsche. Ein Fußgänger hätte sie im Vorbeigehen für eine Statue halten können.

Im Flur lärmte ein Mixer aus der Küche, und im Wohnzimmer lief laut der Fernseher. Ich hämmerte mit der Faust gegen die Wohnzimmertür.

»Ja?«

Ich trat ein und sah Edgar Hasselbaink auf jenem grauen Cordsofa liegen, das so groß war wie mein Gästezimmer. Er trug einen zitronengelben, enggeschnittenen Leinenanzug, leuchtend blaue Sneakers, und seine ungefähr zwanzig

Zentimeter langen Kraushaare standen wild in alle Richtungen. Unter dem Sakko trug er nichts, und sein dunkler, muskulöser, offenbar guttrainierter Oberkörper trat deutlich hervor. Auf den ersten Blick wirkte er wie eine Mischung aus verrücktem Professor, Nachtleben-Hipster und Sommermoden-Model.

Ich stellte mir Valerie de Chavannes mit ihrem dünnen roten Kleidchen neben ihm vor und fragte mich, was sie hier spielten? Saint-Tropez im herbstlichen Frankfurt? Oder zogen sie sich abends einfach gerne sexy an für den anderen? Und guckten dann zusammen Nachrichten? Und aßen danach Abendbrot?

»Abend, Herr Hasselbaink.«

»Guten Abend.« Er hatte mir den Kopf zugewandt, blieb ansonsten gemütlich hingestreckt liegen. Mit der rechten Hand drückte er auf die Fernbedienung, der Nachrichtensprecher im Fernsehen verstummte.

Ich warf einen kurzen Blick durch die Wohnzimmerhalle. »Wo ist Ihre Tochter?«

»Meine Tochter?« Langsam setzte er sich auf. »Wahrscheinlich oben in ihrem Zimmer. Warum?« Er sprach mit leichtem holländischem Akzent.

»Mein Name ist Kayankaya, ich bin Privatdetektiv...« Ich beobachtete sein Gesicht genau. »Wir kennen uns nicht, aber vielleicht haben Sie mich schon mal gesehen, auf jeden Fall schon mal gehört.«

Nichts verriet ihn, er schaute einfach nur irritiert. »Was reden Sie da?«

»Darf ich Sie einen Moment unter vier Augen sprechen, irgendwo, wo wir nicht gestört werden können?«

Er behielt den Blick auf mir, machte dabei ein nachdenkliches, zunehmend besorgtes Gesicht.

»Ja, natürlich ...« Er stand vom Sofa auf und schloss mechanisch einen Knopf des Sakkos. Freier Oberkörper passte nicht mehr recht in die Situation. »In meinem Atelier.«

Er ging an mir vorbei und voraus in den Flur. Er war gut einen Kopf größer als ich, eine ziemlich prächtige Erscheinung, es musste eine Menge Zeugen geben.

Das Atelier befand sich im Keller, und als natürliche Lichtquelle gab es nur zwei schmale Oberfenster. Edgar Hasselbaink hatte den Lichtschalter gedrückt, und vier weiße, grelle Neonröhren flammten auf.

»Ich dachte immer, beim Malen geht's vor allem ums Licht«, sagte ich.

»Na, ist hier etwa kein Licht?«

»Ich meine, natürliches Licht.«

»Das kommt drauf an, was man macht. Ich male keine Bäume im Sonnenuntergang, wenn Sie verstehen, was ich meine.«

»Glaub schon.« Ich betrachtete das Bild, das in der Mitte des Raums auf einer Staffelei stand und an dem er wohl gerade arbeitete. Ein schlafendes Mädchen auf blauem Hintergrund, vermutlich Marieke.

Hasselbaink folgte meinem Blick. »Meine Tochter. Es gibt nichts Schöneres auf der Welt als das eigene Kind friedlich schlafend.«

»Hm-hm.«

»Haben Sie Kinder?«

Ich schüttelte den Kopf. »Andersrum gibt es wahrscheinlich wenig Schlimmeres auf der Welt als das eigene Kind vor Angst schlaflos, oder?«

Hasselbaink hatte sich auf einen Tisch in der Ecke gehockt und angefangen, eine Zigarette zu drehen. »Ja.« Er rollte das Papier ein. »Und jetzt? Was wollen Sie von mir?«

»Ihre Frau hat erwähnt, dass Sie vor Ihrer Malerkarriere in Amsterdam Medizin studiert haben.«

Er hielt im Zigarettendrehen inne, sah auf. »Ja. Zwei Jahre. Weil meine Eltern das unbedingt wollten. Warum?«

»Um einen Schaschlikspieß so in eine menschliche Brust zu stoßen, dass der Spieß zwischen den Rippen das Herz trifft, muss man eine gewisse Kenntnis von der menschlichen Anatomie besitzen. Medizinstudium ist eine Möglichkeit, diese Kenntnis zu erwerben.«

Hasselbaink schaute mich an, den Mund leicht geöffnet, die fast fertiggedrehte Zigarette zwischen den Fingern. Dabei wirkte er sehr ruhig, eher nachdenklich als überrascht. Schließlich senkte er den Blick, leckte das Papier an und drehte die Zigarette zu Ende. Mit ernster, konzentrierter Miene, den Blick vor sich am Boden, suchte er die Taschen seines Anzugs nach einem Feuerzeug ab. Er fand es schließlich in der Sakkoaußentasche, steckte sich die Zigarette an und blies den Rauch in einem dünnen Faden bedächtig zur Decke.

»Ich habe natürlich keine Ahnung, wovon Sie reden«, sagte er in lockerem Ton, fast, als mache er sich ein bisschen lustig über mich, »aber fahren Sie ruhig fort.«

»Ich stelle es mir so vor ...« Ich schob die Hände in die Hosentaschen und begann, im Atelier herumzuschlendern. Immer wieder blieb ich vor dem Bild mit der schlafenden

Marieke stehen. Es strahlte tatsächlich einen tiefen Frieden aus.

»Sie waren in Den Haag und haben wie immer auf Reisen oder bei Auslandsaufenthalten jeden Abend zu Hause angerufen, um gute Nacht zu sagen, ›Ich liebe euch‹ und so weiter. Als nun Ihre Frau an mehreren Abenden hintereinander erklärte, Marieke sei gerade nicht da, bei einer Freundin, bei einer Greenpeace-Versammlung, was weiß ich, wurden Sie irgendwann stutzig. Und vermutlich hat Ihre Frau mit nur schlecht verborgener Sorge in der Stimme Ihre Befürchtungen verstärkt. Irgendwann beschlossen Sie, heimlich nach Frankfurt zu fahren, um zu sehen, was los ist.«

»Wieso sollte ich meiner Frau nicht vertrauen?«, fragte er plötzlich. »Wieso sollte ich heimlich fahren?« Sein Ton war völlig neutral, als sei sein Interesse an der Angelegenheit rein theoretischer Natur.

»Ihre Frau war meine Klientin. Falls Sie das noch nicht begriffen haben: Ich bin der, der Ihre Tochter zurückgebracht hat. Jedenfalls, ohne Ihnen oder Ihrer Familie zu nahe treten zu wollen: Ihre Frau löst sicher eine Menge bei den Menschen aus – unbegrenztes Vertrauen gehört, denke ich, eher nicht dazu.«

Seine Oberlippe verzog sich leicht zu einem schwer zu deutenden Grinsen. War es wütend? Bitter? Amüsiert? Oder nach mindestens sechzehn Jahren gemeinsamen Lebens einfach nur müde?

»Ich nehme an, es gibt einen Nachtzug von Den Haag oder Amsterdam nach Frankfurt, oder sind Sie mit dem Auto gefahren?«

Er antwortete nicht, rauchte und sah mich an.

»Na ja, hier angekommen, schlichen Sie sich ins Haus, vermutlich während ich mit Ihrer Frau im Wohnzimmer saß. Ich weiß nicht, wie Zimmer und Hintereingänge beieinanderliegen, aber Sie müssen eine Möglichkeit gehabt haben, uns zu belauschen. Dann fielen Abakays Name und Adresse, und Sie haben sich auf den Weg gemacht, um Ihre Tochter zu retten.«

Ich blieb vor ihm stehen. Er schaute mich fragend an.

»Darf ich mir auch eine drehen?«

»Bitte.« Er reichte mir die Tabaktüte.

Ich setzte mich auf einen Stuhl voller getrockneter Farbkleckse und zupfte mir eine Portion Tabak zurecht.

»Ich nehme an, Sie haben bei Abakay geklingelt, aber niemand hat aufgemacht. Dann haben Sie sich ins Café neben die Eingangstür gesetzt und gewartet. Und das Tagesgericht bestellt. Nicht aus Hunger, sondern weil Ihnen inzwischen aufgegangen war, dass Sie bei einem wie Abakay besser eine Waffe dabeihaben sollten.«

Ich leckte das Papier an, drehte es zusammen und riss die an den Enden heraushängenden Tabakfäden ab.

»Der Kellner erinnert sich an Sie.«

Ich dachte kurz an den jungen weißen Wuschelkopf, der sich nicht vorstellen konnte, dass ein Farbiger rassistische Anschläge auf seinen türkischen Nachbarn verübte. *Ja okay, heute Mittag hat so ein Spieß gefehlt, aber ich kann mir nicht vorstellen, dass das Ihr rassistischer Nachbar war.* Und der sich nicht getraut hatte, einen Farbigen mit seiner Hautfarbe zu beschreiben. Wahrscheinlich aus Angst, irgendwelche rassistischen Klischees zu erfüllen. Dann lieber keine Hautfarbe. Vielleicht war das der unbewusste Zorn vieler guter, toleranter Weißer: Warum zum Teufel zwingt ihr uns immer wieder, so rumzueiern?! Warum könnt ihr nicht wie alle anderen weiß sein, dann wäre das mit den verdammten Wörtern kein Problem!

»Feuer?«, fragte Hasselbaink und streckte mir sein Feuerzeug entgegen.

»Danke. Noch nicht.« Ich hielt die Zigarette wie früher zwischen Daumen und Zeigefinger, betrachtete sie einen Augenblick stumm. »Und dann haben Sie irgendwann noch mal bei Abakay geklingelt, und diesmal hat man Ihnen aufgedrückt. In Abakays Wohnungstür stand dann allerdings der falsche Mann. Ein fetter großer Besoffener mit nacktem Oberkörper, und vielleicht schrie Marieke im Hintergrund sogar um Hilfe.«

Ich machte eine Pause. Einen Moment lang war nur das Knistern von Hasselbainks verglühendem Tabak zu hören.

»Nein, ich habe keine Kinder, aber ich kann mir vorstellen, dass sie in so einer Situation das Einzige sind, was zählt. Vielleicht wollten Sie ursprünglich einfach nur in die Wohnung, und Rönnthaler hat sich Ihnen in den Weg gestellt. Vielleicht haben Sie aber auch gleich zugestochen, einfach weil die Umstände zu eindeutig waren.«

Wieder machte ich eine Pause und sah zu dem Feuerzeug in Hasselbainks Hand. Diesmal bot er es mir nicht an, und ich mochte nicht fragen.

»Und dann hörten Sie mich die Treppe hochkommen. Tja, und so – könnte man sagen – hat Abakay überlebt.«

»Nicht sehr lange«, kam es überraschend schnell aus Hasselbainks Mund.

Ich räusperte mich. »Nein, aber das ist eine andere Geschichte. Er ist im Zusammenhang mit Drogengeschäften erschossen worden.«

»Da hat mir meine Frau etwas anderes erzählt.«

»So?«

»Hören Sie«, sagte Hasselbaink und drückte den Rest seiner Zigarette in einen herumliegenden Farbdosendeckel. »Ihre Geschichte ist, was das Ende betrifft, völliger Unsinn. Ich habe niemanden umgebracht, saß nie bei Abakay vor der Wohnung, und den weißen Kellner möchte ich sehen, der glaubwürdig bezeugen kann, dass er diesen Farbigen und nicht einen anderen während des hektischen Mittagsgeschäfts bedient hat...«

Er lächelte mich gelassen an. Ich dachte an die Beschreibung, die der Kellner von Hasselbaink gegeben hatte: *Älter, so um die fünfzig, gemütliche Klamotten – wie 'n Professor oder wie 'n netter Lehrer.* Ich war sicher, Hasselbaink lief im Alltag nicht mit leuchtend gelbem Anzug und ohne Hemd rum. Und wenn er die Haare etwas bändigte, vielleicht eine Lesebrille trug...

»Trotzdem gibt es ein paar Details, die sich vermutlich nachprüfen lassen und mit denen Sie mir Schwierigkeiten machen könnten. Ich bin tatsächlich an dem Tag aus Sorge um meine Tochter mit dem Zug nach Frankfurt gekommen. Und ich habe mich ins Haus geschlichen, weil ich mit meinem überraschenden Besuch niemanden beunruhigen wollte. Als ich bemerkte, dass im Wohnzimmer geredet wurde, ja, da habe ich Sie belauscht. Ich weiß es nicht, aber vielleicht hat mich die alte Hexe, unsere Haushälterin, gesehen.«

Er sprach immer noch ruhig, sachlich – zu ruhig, zu sachlich für meinen Geschmack und die Situation, und ich begann mich zu fragen, was er in der Hinterhand hatte.

»Doch als ich verstand, dass meine Frau dabei war, einen Privatdetektiv zu engagieren, um Marieke zurückzuholen, habe ich mich einfach nur in mein Atelier gesetzt und gewartet. Wenn Sie es genau wissen wollen: Sie haben einen sehr kompetenten und vertrauensvollen Eindruck auf mich gemacht – ich war mir sicher, mit Ihnen wird Marieke bald wieder zu Hause sein, und so war es ja auch. Ich war überglücklich, als ich Sie mit ihr zurückkommen hörte.«

»Danke.«

»Am Abend habe ich mich dann wieder in den Zug gesetzt und bin nach Den Haag gefahren.«

»Und haben sich weder Ihrer Frau noch Ihrer Tochter gezeigt? Wollten Sie sie nicht mal wenigstens kurz in den Arm nehmen?«

»Selbstverständlich. Aber ich wusste, dass es sowohl Valerie wie Marieke sehr wichtig war, dass ich nichts von dem erneuten Kontakt zu Abakay erfuhr. Ich weiß nicht, wie viel Ihnen meine Frau erzählt hat, aber Abakay war mal einen Abend zum Essen bei uns – eine äußerst unerfreuliche Begegnung.«

Ich betrachtete wieder die Zigarette zwischen meinen Fingern. »Was wollen Sie mir nun eigentlich sagen, Herr Hasselbaink?«

»Ich will Ihnen sagen, dass meine Frau mir vor ein paar Tagen doch noch von Abakay und Ihnen erzählt hat – ohne Ihren Namen zu nennen, nicht mal, dass Sie Privatdetektiv sind. Aber, dass sie jemanden gefunden habe, der dafür sorgt, dass Abakay uns und vor allem Marieke ein für alle Mal in Ruhe lässt.«

Er nahm den Tabakbeutel und begann, sich die nächste Zigarette zu drehen. Seine Hände zitterten kein bisschen. Malerhände.

»Na ja, meine Frau kann – wie Sie selber festgestellt haben – eine Menge bei Menschen auslösen. Es ist jedenfalls nicht völlig unvorstellbar, dass sie einen Mann – noch dazu gegen entsprechende Bezahlung, selbstverständlich – dazu kriegt, etwas, auch etwas Hochkriminelles, für sie zu erledigen. Und nun, denke ich, haben wir beide einen Verdacht – völlig unbewiesen und sicher falsch, aber doch konkret genug, um uns gegenseitig, wenn wir damit zur Polizei gehen, eine Menge Ärger zu bereiten.«

Er leckte das Papier an, rollte die Zigarette zusammen und steckte sie sich zwischen die Lippen. Dann sah er auf und betrachtete mich aufmerksam. »Verstehen Sie, was ich meine?«

Ich nickte.

»Gut.« Er zündete die Zigarette an. Nachdem er zwei Züge genommen hatte, sagte er: »Sie wollten doch zur Polizei gehen, nicht wahr? Sonst wären Sie nicht hier.«

Plötzlich wusste ich, warum er so ruhig war. Er bereute nichts, im Gegenteil: Er hielt den Mord an dem Mann, der im Begriff gewesen war, seine Tochter zu vergewaltigen, für völlig gerechtfertigt. Ich nahm an, auch wenn es ihm nicht möglich gewesen wäre, mich zu erpressen, hätten seine Hände nicht gezittert. Dafür, dass er seine Tochter vor Rönnthaler bewahrt hatte, wäre er auch ohne Weiteres ins Gefängnis gegangen.

Ich dachte über seine Frage nach, meine Finger spielten mit der unangezündeten Zigarette. Schließlich sagte ich: »Ob Sie's glauben oder nicht: keine Ahnung. Ich bin vor allem aus Neugierde hergekommen und wahrscheinlich auch aus einer Art Berufsehre. Ich bin Privatdetektiv und löse meine Fälle gerne.«

Er rauchte, überlegte. »Sie meinen, so wie ich Bilder zu Ende male, obwohl ich weiß, ich werde sie weder verkaufen noch verschenken?«

»Vielleicht. Ich bin kein Künstler.«

»Feuer?«, fragte er und hielt mir erneut das Feuerzeug entgegen.

»Nein, danke. Ich werde jetzt gehen.« Ich stand vom Stuhl auf. »Eine Bitte hätte ich noch: Machen Sie Ihrer Frau klar, dass sie ihre absurde Theorie, was Abakays Tod betrifft, niemandem weitererzählt.«

Hasselbaink stand ebenfalls auf und nahm seine Zigarette von der rechten in die linke Hand. »Darauf können Sie sich verlassen.« Er streckte mir die rechte Hand entgegen, und ich schüttelte sie. Er hatte einen festen, angenehmen Griff.

»Vielen Dank«, sagte er, »dass Sie Marieke zurückgebracht haben.«

»Passen Sie auf sie auf.«

»Ich geb mir alle Mühe.«

Ich ließ seine Hand los und nickte ihm zu. Dann drehte ich mich um, verließ das Atelier, ging an der Waschküche vorbei und stieg die Treppe hinauf in den Eingangsflur. Aus der Küche drang Geschirrklappern. Ich verließ das Haus, ging durch den Vorgarten und trat auf die Straße. Wie immer war es mucksmäuschenstill im Diplomatenviertel. Es roch nach gemähtem Gras. Mein Blick ging kurz zu den Büschen, aber die Statue war verschwunden. Weiter hinten im Garten meinte ich etwas Rotes unter einem Baum zu erkennen. Plötzlich wusste ich, woran mich Valerie de Chavannes' gekrümmtes, verhärmtes Dastehen und ihr leerer Blick vorhin erinnert hatten: an Fixernutten.

Als ich zu meinem Fahrrad kam, bemerkte ich die Zigarette, die immer noch in meiner Hand lag. Ich warf sie in den Rinnstein, schloss das Fahrrad auf und fuhr los.

Ohne darüber nachzudenken, radelte ich durch die sternenklare Nacht Richtung Bahnhofsviertel. Ich wollte einfach nur die Pedale treten und die kühle Luft im Gesicht spüren. Plötzlich kamen mir die Leuchtreklamen für Bordelle und Stripteaseclubs entgegen, und weil ich nun schon mal dort gelandet war, radelte ich weiter zu einer kleinen, schmutzigen Kneipe, von der ich wusste, dass dort eine alte Musikbox aus den Neunzigern stand.

Ich schloss mein Fahrrad ab und betrat den düsteren, nach Bier und ungewaschenen Körpern riechenden Raum. Drei alte Säufer saßen stumm an der Theke und sahen kurz auf, als ich mich zu ihnen stellte.

»Ein großes Bier«, sagte ich zum Wirt, der mich mit einem Augenzwinkern begrüßt hatte. Dann ging ich zur Musikbox, sah die Titel durch und fand, was ich suchte. Kurz darauf erklang Whitney Houstons *Greatest Love of All* in der Kneipe.

Die Säufer sahen überrascht auf. Einer grinste mir zu, als ich mich zurück an die Theke stellte. Der neben ihm fing nach einer Weile an, verträumt den Kopf zur Musik zu wiegen.

Nach dem zweiten Bier zahlte ich, wünschte »noch einen schönen Abend« und verließ die Kneipe erleichtert.

Zu Hause aß ich einen Apfel, schaute »Tagesthemen« und wartete auf Deborah.

17

Drei Wochen später saßen Deborah und ich sonntags beim späten Frühstück in unserer Altbauküche am Bauerntisch, auf dem ein von Deborah selbst gemachtes Früchtemüsli, von mir weichgekochte Eier, frisches Landbrot, salzige Butter und eine Kanne Assam-Tee standen. Am Abend zuvor war es spät geworden. Wir hatten mit Slibulsky, Lara und Deborahs Schwester noch lange nach Feierabend in der Weinstube gesessen und getrunken, und nun hatte ich mehr Lust auf ein Katerbier und Rollmöpse als auf handgepflückten Biotee. Aber das konnte ich Deborah nicht zumuten. Das Sonntagsfrühstück in unserer an diesem Morgen nach frischen Äpfeln und Mangos duftenden Westendwelt war ihr heilig.

Während Deborah noch mal kurz verschwunden war, blätterte ich im neuen *Wochenecho*. Im Kulturteil sah ich die Buchbestsellerliste und fand *Die Reise ans Ende der Tage* auf Platz vier. Ich musste lächeln und freute mich ehrlich für Rashid. Für fünf Tage Eingesperrtsein mit Beten war das, fand ich, ein gerechter Lohn.

Deborah kam mit zwei Weingläsern zurück, zog die

Kühlschranktür auf und nahm eine Flasche Champagner heraus.

»Nanu? Ich denke, Sonntag ist unser abstinenter Tag?«

Deborah lächelte verschmitzt, und ihre Wangen leuchteten, obwohl wir noch gar nichts getrunken hatten. »Es gibt was zu feiern!«

Sie stellte die Gläser auf den Tisch und drehte den Flaschendraht auf.

»Süße, du siehst aus, als seien dir der Weihnachtsmann, der Osterhase und ein paar Engel gleichzeitig begegnet.«

Sie sagte nichts, schenkte ein und hob ihr Glas. Ich hob meins ebenfalls und fragte: »Verrätst du mir, worauf wir trinken?«

Ihre Augen glänzten, und ihre Stimme zitterte leicht: »Ich bin schwanger.«

Mir blieb der Mund offen, dann sagte ich: »Ach was!« Im selben Moment überkam mich ein Grinsen, und es glitt mir einfach von der Zunge: »Von wem?«

Deborahs Glas knallte über mir an die Wand, und Splitter und Champagner fielen mir auf den Kopf und die Schultern. Ich schüttelte mich kurz, ehe ich aufstand und Deborah in die Arme nahm. Sie erwiderte die Umarmung nicht, blieb steif wie ein Stück Holz, legte den Kopf zurück und betrachtete mich grimmig.

»Von meinem einzigen verbliebenen Kunden«, sagte sie schließlich. »So einem kleinen scheiß Türken.«

»Klein stimmt nicht«, erwiderte ich. »Das ist ein Klischee.«

Dann durfte ich sie endlich küssen.

*Bitte beachten Sie
auch die folgenden Seiten*

Jakob Arjouni
im Diogenes Verlag

Happy birthday, Türke!
Ein Kayankaya-Roman

»Privatdetektiv Kemal Kayankaya ist der deutsch-türkische Doppelgänger von Phil Marlowe, dem großen, traurigen Kollegen von der Westcoast. Nur weniger elegisch und immerhin so genial abgemalt, dass man kaum aufhören kann zu lesen, bis man endlich weiß, wer nun wen erstochen hat und warum und überhaupt. Dass *Happy birthday, Türke!* trotzdem mehr ist als ein Remake, liegt nicht nur am eindeutig hessischen Großstadtmilieu, sondern auch an den bunteren Bildern, den ganz eigenen Gedankensaltos und der Besonderheit der Geschichte. Wer nur nachschreibt, kann nicht so spannend und prall erzählen.«
Hamburger Rundschau

»Kemal Kayankaya, der zerknitterte, ständig verkaterte Held in Arjounis Romanen *Happy birthday, Türke!*, *Mehr Bier*, *Ein Mann, ein Mord* und *Kismet* ist ein würdiger Enkel der übermächtigen Großväter Philip Marlowe und Sam Spade.« *Stern, Hamburg*

Auch als Diogenes Hörbuch erschienen,
gelesen von Rufus Beck

Mehr Bier
Ein Kayankaya-Roman

Vier Mitglieder der ›Ökologischen Front‹ sind wegen Mordes an dem Vorstandsvorsitzenden der ›Rheinmainfarben-Werke‹ angeklagt. Zwar geben die vier zu, in der fraglichen Nacht einen Sprengstoffanschlag verübt zu haben, sie bestreiten aber jede Verbindung mit dem Mord. Nach Zeugenaussagen waren an dem Anschlag fünf Personen beteiligt, doch von dem fünften Mann fehlt jede Spur. Der Verteidiger der Angeklagten beauftragt den Privatdetektiv Kemal Kayankaya mit der Suche nach dem fünften Mann...

»Die Kriminalromane von Jakob Arjouni gehören mit zu dem Besten, was in den letzten Jahren in deutscher Sprache in diesem Genre geleistet wurde. Er ist ein Unterhaltungsschriftsteller und dennoch ein Stilist. Die Rede ist von einem außerordentlichen Debüt eines ungewöhnlich begabten Krimiautors: Jakob Arjouni. Verglichen wurde er bereits mit Raymond Chandler und Dashiell Hammett, den verehrungswürdigsten Autoren dieses Genres. Zu Recht. Arjouni hat Geschichten von Mord und Totschlag zu erzählen, aber auch von deren Ursachen, der Korruption durch Macht und Geld, und er tut dies knapp, amüsant und mit bösem Witz. Seine auf das Nötigste abgemagerten Sätze fassen viel von dieser schmutzigen Wirklichkeit.« *Klaus Siblewski / Neue Zürcher Zeitung*

Ein Mann, ein Mord
Ein Kayankaya-Roman

Ein neuer Fall für Kayankaya. Schauplatz Frankfurt, genauer: der Kiez mit seinen eigenen Gesetzen, die feinen Wohngegenden im Taunus, der Flughafen. Kayankaya sucht ein Mädchen aus Thailand. Sie ist in jenem gesetzlosen Raum verschwunden, in dem Flüchtlinge, die um Asyl nachsuchen, unbemerkt und ohne Spuren zu hinterlassen, leicht verschwinden können. Was Kayankaya dabei über den Weg und in die Quere läuft, von den heimlichen Herren Frankfurts über korrupte Bullen und fremdenfeindliche Beamte auf den Ausländerbehörden bis zu Parteigängern der Republikaner mit ihrer Hetze gegen alles Fremde und Andere, erzählt Arjouni klar, ohne Sentimentalität, witzig, souverän.

»Jakob Arjouni schreibt die besten Großstadtthriller seit Chandler. Ein großer, phantastischer Schriftsteller. Er ist einer, der sich mühelos über den schnöden Realismus normaler Krimiautoren hinwegsetzt, denn es zählen bei ihm nie allein Indizien, Konflikte und Fakten, sondern vielmehr sein skeptisch heiteres Menschenbild. Arjouni ist es in *Ein Mann, ein Mord* endgültig gelungen, mit seinem Privatdetektiv Kayankaya eine literarische Figur zu erschaffen, die man nie mehr vergisst.« *Maxim Biller / Tempo, Hamburg*

Auch als Diogenes Hörbuch erschienen,
gelesen von Rufus Beck

Magic Hoffmann
Roman

Unlarmoyant, treffsicher und leichtfüßig zeichnet Jakob Arjouni ein Bild der Republik: ein Entwicklungsroman in der Tonlage des Road Movie. Ein Buch voller Spannung und Ironie über einen, der versucht, sich nicht unterkriegen zu lassen, nicht von diesem Land und nicht von seinen besten Freunden.

»Und alle Leser lieben Hoffmann: Jakob Arjouni schreibt einen Roman über die vereinte Hauptstadt, einen Roman über die Treue zu sich selbst, über gebrochene Versprechen, gewandelte Werte, verlorene Freundschaften und die Übermacht der Zeit. Ein literarischer Genuss: spannend, tragikomisch und voller Tempo.« *Frankfurter Allgemeine Zeitung*

Auch als Diogenes Hörbuch erschienen,
gelesen von Jakob Arjouni

Ein Freund
Geschichten

Ein Jugendfreund für sechshundert Mark, ein Killer ohne Perspektive, eine Geisel im Glück, eine Suppe für Hermann und ein Jude für Jutta, zwei Maschinengewehre und ein Granatwerfer gegen den Papst, ein letzter Plan für erste Ängste.

Geschichten von Hoffen und Bangen, Lieben und Versieben, von zweifelhaften Triumphen und zweifelsfreiem Scheitern, von grauen Ein- und verklärten Aussichten. So ironisch wie ernst, so traurig wie heiter, so lustig wie trocken erzählt Arjouni davon, wie im Leben vieles möglich scheint und wie wenig davon klappt.

»Sechs Stories von armseligen Gewinnern und würdevollen Verlierern, windigen Studienräten und aufgeblasenen Kulturfuzzis. Typen also, wie sie mitten unter uns leben. Seite um Seite zeigt der Chronist des nicht immer witzigen deutschen Alltags, was ein Erzähler heute haben muss, um das Publikum nachdenklich zu stimmen und gleichzeitig zu unterhalten: Formulierungswitz, Einfallsreichtum, scharfe Beobachtungsgabe. Und wie der Mann Dialoge schreiben kann!«
Hajo Steinert / Focus, München

Kismet
Ein Kayankaya-Roman

Kismet beginnt mit einem Freundschaftsdienst und endet mit einem so blutigen Frankfurter Bandenkrieg, wie ihn keine deutsche Großstadt zuvor erlebt hat. Kayankaya ermittelt – nicht nach einem Mörder, sondern nach der Identität zweier Opfer. Und er gerät in den Bann einer geheimnisvollen Frau, die er in einem Videofilm gesehen hat.
Eine Geschichte von Kriegsgewinnlern und organisiertem Verbrechen, vom Unsinn des Nationalismus und vom Wahnsinn des Jugoslawienkriegs, von Heimat im besten wie im schlechtesten Sinne.

»Hier ist endlich ein Autor, der spürt, dass man sich nicht länger um das herumdrücken darf, was man gern die ›großen Themen‹ nennt. Hier genießt man den Ton, der die Geradlinigkeit, Schnoddrigkeit und den Rhythmus des Krimis in die hohe Literatur hinübergerettet hat.« *Frankfurter Allgemeine Zeitung*

Idioten. Fünf Märchen

Fünf moderne Märchen über Menschen, die sich mehr in ihren Bildern vom Leben als im Leben aufhalten, die den unberechenbaren Folgen eines Erkenntnisgewinns die gewohnte Beschränktheit vorziehen, die sich lieber blind den Kopf einrennen, als einen Blick auf sich selber zu wagen – Menschen also wie Sie und ich. Davon erzählt Arjouni lustig, schnörkellos, melancholisch, klug.

»Jakob Arjouni ist ein wirklich guter, phantasievoller Geschichtenerzähler. Ich versichere Ihnen, Sie werden staunend und vergnügt lesen.«
Elke Heidenreich / Westdeutscher Rundfunk, Köln

Hausaufgaben
Roman

War er seiner Familie, seinen Schülern nicht immer ein leuchtendes Vorbild? Und nun muss Deutschlehrer Joachim Linde »peinlichstes Privatleben« vor seinen Kollegen ausbreiten, um seine Haut zu retten. Denn alles in seinem Leben scheint die schlimmstmögliche Wendung genommen zu haben.

»Jakob Arjouni gelingt etwas ganz Außerordentliches: Sein neuer Roman kommt eigentlich recht unscheinbar daher, unterhaltsam, gut erzählt. Doch mit jedem Kapitel wird die Irritation größer. Unmerklich geht man einem meisterhaften Autor in die Falle, der heimtückisch ein Spiel mit den Perspektiven und den vermeintlichen Fakten betreibt.«
Stefan Sprang / Stuttgarter Zeitung

Chez Max
Roman

Wir befinden uns im Jahr 2064. Die Welt ist durch einen Zaun geteilt: hier Fortschritt und Demokratie, dort

Rückschritt, Diktatur und religiöser Fanatismus. Doch das Wohlstandsreich will verteidigt sein, Prävention ist angesagt wie noch nie. Dies ist die Aufgabe der beiden Ashcroft-Männer Max Schwarzwald und Chen Wu, Partner – aber alles andere als Freunde.

»Jakob Arjouni zeigt nicht nur geschickt kriminalistische Zukunftsaspekte auf, sondern schafft es durch leichte Provokation auch, die Leser zum Hinterfragen der politischen Ereignisse zu bewegen. Ein Roman mit hohem Erinnerungswert.«
Anita Welzmüller/Süddeutsche Zeitung, München

Auch als Diogenes Hörbuch erschienen,
gelesen von Jakob Arjouni

Der heilige Eddy
Roman

Was für ein dummer Zufall: Ausgerechnet vor Eddys Wohnungstür gerät der derzeit meistgehasste Mann Berlins ins Stolpern – Imbissbuden-Millionär und Heuschreckenkapitalist Horst König. Denn das Letzte, was Eddy, ein sympathischer Trickbetrüger, der sich mit dem Ausnehmen betuchter Leute ein Leben als Musiker samt bürgerlicher Fassade im linksalternativen Kreuzberg finanziert, gebrauchen kann, ist die Aufmerksamkeit der Polizei. So wenig wie die von Königs Bodyguards, die draußen auf ihren Chef warten. Zwar weiß sich Eddy zunächst zu helfen, doch dann gerät die Geschichte außer Kontrolle. Der Fall Horst König wird zum Berliner Medienereignis und dessen Familie zum Freiwild für Boulevardjournalisten. Eddy plagt das schlechte Gewissen, und gerne würde er sämtliche Missverständnisse aufklären. Am liebsten gegenüber Königs schöner und exzentrischer Tochter Romy...

»Man weiß nicht, was man mehr bewundern soll: Eddys Lügengeschichten oder die Fähigkeit des

Autors, seinen sympathischen Hochstapler aus fast allen Sackgassen wieder herauszuholen.«
Volker Isfort / Abendzeitung, München

»Ein rasant inszenierter und mit absoluter Treffsicherheit formulierter Roman.«
Elke Vogel / dpa, Hamburg

Auch als Diogenes Hörbuch erschienen,
gelesen von Jakob Arjouni

Cherryman jagt Mister White
Roman

Die Wünsche des 18-jährigen Rick klingen bescheiden: eine Lehrstelle als Gärtner, ein nettes Mädchen, vielleicht mal der Abdruck einer seiner Comicgeschichten in einer Zeitschrift. In dem verlorenen Kaff Storlitz bei Berlin klingt das wie ein Sechser im Lotto. Doch auf einmal scheint Rick den Sechser zu haben: die ersehnte Lehrstelle, noch dazu im großen, lauten, wunderbaren Berlin, und die schöne Gemüsehändlerin Marilyn, mit der er von einer gemeinsamen Zukunft träumt. Wären da nicht die Umstände, die dazu geführt haben: eine dubiose Organisation und ihre Handlanger, eine Gang verwahrloster Jugendlicher, die Ricks Glück an eine furchtbare Bedingung knüpfen. Für Rick eine Achterbahnfahrt zwischen Verzweiflung und Hoffnung, Feigheit und Stärke, vor der er sich in seine Comics flüchtet. Dort sind die Dinge einfach: Der Held Cherryman jagt den Quallenmenschen Mister White, um ihn ein für alle Mal zu erledigen.
So schafft es Rick, mit Cherrymans Hilfe die Wirklichkeit in den Griff zu kriegen. Anfangs jedenfalls. Am Ende ist die Wirklichkeit stärker.

»Ein Autor, der etwas über unsere Gegenwart zu sagen hat. Wie wenige Autoren mit seinem Talent haben wir!«
Volker Weidermann / Frankfurter Allgemeine Zeitung

Astrid Rosenfeld
Adams Erbe
Roman

Berlin, 2004. Edward Cohen, Besitzer einer angesagten Modeboutique, hört seit seiner turbulenten Kindheit immer wieder, wie sehr er Adam gleicht – seinem Großonkel, den er nie gekannt hat, dem schwarzen Schaf der Familie. In dem Moment, in dem Edwards Berliner Leben in tausend Stücke zerbricht, fällt ihm Adams Vermächtnis in die Hände: ein Stapel Papier, adressiert an eine gewisse Anna Guzlowski.
Berlin, 1938. Adam Cohen ist ein Träumer. Aber er wächst als jüdischer Junge in den dreißiger Jahren in Deutschland auf, und das ist keine Zeit zum Träumen. Selbst wenn man eine so exzentrische Dame wie Edda Klingmann zur Großmutter hat, die ihren Enkel die wichtigen Dinge des Lebens gelehrt hat – nur das Fürchten nicht. Als Adam mit achtzehn Anna kennenlernt, weiß er, wovon seine Träume immer gehandelt haben. Doch während die Familie Cohen die Emigration nach England vorbereitet, verschwindet Anna in der Nacht des 9. Novembers 1938 spurlos. Wo soll Adam sie suchen?
Sechzig Jahre später liest Edward atemlos Seite um Seite und erfährt, wie weit Adam auf seiner Suche nach Anna gegangen ist...

»Wir folgen staunend Adams Bericht – und bewundern, wie leichtfüßig die Debütantin mit dem tiefernsten Thema umgeht. *Adams Erbe* ist ein großartiger Roman, der die Leser zum Lachen und zum Weinen bringt.« *Buchjournal, Frankfurt*

»Höchst amüsiert gleitet man durch ein Panoptikum der Geschichten versehrter Figuren. Geradezu perfide, sanft, aber gnadenlos spinnt Astrid Rosenfeld den Leser ein in diese allertraurigste Geschichte der Welt.« *Elmar Krekeler / Welt kompakt, Berlin*

*Benedict Wells
im Diogenes Verlag*

Becks letzter Sommer
Roman

»But I was so much older then, I'm younger than that now.« (Bob Dylan, *My Back Pages*)

Ein liebeskranker Lehrer, ein ausgeflippter Deutschafrikaner und ein musikalisches Wunderkind aus Litauen auf dem Trip ihres Lebens, von München durch Osteuropa nach Istanbul.

»Das interessanteste Debüt des Jahres. Einer, der sein Handwerk versteht und der eine Geschichte zu erzählen hat.« *Florian Illies / Die Zeit, Hamburg*

»Ein wunderbares, ehrliches Buch, mit souveräner Figurenführung, Dutzenden von guten Einfällen und einem Spannungsbogen, der es in sich hat.«
Jess Jochimsen / Musikexpress, München

»Ganz erstaunlich, mit welchem Geschick Benedict Wells Spannung auf- und Überraschungen einzubauen versteht. Großartig auch, wie er den Lehrer Beck als tragische Figur porträtiert und dessen verkorkstes Alltags- und Liebesleben zeichnet.«
Volker Hage / Der Spiegel, Hamburg

»Furioser Lesespaß.« *Verena Lugert / Neon, München*

Spinner
Roman

Ich hab keine Angst vor der Zukunft, verstehen Sie? Ich hab nur ein kleines bisschen Angst vor der Gegenwart.
Jesper Lier, zwanzig, weiß nur noch eines: Er muss sein Leben ändern, und zwar radikal. Er erlebt eine

turbulente Woche und eine wilde Odyssee durch das neue Berlin. Ein tragikomischer Roman über die Angst, wirklich die richtigen Entscheidungen zu treffen.

»Wie Benedict Wells versteht, sein Alter Ego in seiner ganzen Unbefangenheit dem Leben gegenüber darzustellen, geht weit über ein auf ein jugendliches Lesepublikum zugeschnittenes Generationenbuch hinaus. Wells' Sprache ist roh und unfrisiert, und seine Geschichte grundiert von bisweilen bitter-poetischem Humor.« *Peter Henning / Rolling Stone, München*

»Benedict Wells findet starke Worte für die Orientierungslosigkeit seiner Generation. *Spinner* ist ein wunderbares Buch über die Angst vor dem Erwachsenwerden und teilweise zum Brüllen komisch.«
Lilo Solcher / Augsburger Allgemeine

»Ironisch und stellenweise sehr tiefgründig. Versponnene Lektüre zum In-einem-Rutsch-Lesen.«
Emotion, Hamburg

Fast genial

Roman

»Ich habe das Gefühl, ich muss meinen Vater nur einmal anschauen, nur einmal kurz mit ihm sprechen, und schon wird sich mein ganzes Leben verändern.«
Die unglaubliche, aber wahre Geschichte über einen mittellosen Jungen aus dem Trailerpark, dessen Zukunft aussichtslos scheint. Bis er eines Tages erfährt, dass sein ihm unbekannter Vater ein Genie ist, und er sich auf die Suche nach ihm macht – das Abenteuer seines Lebens.

»Benedict Wells – ein Ausnahmetalent in der jungen deutschen Literatur! Mit *Fast genial* ist ihm ein ziemlich geniales Buch gelungen.«
Claudio Armbruster / ZDF heute journal, Mainz

*Jason Starr*
*im Diogenes Verlag*

Jason Starr, geboren 1968, wuchs in Brooklyn auf und begann in seinen College-Jahren zu schreiben, zunächst Kurzgeschichten, später auch Romane und Theaterstücke. Früher verkaufte er Parfüm, Computer und – Höhepunkt seiner Karriere – unzerreißbare Strumpfhosen und redete sich die Seele aus dem Leib als Telefonverkäufer. Heute ist Jason Starr selbsternannter Experte für American Football und Baseball, für Pferderennen und Glücksspiel. Er lebt in New York.

»Jason Starr ist ein phantasievoller Autor und schreibt so rabenschwarz wie im Hollywood der vierziger Jahre. Als ein gescheiter Krimi noch ein richtiger Lesegenuß war.«
Martina I. Kischke / Frankfurter Rundschau

»Die unwiderstehliche Schwärze und Rasanz, in der Jason Starr den ethischen und zwischenmenschlichen Niedergang seiner Protagonisten schildert, sucht ihresgleichen.«   *Stadtblatt Osnabrück*

Top Job
Roman. Aus dem Amerikanischen von Bernhard Robben

Ein wirklich netter Typ
Roman. Deutsch von Hans M. Herzog

Hard Feelings
Roman. Deutsch von Bernhard Robben

Twisted City
Roman. Deutsch von Bernhard Robben

Stalking
Roman. Deutsch von Ulla Kösters

Panik
Roman. Deutsch von Ulla Kösters

Brooklyn Brothers
Roman. Deutsch von Ulla Kösters

Dumm gelaufen
Roman. Deutsch von Hans M. Herzog

*Jessica Durlacher
im Diogenes Verlag*

Jessica Durlacher, geboren 1961 in Amsterdam, veröffentlichte 1997 in den Niederlanden ihren ersten Roman, *Das Gewissen*. Für ihn sowie für ihren zweiten Roman, *Die Tochter,* wurde sie mit zahlreichen Preisen ausgezeichnet. Sie lebt mit ihrem Mann und ihren zwei Kindern in Bloemendaal und in Kalifornien.

»Eine Erzählerin, die Spannung mit Tiefgang zu paaren weiß.« *Buchkultur, Wien*

»Jessica Durlacher ist eine souveräne Erzählerin.«
Sabine Doering / Frankfurter Allgemeine Zeitung

Das Gewissen
Roman. Aus dem Niederländischen
von Hanni Ehlers

Die Tochter
Roman
Deutsch von Hanni Ehlers

Emoticon
Roman
Deutsch von Hanni Ehlers

Schriftsteller!
Deutsch von Hanni Ehlers

Der Sohn
Roman
Deutsch von Hanni Ehlers